끊어진 줄

끊어진 줄

에릭 월터스와 캐시 케이서 지음 | 위문숙 옮김

도토리숲

함께 글을 써 내려간 캐시에게
당신의 이해와 열정, 균형 잡힌 시각, 깊이 있는
역사 지식 덕분에 이처럼 감동적인 글이 나올 수 있었어요.
– 에릭

나의 새로운 아이들인 바네사와 제러미에게
– 캐시

1

종소리가 울렸다. 다들 벌떡 일어나 자기 물건을 주섬주섬 챙겼다.

"금요일 단원 평가 보는 거 잊지 마라."

시끌벅적한 가운데 수학을 가르치는 허먼 선생님의 목소리가 울려 퍼졌다.

그 순간 불만의 목소리가 한꺼번에 터져 나왔다. 아이들은 공부할 시간이 부족하다며 시험을 월요일로 연기해 달라고 졸랐다. 여느 때라면 나도 자리를 뜨지 않고 몇 마디 거들었을 것이다. 그렇지만 오늘은 아니었다. 한시라도 빨리 교실을 벗어나야 했다. 수학 시험보다 훨씬 중요한 일이 기다리고 있었다. 나는 책을 모조리 가방에 쑤셔 넣은 뒤 교실을 빠져나가는 아이들 틈에 끼어들었다. 몇 걸음 움직이다가 단짝 친구인 나타샤와 마주쳤다. 나타샤는 나를 보고 함박웃음을 지었다. 나는 도저히 웃을 기분이 아니었다.

나타샤가 물었다.

"준비됐어, 셜리?"

"아니!"

"우리가 꼭 갈 필요 없잖아. 그냥 쇼핑몰에 가서 사이다나 한 잔 마시자. 아니면 쇼핑을 하든지."

내가 물었다.

"출연자 명단을 안 본다고?"

"내일도 거기 붙어 있겠지."

"나타샤, 난 이번 주 내내 기다렸어. 그런데 하루 더 참으라고?"

나타샤가 다시 환하게 웃었다.

"참는 자에게 복이 있나니."

"참을성이라곤 눈곱만큼도 없는 *네*가 할 말은 아니잖아?"

"그건 그래. 농담 한번 해 봤어. 어서 가 보자."

복도는 발 디딜 틈이 없을 정도였다. 마치 강물을 거슬러 올라가는 연어가 된 기분이었다. 우리 중학교는 뉴저지에서 가장 큰 곳인데도 1,600명의 학생들이 머물기에는 건물 규모가 큰 편이 아니었다. 우리는 요리조리 방향을 바꾸며 꾸역꾸역 나아갔다.

나타샤가 말했다.

"너야 걱정할 게 뭐 있어?"

"고마워. 너도 마찬가지잖아."

"그래, 난 걱정 안 해. 너도 알면서."

나타샤와 나는 초등학교 3학년 때 친구가 된 뒤로 거의 붙어 다녔다. 떼려야 뗄 수 없는 실과 바늘 같은 사이였다. 그러나 우리 둘은 크게 다른 점이 하나 있었다. 나타샤는 학교 공연에 나간 적이 한번도 없었다. 그나마 이번 오디션을 본 것은 내가 억지로 끌고 갔기 때문이다. 나타샤는 공연의 배역을 따든 말든 별로 관심이 없었다. 그러나 나에게는 배역이 아주 중요했다.

나타샤가 한마디 던졌다.

"램지 선생님은 셜리 널 정말 좋아하시잖아."

그건 나를 안심시키려고 하는 말이었다.

"선생님은 아이들을 다 좋아해."

"너한테는 좀 다르더라. 램지 선생님은 너를 보면 자신처럼 생각되시나 봐."

나는 웃음을 터뜨렸다.

"램지 선생님처럼 보이려면 나를 엿가락처럼 쭉 늘여야 해."

램지 선생님은 우리에게 연극을 가르치는 여자 선생님이다. 나이가 30대 초반이지만 외모는 훨씬 어려 보였다. 금발에 늘씬한 데다 몇 년 동안 춤을 연습해서 동작이 부드럽고 우아했다. 나는 외모에서 램지 선생님과 닮은 구석이 별로 없었다. 그래도 댄스 수업을 받은 뒤로는 움직임이 비슷해진 것 같았다.

나타샤가 덧붙였다.

"두 사람의 외모가 닮았다는 말이 아니잖아. 램지 선생님이 얼마나 아름다우신데."

"그래, 고맙다."

"야, 무슨 말인지 알면서. 너도 예쁘지만 램지 선생님과 닮지는 않았어. 넌 오히려 나랑 비슷하지!"

정말 나타샤와 나는 생김새가 많이 비슷했다. 내 가족은 동유럽 출신의 유대인이고 나타샤 가족은 포르투갈 출신의 가톨릭교도인데도 어떻게 이리 닮을 수 있을까?

"램지 선생님이 셜리 널 자기처럼 재능 있는 사람이라고 여긴다는 뜻이야."

"고마워, 나타샤."

그건 분명히 칭찬이었다.

램지 선생님은 연극 교사가 되기 전에 오프브로드웨이 즉 소극장 공연에 여러 편 출연했다. 그래서 이런저런 경험을 자주 들려주었다. 예를 들어 브로드웨이 뮤지컬의 최고 연출가인 해럴드 프린스 앞에서 오디션을 치른 적도 있었다. 또한 오디션에서 유명한 배우이며 가수인 크리스틴 체노웨스와 마주치자 〈찰리 브라운〉 뮤지컬로 토니상을 받았을 때 기분이 어땠냐고 물어보기도 했다. 램지 선생님이 이런 이야기들을 색종이 조각처럼 뿌릴 때마다 나는 놓치지 않고 꼭 붙들었다. 선생님은 연기뿐만 아니라

춤과 노래까지 훌륭하게 소화했다. 그런 선생님에게 지도받는다는 것은 정말 대단한 기회였다. 한편으로는 두렵기도 했다. 저런 재능을 가졌는데도 연기자가 못 되고 중학교에서 연극을 가르쳐야 한다면 과연 어느 누가 연기할 기회를 얻는 걸까? 나는 연기자가 될 수 있을까? 오늘 배역조차 따지 못한다면 어떻게 될까?

내 꿈은 수천 명의 사람들 앞에서 연기하는 것이다. 관객 앞에 나설 때마다 내 안의 뭔가가 꿈틀거렸다. 물론 초조하고 떨리기는 했다. 어떤 연기자들은 가슴이 콩닥콩닥 뛴다고 표현했다. 또는 완전히 덜덜 떠는 연기자도 있었다. 내 경우는 초조함은 금세 사라지고 흥분이 밀려왔다. 불꽃놀이를 보고 있거나 불꽃이 된 마음이었다. 처음으로 그런 기분을 느꼈을 때 연기자가 되기로 결심했다. 아빠는 내가 걷거나 말하기도 전에 춤추고 노래했다고 농담 삼아 말했다. 게다가 나는 댄스와 노래와 피아노를 까마득하게 어린 시절부터 배웠다. 지난 2년 동안은 거기에 연기 수업까지 추가했다.

엄마 아빠는 격려를 아끼지 않았다. 수업료를 꼬박꼬박 내주었으며 레슨을 받거나 대회에 참가하거나 공연을 할 때마다 차로 데려다주었다. 무엇보다 항상 내 곁을 지켜 주었다. 두 분은 그야말로 최고다. 정말로 그렇다. 내가 부모님의 뒤를 잇는 직업에 관심이 있었다면 엄마 아빠는 지금보다 편했을지도 모른다. 나보다 여덟 살 많은 애덤 오빠는 라이더대학의 의예과에서 공부하며 엄마와 같은 길을 가려고 한다. 아빠는 회계사인데 맨해튼에서 할아버지의 일을 물려받았다. 그나마 음악가 기질을 가진 가족을 꼽자면 아빠였다. 아빠는 늘 악기를 배우고 싶었지만 할아버지가 반대했다고 한다. 아빠는 유대인 아이들 중 부모 때문에 바이올린이나 피아노를 못 배운 경우는 지구상에 자기 혼자밖에 없다며 억울해했다. 아빠 목소리도 나쁜 편이 아니었다. 제대로 못 *배운 것*치고는 나쁘지 않았다. 내 음악적인 유전자는 아빠에게 물려받은 것 같다.

우리는 복도를 따라 연극부로 걸어갔다. 출연자 명단은 강당 바깥의 게시판에 붙어 있을 것이다. 게시판 주변에 학생들이 바글바글 모여 있었다. 나는 그 자리에서 멈칫했다. 심장이 미친 듯이 뛰기 시작했다.

나타샤가 말했다.

"좋아, 셜리. 숨을 깊이 들이쉬고서 긴장 풀어."

"너야 그럴 수 있겠지!"

북적이는 인파 뒤로 우리는 바짝 붙었다. 엄청나게 많은 학생들이 오디션을 치렀다. 어떤 학교는 미식축구로 유명한가 하면 어떤 학교는 농구로 명성이 자자했다. 우리 학교는 뮤지컬로 유명했다. 물론 스포츠 활동도 빠지지 않지만 무엇보다 대형 뮤지컬을 공연하는 학교로 이름을 떨쳤다. 램지 선생님이 우리를 가르치게 된 이유 중 하나도 그것 때문이었다.

지난해에 우리는 〈코러스 라인〉을 공연했다. 나는 주조연급은 아니었지만 아주 인상적인 부분에 등장했다. 사실 중학교 1학년 학생으로서는 꽤 대단한 일이었다. 게다가 조연 배우 두 명의 대역까지 맡았다. 실제로 뮤지컬 공연에 오르지는 못했지만 다들 리허설 때 내 노래를 듣고는 원래 배역보다 훨씬 낫다고 입을 모았다. 올해의 공연은 〈지붕 위의 바이올린〉이었다. 내가 탐내는 역할은 여러 딸 중 하나인 호델이었다. 호델은 '중매쟁이, 중매쟁이Matchmaker, Matchmaker'를 자매들과 삼중창으로 부른다. 뿐만 아니라 이번 작품에서 가장 아름답고 매력적인 독창인 '내가 사랑한 집에서 멀리Far From the Home I Love'도 호델이 부르게 된다. 아! 호델이야말로 내가 맡고 싶은 역할이었다.

안으로 비집고 들어가자 맨 앞의 학생들이 보였다. 누군가는 명단을 보고 실망을 감추지 못했고 또 누군가는 깡충깡충 뛰며 환호성을 질렀다. 환호성은 역할 하나가 사라졌다는 의미였다. 그리고 실망스러운 표정은 배역 경쟁에서 한 사람의 탈락을 뜻했다. 누군가의 실망스러운 모습을 보며 은근히 좋아하는 것은 잘못일까? 그래도 내 생각이나 기분을 눈치챈 사람은 없었다.

앞으로 움직이며 명단에 가까워질수록 사형 선고를 받고 처형장으로 걸어가는 심정이 이해되었다. 뭐, 살짝 과장된 표현일 수도 있겠지만 내 마음은 그보다 더했다.

모하메드가 고함을 질렀다.

"나 배역 맡았다!"

모하메드는 허공으로 주먹을 내질렀다. 나도 모르게 웃음이 새어 나왔다. 전에 모하메드와 함께 연기하면서 재능이 넘치는 친구라고 생각했다. 그래서 별로 놀랍지는 않았다. 모하메드가 인파를 헤치고 뒤로 빠져나오자 친구들이 등을 두드리며 축하해 주었다.

우리 쪽으로 다가온 모하메드에게 물었다.

"무슨 역할인데?"

"퍼치크. 대학생인 퍼치크야."

모하메드는 까만 머리카락을 손으로 쓸어 넘기며 흥분을 감추지 못했다.

"넌 멋지게 해낼 거야."

"고마워. 정말 고마워, 셜리."

내가 호델 역할을 맡으면 모하메드는 극에서 남편이 된다. 무대에서 둘이 손을 잡고 서로의 눈을 바라보는 것 말고는 애정 표현이 없었다. 그 정도는 어렵지 않았다. 나는 모하메드가 마음에 들었다. 모하메드는 유쾌하고 아주 똑똑했다.

나타샤와 좀 더 앞으로 자리를 옮겼다. 그러다가 민디 매코널과 바짝 붙어 서게 되었다. 우리는 대충 고개를 끄덕이고 아주 잠깐 웃음을 보였다. 민디는 나보다 한 살이 많은데 같은 댄스 학원을 다니고 같은 보컬 코치에게 개인 레슨을 받고 있다. 처음에 다정했던 민디는 춤 때문에 나와 경쟁하게 되고 발표회 때 박수 소리가 비교되자 싹 달라졌다.

최근 발표회에서 민디는 여성 그룹인 데스티니스 차일드의 노래를 불렀다. 왜 너나없이 비욘세(데스티니스 차일드의 전 멤버로 활동했다.─옮긴이)가 될 수 있다고 생각하는 걸까? 어쨌든 민디는 꽤 잘 소화해 냈다. 나는 아레사 프랭클린의 흘러간 옛 노래를 불렀는데 관객의 반응이 뜨거웠다. 심지어 기립 박수까지 나왔다. 민디는 그 뒤로 나에게 말을 거의 걸지 않았다.

우리 둘 중에서 한 명이 호델을 맡게 될 거라고 서로 짐작하고 있었다. 민디는 춤 실력이 뛰어난 반면 나는 노래로 이미 인정받고 있었다. 2학년인 나보다는 3학년인 민디가 훨씬 유리했다. 우리 학교는 주인공 역할을 으레 졸업반 학생에게 맡겼기 때문이다.

이리저리 떠밀리다 보니 눈앞에 명단이 불쑥 나타났다. 땀이 옆구리를 타고 흘러내렸고 손은 축축해졌다. 나타샤가 틀렸다. 나는 걱정할 수밖에 없었다. 이 세상에는 인기 있는 뮤지컬들이 많다. 그리고 그런 뮤지컬에는 고르고 싶은 배역도 다양하다. 램지 선생님은 왜 〈지붕 위의 바이올린〉을 선택했을까? 사실 이런 일로 불평해서는 안 된다. 공연을 간신히 허락받았기 때문이다. 9·11(2001년 9월 11일 이슬람 테러 조직이 벌인 미국대폭발사건.─옮긴이) 이후 올해 공연을 취소해야 한다고 주장하는 사람들이 있었다. 무대 공연은 지나치다고 생각한 걸까? 또는 한 장소에 여러 아이들이 모여 있다가 테러의 대상이 될까 봐 염려한 걸까?

쌍둥이 빌딩이 테러를 당해 무너지고 거의 다섯 달이 지났다. 어떤 때는 그 일이 어제 일어난 것처럼 느껴졌다. 또 어떤 때는 별일 아닌 아주 옛날이야기로 다가왔다. 그러나 TV를 켜면 폐허가 된 자리를 정리하는 사람들이 보였다. 덤프트럭에 실린 크레인이 콘크리트와 엿가락처럼 휘어진 철골과 그 밖의 여러 물건들을 치우고 있었다.

그 사건에 신경을 곤두세우지 않는데도 사람들의 불안한 기색이 여전히 느껴졌다. 폐허에서 피어오르는 검은 연기처럼 그 사건은 허공을 맴돌았다. 모든 것이 예전으로 돌아갈 수 있을지 다들 염려했다. 그래서 우리에게 공연이 꼭 필요하다는 생각이 들었다. 전과 똑같이 뭔가를 이뤄 낼 수 있기 때문이었다. 학교는 학생들이 끔찍하고 비극적인 사건을 떨쳐 버리도록 공연을 진행하기로 결정했다.

누군가 명단을 한 장 한 장 넘겼다.

"나 앙상블에 뽑혔어!"

나타샤는 고함을 지르더니 곧 기쁨의 비명을 질러 댔다.

"축하해!"

마음이 흐뭇했다. 이제는 나타샤가 나의 희망하는 배역이 나온 페이지를 찾아 주면 된다.

나타샤가 페이지를 넘기자 조연급 배역이 나오기 시작했다.

가장 먼저 비중이 작은 남자 배역 몇 개와 여자 배역 두 개가 보였다. 호텔의 여동생들인데 자칫하면 내가 맡을 가능성이 있었다. 나는 꾹 참았던 숨을 길게 내쉬었다. 어느 쪽 배역에도 내 이름이 없어서 기쁘고 마음이 놓였다.

누군가 페이지를 다시 넘기자 비중이 큰 배역들이 보였다. 그런데 또 다른 딸들인 차이텔과 차바 옆에도 내 이름이 안 보였다. 사실 그 정도 배역이면 만족할 수 있었다. '중매쟁이'를 같이 부르기 때문이었다. 그러나 다른 사람들이 그 배역을 꿰찼다.

주연급 여자 배역은 오직 세 자리만 남았다. 나는 기도를 했다. 누구라도 빨리 페이지를 넘겨 줘! 심장이 쿵쾅쿵쾅 뛰고 있었다. 불안할 때면 늘 그렇듯 나는 기다란 곱슬머리를 손가락으로 빙글빙글 돌렸다.

그 순간 누군가 비명을 질렀다. 누구 목소리인지 알 수 있었다. 민디였다. 학교 뮤지컬의 배역에 뽑힌 것이 아니라 토니상이라도 받은 듯 펄쩍펄쩍 뛰고 있었다. 친구들이 우르르 몰려와 민디를 껴안으며 환호성을 질렀다. 민디의 이름이 적힌 배역을 확인해 보았다. 내가 원하던 배역이었다. 바로 호텔이었다. 가장 근사한 노래는 민디가 부르게 되었다.

온몸이 마비된 느낌이었다. 주인공이 아니라니. 별 볼일 없는 여동생 역할도 못 맡았다. 심지어 앙상블에도 이름이 없었다. 나는 아무것도 아니었다. 어떻게 이럴 수가 있지?

"셜리, 너도 있어! 네가 주인공이야!"

나타샤가 비명을 지르며 나를 두 팔로 껴안았다.

잘못 보았다고? 명단을 다시 살피다가 내 이름인 셜리 버먼을 찾아냈다.

나타샤가 고함을 질렀다.

"네가 골데야! 넌 주인공이 되었어!"

골데라니! 골데는 어머니이자 남자 주인공인 테비에의 아내였다. 그래, 엄밀히 말하면 골데도 주인공이다. 그렇지만 이중창을 두 번 부를 뿐 독창이 없었다. 게다가 무대에서 눈길을 끌 만한 장면도 없었다. *난 민디의 어머니 역할을 맡은 거야. 모든 사람의 어머니라는 뜻이지. 독창도 없는 나이 든 유대인 여인을 연기해야 하다니.*

나타샤는 비명을 지르며 깡충깡충 뛰고 있었다. 나는 나타샤처럼 마냥 기뻐할 수 없었다.

2

집 앞에 엄마 차가 서 있었다. 전혀 뜻밖이었다. 사실 엄마
가 집에 오는 시간을 알기는 어려웠다. 산부인과 의사라
서 일하는 시간을 종잡을 수 없었다.

엄마는 이렇게 말하곤 했다.

"갓난아기가 시계를 차고 태어나지는 않잖니."

집에 들어가자 엄마가 주방 조리대 앞에 앉아서 커피를 홀짝홀
짝 마시고 있었다. 엄마는 하루도 빠짐없이 카페인을 섭취했다.
잠을 제대로 못 자고 일을 해서 카페인이 필요할 수밖에 없었다.

엄마가 말했다.

"오늘은 좀 늦었네."

"조금이요."

"슬슬 걱정하던 참이었지."

"걱정할 필요 없다니까요."

"알아. 그래도 걱정이 되는걸. 너도 이해하잖니."

엄마는 자식을 둔 데다 직업이 의사라서 걱정하는 것이 당연했다. 그렇지만 9·11사건 이후로 걱정이 심해졌다. 너나없이 다들 걱정을 껴안고 사는 것 같았다.

나는 엄마 맞은편에 앉았다.

엄마가 물었다.

"그래서?"

"뭐요?"

"오늘 아니야? 오늘 배역을 발표하기로 한 것 아니었어?"

"아, 맞다. 깜박했어요."

엄마는 나를 빤히 바라보다가 천천히 박수를 쳤다.

"연기 수업이 효과가 있네. 순간 믿을 뻔했어!"

나는 살짝 허리를 구부리며 인사했다.

"그래서 어떤 역할이야?"

"주인공이요."

"축하해!"

엄마는 손을 쭉 뻗어 내 손을 잡았다.

"이제부터 널 호델이라고 불러야겠네?"

나는 고개를 저었다.

"골데 역할을 맡았어요."

"골데?"

엄마는 잠깐 머뭇거리다가 환호성을 질렀다.

"멋지다. 오히려 잘됐네."

"더 잘된 일인지는 모르겠어요. 좀 다른 역할이라서."

집에 오는 내내 실망감이 드러나지 않도록 연습했다. 엄마는 내가 실망한 것을 눈치채지 못했다.

"내 기억으로는 골데가 훨씬 여러 장면에 등장하던데."

"골데는 노래를 별로 안 불러요."

"이번 기회에 노래보다 연기를 보여 주면 되겠네."

"그래야죠."

"〈지붕 위의 바이올린〉은 여러 면에서 뮤지컬이라기보다는 연극에 가깝지."

꽤 그럴싸한 이야기였지만 내 생각은 달랐다.

엄마는 일어나서 냉장고로 갔다. 냉장고 안을 뒤져 땅콩버터를 꺼내더니 돌아서서 나에게 보여 주었다. 내가 고개를 끄덕이자 엄마는 크래커 한 통과 접시와 나이프를 식탁에 늘어놓았다. 우리는 한동안 아무 말 없이 크래커를 와작와작 씹어 먹었다.

내가 입을 열었다.

"연습은 며칠 뒤에 시작한대요. 할머니랑 같이 작품 이야기를 할 수 있으면 참 좋았을 텐데."

아빠의 어머니인 내 친할머니는 얼마 전에 세상을 떠나셨다. 할머니가 없다는 사실을 받아들이기가 여전히 힘들었다.

"제가 맡은 배역을 이해하는 데 할머니가 큰 도움이 됐을 거예요."

엄마가 웃음을 터뜨렸다.

"네가 도와달라고 하면 할머니는 펄쩍 뛰셨을 거야. 그렇게까지 옛날 분은 아니시거든! 〈지붕 위의 바이올린〉 배경은 할머니가 살기 전이야."

"저도 알아요. 제 말은 할머니가 유대인 어머니라는 뜻이에요."

"나도 유대인 어머니이지만 그 시절을 안 살았던 것 같은데? 어쩌면 할아버지의 어머니인 네 증조할머니가 그 시절 '포그롬 Pogrom'을 아시겠구나. 러시아 차르 정부의 유대인 대학살 시절을 겪으셨을 거야."

엄마가 크래커를 하나 더 내밀었지만 고개를 저었다. 나는 접시와 나이프를 싱크대에 놓고 땅콩버터를 냉장고에 넣었다.

"증조할머니를 만날 수 있으면 얼마나 좋을까요? 저는 우리 가족의 역사에 대해 아는 게 별로 없어요."

"네 증조할머니는 첫 번째 대학살을 겪지는 않으셨어. 그건 1820년대로 거슬러 올라가거든. 그런데 1905년에 또다시 폭력이 시작되었지."

"그때가 〈지붕 위의 바이올린〉의 배경이에요. 그런데 아빠 쪽 가족은 폴란드에서 오셨잖아요."

"러시아에서 달아났다가 나중에 폴란드에 정착했거든. 할아버지는 그때 아주 어렸지. 증조할머니는 30대 중반에 할아버지를 낳으셨을 거야. 할아버지가 1930년생이시니까 증조할머니는 1894년이나 1895년생이 아닐까 싶어. 대학살이 일어난 시절에 증조할머니는 열 살이나 열한 살쯤 되었겠다."

내가 물었다.

"할아버지가 아는 대로 말해 주시겠죠? 어머니에게서 그때 이야기를 들었을지도 모르잖아요."

엄마가 어깨를 으쓱했다.

"그럴 수도 있고 아닐 수도 있어. 네 할머니가 돌아가신 뒤로는 기억하기 싫으신가 봐."

할머니의 죽음으로 우리는 무척 힘들었다. 우리보다 할아버지가 훨씬 더 할머니를 그리워했기 때문이다. 할아버지 눈에는 고통이 서려 있었다. 호흡이 빠져나간 듯 구부정한 자세로 느릿느릿 움직였다. 할아버지는 할 수만 있다면 할머니 대신 죽거나 그 뒤를 따랐을 것이다. 어느덧 6개월 가까이 흘렀다. 슬픔은 우리에게 점차 희미해졌지만 할아버지에게는 더욱 또렷해졌다.

"할아버지에게 한번 여쭤봐. 식료품 갖다드리는 날이 내일 아니니?"

"내일이나 모레 가려고요."

일주일에 한 번 할아버지 집 근처의 자그마한 식료품 가게에 들러 몇 가지 물건을 사서 갖다드렸다. 우리 가족이 오래전부터 이용하던 가게였다. 주인인 머킨 아저씨는 아빠가 한꺼번에 계산하는 것을 양해해 주었다. 내가 식료품을 외상으로 가져가면 아빠가 나중에 그 값을 치르는 식이었다. 식료품 구입은 우리 할머니가 늘 도맡았다. 과연 할아버지가 살면서 쇼핑하러 간 적이 있었을까? 그래서 내가 선뜻 그 일을 맡았다. 식료품을 갖다드리면서 할아버지의 외로움도 덜어 주고 싶었다.

엄마가 말했다.

"오늘 가 봐. 할아버지가 무척 반가워하실 거야. 그리고 연극에 쓸 소품이 필요하지 않니?"

"맞아요! 오디션 치를 때 램지 선생님이 이야기하셨어요."

"할아버지 다락에 오래되긴 해도 아직 쓸 만한 물건이 많아."

"정말이요?"

"할아버지나 할머니가 안 쓰는 물건들을 다락에 잔뜩 갖다 놓으셨거든. 네가 부탁하면 할아버지는 얼마든지 내어주실 거야. 널 위해서라면 뭐든 다 해 주실 분이잖니."

***

나는 코트 깃을 세우고 할아버지 집의 샛길로 들어섰다. 바람이 세차게 불어 눈보라가 정원에서 얼굴로 몰아쳤다. 할머니 할아버지가 정성껏 돌보고 아끼던 꽃과 관목들은 눈 더미 아래 파묻혀 버렸다. 이 샛길을 걷다 보면 늘 추억이 물밀 듯이 밀려왔다.

할머니 할아버지는 어린 나를 일주일에 한두 번 이 집으로 데려와서 보살폈다. 할머니가 끓인 닭고기 국수를 다 같이 먹거나 이야기를 나누거나 TV를 보았다. 때로는 두 분이 나를 데리고 쇼핑센터로 외출을 나가기도 했다. 나는 쇼핑센터 실내 놀이공원에서 회전목마나 대관람차를 타곤 했다. 난 정말 즐거웠다! 얼마 뒤 초등학교에 들어가자 할머니 할아버지 집에서 저녁 시간을 보낼 때가 허다했다. 엄마 아빠는 정신없이 일에 매달리던 때라 집에 있어도 나를 제대로 돌볼 수 없었다. 애덤 오빠도 눈코 뜰 새 없이 바빠서 어린 여동생을 보살펴 주지 못했다. 뭐, 보살피기 싫었을 수도 있다. 나는 이 집으로 와서 숙제를 한 뒤 할머니 할아버지와 시간을 보냈다.

할아버지 집의 뒷문으로 들어서기도 전에 TV 소리가 왕왕 들려왔다. 할아버지는 귀가 잘 들리지 않아서 TV를 크게 틀어 놓았다. 나는 갖고 있는 열쇠로 문을 열고 주방으로 들어갔다. 싱크대에서 설거지하던 할머니가 고개를 돌려 나를 반기며 앞치마에 손을 닦고 꽉 안아 준다면 얼마나 좋을까? 그러나 할머니는 거기 없었다. 그래도 설거지한 접시들이 선반 위에 놓여 있었다. 다 정리된 것처럼 보이지만 할머니가 있을 때처럼 깔끔하지는 않았다. 누군가는 생강 빵이나 초코 쿠키 냄새를 맡으면 할머니가 떠오른다는데 나는 욕실용 세제나 청소용 세정제 냄새를 맡을 때 친할머니가 생각났다.

엄마 아빠가 가사도우미의 도움을 받으라고 아무리 말해도 할아버지는 꿈쩍도 안 했다.

"모르는 사람을 내 집에 들이기는 싫다."

할아버지는 힘이 닿는 대로 집을 청소하고 정원을 관리했다. 애덤 오빠는 집에 들를 때마다 할아버지를 도와드렸고, 아빠도 눈이 내리면 두 팔을 걷어붙이고 나섰다. 나 역시 식료품 심부름을 하며 나름대로 돕고 있었다.

우리와 같이 살자고 권했지만 할아버지는 짐이 되기 싫다며 딱 잘라 거절했다. 무엇보다 할아버지가 살고 싶은 곳은 여기였다. 할아버지는 할머니 추억밖에 가진 게 없어서 그걸 남겨 둔 채 떠날 수 없다고 나에게 말했다.

탁자에 식료품 봉지를 내려놓았다. 쇼핑 목록은 매주 똑같았다. 검은 호밀 빵과 햄, 오트밀 한 봉지, 커피 크림 1파인트, 토마토 수프 일곱 통, 크래커 약간, 초코칩 쿠키 한 상자, 사과 주스 한 병, 초코바 두 개, 바나나 서너 개가 전부였다. 이미 쇼핑 목록을 다 외웠는데도 할아버지는 심부름을 처음 시키는 것처럼 확인하고 또 확인했다. 특히 바나나에 대해 까다로웠다. 아주 많이 달렸거나 지나치게 익었거나 너무 큰 바나나는 질색했다.

할아버지는 거실에서 TV를 보고 있었다. 레슬링을 보고 있다는 것쯤은 눈감고도 알 수 있었다. 할아버지는 레슬링에 푹 빠져 있었다.

거실로 들어가 할아버지 이마에 뽀뽀를 하고 리모컨으로 소리를 줄였다. TV를 끄면 야단나기 때문이었다. 할아버지는 셔츠에 넥타이를 매고 양복을 입고 있었다. 집에 앉아 있어도 늘 정장 차림이었다. 밖에 나갈 때는 모자를 쓰고 반짝반짝 윤이 나는 구두를 신었다.

할아버지가 유쾌한 목소리로 소리쳤다.

"셜리야, 얼굴 보니 반갑구나!"

"저도 할아버지 보니까 좋아요."

"식료품 가져왔니?"

"주방에 갖다 놓았어요."

"오트밀도 가져왔어? 거의 떨어졌지 뭐냐."

"갖고 왔죠."

"빵은? 빵도 가져왔고?"

"빵도 있어요. 할아버지가 좋아하시는 검은 호밀 빵이요."

"똑똑하구나. 그리고 뭐가 있더라?"

"할아버지, 다른 때랑 똑같아요. 빵과 햄, 쿠키, *30개가 달린* 바나나 한 송이요."

할아버지가 킥킥 웃었다. 우리끼리 주고받는 농담이었다.

"*40개 아니고?*"

"이번 주는 30개가 달린 바나나밖에 없대요. 다음 주에는 40개 달린 바나나가 나올 거예요."

"너무 크지 않아야 좋은데."

"크기도 적당하고 잘 익었어요."

"난 별로 많이 안 먹어서 음식을 버리기……."

"아까우시죠. 저도 알아요. 할아버지는 매일 바나나 반쪽이면 되니까 딱 맞춰서 가져왔어요."

할아버지는 바나나를 얇게 잘라 오트밀 위에 얹어 먹었다.

할아버지가 싱긋 웃어 보였다.

"최고로 착한 손녀딸이구나."

"그렇게 되려고요."

"앉아서 할아비랑 레슬링이나 보자."

"앉는 것은 좋은데 레슬링까지 봐야 돼요?"

"이리 오렴, 하나씩 설명해 주마."

할아버지는 옆의 소파를 가리켰다. 나는 어쩔 수 없이 자리에 앉았다.

할아버지가 물었다.

"넌 정말 레슬링을 싫어하는 거냐?"

나는 배시시 웃었다. 그동안 셀 수 없이 나눴던 이야기였기 때문이다. 마치 할아버지의 식료품 목록을 듣는 것 같았다. 반쯤 벌거벗은 남자들이 사각의 링에서 뛰어다니며 서로 치고받고 싸우는 것을 어떻게 좋아할 수 있지?

"정말 싫어요."

"이상하구나. 왜 레슬링을 안 좋아한다는 거냐?"

"그러니까…… 그건 그냥 가짜잖아요."

"말도 안 되는 소리를 하는구나. 레슬링은 진짜야! 저 남자 보이지? 내가 제일 좋아하는 선수란다."

화면에서는 링에 오른 두 명의 거대한 남자들이 서로 엉켜서 싸우고 있었다.

"저 사람이 스톤 콜드 스티브 오스틴이야. 1998년과 1999년에 올해의 레슬링 선수로 뽑혔지. 2000년에는 승리를 못 해서 타이틀을 뺏기고 말았어. 그렇지만 올해 2002년에는 다시 펄펄 날 거야."

저 남자가 머리를 빡빡 깎은 레슬링 선수라는 것쯤은 알고 있었다. 남자는 상대방을 로프 위로 들어 올려서 링 밖으로 내던졌다!

할아버지가 말을 이었다.

"저 선수들은 기술이 끝내주거든. 어떤 동작을 해야 하는지 정확히 알고 있단 말이지."

할아버지는 흥분을 감추지 못했다. 양손을 계속 움찔거렸고 얼굴에 생기가 돌았다.

"언제 뒤에서 붙잡고 언제 밀어붙여야 할지 알고 있다니까. 저 사람들이야말로 *진정한 운동선수*라고 할 수 있단다."

할아버지는 말할 때 유럽 억양이 살짝 섞여 있어서 배우였던 아널드 슈워제네거 말투와 비슷했다. 슈워제네거는 오스트리아 출신이고 할아버지는 폴란드 출신인데도 그렇게 들렸다. 특히 몇 가지는 똑같았다. *w*발음은 *v*로 말했으며 *th*발음을 못 해서 *z*와 거의 비슷하게 들렸다. 할아버지가 운동선수인 애쓸리트 *athlete*를 발음하자 *애즈으으리트*^{azzzlete}로 들렸다.

내가 억지로 웃음을 참자 할아버지가 말했다.

"나처럼 5개 국어를 말할 수 있으면 비웃어도 된다."

"죄송해요, 할아버지."

할아버지가 화난 것은 아니었다. 우리끼리 주고받는 농담일 뿐이었다.

"레슬링은 발레와 체조와 연기가 하나로 어우러진 거야. 이제는 이해할 때가 되었잖니."

할아버지는 안락의자에 등을 기대고는 팔짱을 꼈다.

내가 대답했다.

"철인 3종 경기와 비슷하네요."

레슬링의 장점에 대한 대화가 슬슬 싫증 나서 궁금한 점을 물어보았다.

"할아버지, 다락 좀 둘러봐도 돼요?"

"다락에 들어가고 싶다는 거냐?"

"엄마 말로는 제가 찾는 것이 할아버지 다락에 있을지도 모른대요."

"뭘 찾는데?"

"학교에서 공연하는 연극에 소품이 필요해서요."

"뉴저지에 사는 유대인 노인에 대한 연극이냐?"

"뉴저지에 살지는 않지만 나이 든 유대인이 나오기는 해요. 〈지붕 위의 바이올린〉을 공연할 거예요. 혹시 아세요?"

"그 연극을 아냐고? 알다마다. 네 할머니가 제로 모스텔이 출연한 〈지붕 위의 바이올린〉을 보러 브로드웨이에 다녀온 것을 알아?"

"우아! 전혀 몰랐어요."

"그 배우가 첫 번째 테비에였어. 그 공연의 원년 멤버였거든."

"할머니는 그 공연을 좋아하셨어요?"

"좋아했냐고? 정신을 못 차렸지. 몇 번이나 공연을 보러 갔거든. 심지어 나에게 같이 보러 가자고 조르기도 했단다."

"그런데 안 가셨어요?"

할아버지는 고개를 저었다.

"너도 알다시피 난 그런 건 도통 취미가 없어서!"

한숨이 나왔다. 나도 잘 알고 있는 사실이었다. 할머니는 내 공연을 거의 다 보러 왔지만 할아버지는 한 번도 온 적이 없었다.

"할머니가 다 말해 주셨으니 어떤 이야기인지 아시죠? 1900년대 초에 러시아에 살던 유대인들이 겪은 일이에요."

"나도 그쯤은 알고 있단다. 그래서 황당하더구나. 수십만 명의 유대인들이 박해를 받고 목숨을 잃었잖니. 그런데 무슨 노래를 부른단 말이냐. 다음에는 홀로코스트(제2차세계대전 때 나치 독일이 자행한 유대인 대학살.-옮긴이) 뮤지컬이라도 만들겠다는 거냐?"

그 말을 듣고 나는 깜짝 놀랐다. 할아버지는 강제수용소에서 지내기는 했지만 이제껏 홀로코스트라는 말을 입 밖으로 꺼낸 적이 없었다. 할아버지가 셔츠 소매를 어쩌다 걷어 올릴 때면 왼쪽 팔뚝에서 푸른색의 숫자 문신이 슬쩍 드러났다. 아주 어렸을 때 아빠에게 그 숫자가 뭐냐고 물어보았다. 왠지 할아버지에게 바로 물어보면 안 될 것 같아서였다. 아빠는 그 숫자의 뜻을 알려 주었다. 유대인 가정에서 자라지 않으면 홀로코스트에 대해 잘 모를 수도 있다. 나는 학교에서 홀로코스트에 대해 배웠고 책을 몇 권 읽기도 했다. 더구나 우리 유대인들은 홀로코스트 기념일을 해마다 지켜 왔다. 그런데도 할아버지 팔뚝의 숫자를 본 순간 홀로코스트가 확실하게 와 닿았다. 너무나 확실하게! 할아버지는 그런 이유로 긴 소매의 셔츠를 입고 손목 단추까지 채우는지도 모른다.

할아버지가 말했다.

"그래, 셜리. 다락에 올라가서 둘러봐라. 그리고 레슬링이 끝나면 함께 차 한잔 마시자꾸나. 괜찮겠니?"

"완전 좋아요."

나는 일어나서 삐죽빼죽 고집스럽게 솟구친 할아버지의 솜털 머리카락에 가만히 입을 맞췄다.

"계단이 부서질 것 같으니 조심조심 올라가거라."

"그럴게요."

"나도 다락에 올라가 본 게 몇 년은 된 듯하구나. 금덩이를 찾으면 나랑 나눠야 한다."

"50 대 50이요."

나가기 전에 TV 소리를 원래대로 키워 놓았다. 할아버지는 엄지를 슬쩍 올리며 웃음 지었다. 할아버지와 레슬링 선수들을 남겨 두고 거실을 나왔는데도 시합 소리가 귓가에 쟁쟁했다.

계단을 오른 뒤 할머니 할아버지의 침실 앞에서 머뭇거렸다. 할머니는 마지막 몇 달을 거기에서 보냈다. 할머니가 세상을 떠난 뒤로는 침실에 들른 적이 없었다. 할머니가 있을지 모른다고 상상하며 침실을 슬쩍 들여다보았다. 물론 아무도 없었다. 심지어 욕실용 세제나 청소용 세정제 냄새도 나지 않았다.

다락으로 올라가려면 침실로 들어가 접이식 계단을 내려야 한다. 침실에서 할아버지가 늘 침대 곁에 두는 손전등을 집어 들었다. 제대로 켜지는지 확인한 뒤 드레스 룸으로 갔다. 한쪽 벽면은 할아버지 물건으로 채워져 있었다. 하얀 셔츠와 어두운 색 정장이 가득했고 바닥에는 비슷비슷한 구두들이 반짝거리며 나란히 줄을 선 채 할아버지가 신어 주기를 기다리고 있었다. 할아버지는 일할 때마다 이 옷과 신발을 유니폼처럼 착용하고 다녔다.

그러면서 회계사는 늘 회계사처럼 보여야 한다고 말했다.

맞은편 벽 전체를 차지한 할머니 옷장은 마치 할머니가 죽지 않은 것처럼 그대로 기다리고 있었다. 엄마 아빠가 도와드릴 테니 물건을 모두 치우자고 권했지만 할아버지는 대꾸도 안 했다. 나는 할아버지 마음이 이해되었다. 물건을 없애면 할머니와의 추억까지 사라진다는 생각이 들었을 것이다. 할아버지에게는 너무 어려운 일이었다.

접이식 계단을 끌어 내리려고 손을 뻗어 줄을 잡아당겼다. 계단이 뻑뻑한 데다 꽉 끼어 있는 탓에 힘껏 잡아당기고서야 덮개가 열렸다. 펼쳐진 계단이 바닥에 닿는 순간 먼지가 쏟아졌다.

나는 깜깜한 다락을 올려다보았다. 다락에 올라간 적이 거의 없었으며 그나마 할머니나 할아버지가 항상 함께해 주었다. 어쩐지 좋은 계획이 아닌 것 같았다. 할아버지가 레슬링을 다 볼 때까지 기다렸다가 같이 올라가는 게 나을 듯싶었다. 그렇지만 할아버지더러 낡고 가파른 계단을 오르자고 하는 것은 어리석은 짓이었다. 물론 부탁하면 얼마든지 들어줄 분이기는 했다. 할아버지는 나뿐만 아니라 다른 사람에게도 안 된다는 말을 한 적이 거의 없기 때문이다. 그게 우리 할아버지의 모습이었다.

손전등 불빛에 의지하여 흔들리는 계단을 천천히 올라갔다. 계단 꼭대기에 이르러 손전등을 들어 어둠 속을 비춰 보았다. 상자 몇 개와 오래된 가구처럼 보이는 커다란 물체가 비닐이나 천으로 덮여 있었다. 낡은 트렁크도 두어 개 보였고 벽에는 그림 몇 점이 세워져 있었다. 널따란 다락에 물건이 잔뜩 쌓여 있어서 왠지 귀신이 나올 것 같아…… *그만해! 나 자신에게 말했다. 살인자가 천 아래나 트렁크 뒤에 숨어 있지 않다면…… 무서워할 필요 없어! 좋아, 거기까지만!* 나는 호들갑을 떨기는 해도 멍청하게 굴지는 않는다.

머리와 어깨가 천장의 작은 입구를 지나고서야 다락에 오를 수 있었다. 아래쪽, 그러니까 저 멀리 아래쪽에서 레슬링 시합 소리가 여전히 들려왔다. 안도감과 불안감이 동시에 느껴졌다. TV 소리가 저렇게 요란하니 할아버지는 내 비명 소리를 절대로 못 듣겠구나! 손전등을 이리저리 비추자 천장의 백열전구에 달린 줄이 눈에 띄었다. 처음에는 놓쳤지만 두 번째 시도 끝에 줄을 잡아당기자 어슴푸레한 불빛이 다락을 밝혔다. 그제야 주변이 보이면서 뭐가 뭔지 알 수 있었다.

불을 켰는데도 다락은 여전히 음침하고 오싹하게 느껴졌다. 할아버지는 이 모든 물건을 어떻게 여기에 갖다 놓았을까? 잔뜩 쌓인 먼지로 짐작건대 할아버지가 아주 젊었을 때 거의 다 옮겨 놓았나 보다. 아무리 그렇더라도 흔들리는 계단으로 여행용 가방이며 그림이며 탁자를 옮기는 모습이 쉽게 상상되지 않았다. 전구가 머리 위에서 이리저리 천천히 흔들리면서 다락을 절반씩 번갈아 비춰 주었다. 가파른 지붕의 경사진 구석은 여전히 어두컴컴했다. 그쪽으로는 손전등을 비춰도 그저 어렴풋하게만 보일 뿐이었다. 다른 쪽은 좀 더 널찍했으며 상자들과 천으로 덮인 가구로 빼곡했다. 전구는 나더러 한쪽을 고르라는 듯 앞뒤로 흔들렸다. 어두컴컴한 곳? 널찍한 곳? 나는 바보가 아니니까 널찍한 곳으로 갔다.

"좋아, 내가 소품이라면 어디에 숨어 있을까?"

큰 소리로 말했더니 왠지 도움이 됐다. 목소리가 울려 퍼지자 외로움이 줄어드는 기분이었다.

오래되어 누리끼리해진 줄무늬 침대 시트를 벗기자 작은 탁자 두 개와 할머니가 소중히 여기던 나무 의자들이 나타났다. 모두 테비에의 집에 딱 어울리는 것들이었다. 아주 멀쩡한 데다 1900년 대 초기의 오래된 물건처럼 보였다. 시작부터 좋았다. 오른쪽에는 꽤 새것 같은 여행 가방이 두 개 있었다. 아무래도 할머니 할아버지가 유람선을 타고 그리스로 떠났을 때 가져간 여행 가방 같았다. 그때는 할머니가 암 선고를 받은 직후라서 두 분의 마지막 여행이 되고 말았다. 할머니는 늘 그리스를 가 보고 싶어 했다. 할머니 할아버지는 함께하는 마지막 여행이라는 생각에 슬픔과 기쁨이 교차했을 것이다. 그래도 할머니는 드디어 세상 구경을 했다며 무척이나 행복한 모습으로 집에 돌아왔다. 얼마 지나지 않아 자리에 드러누웠지만 아무것도 아쉽지 않다고 나에게 넌지시 말했다.

좋아, 이제 그런 생각은 그만하고 소품이나 좀 더 찾아봐야겠다. 탁자와 의자는 아주 맘에 들었다. 그렇지만 옷들이 더 필요했다. 새 여행 가방에는 옛날 옷이 없을 테니 굳이 열어 볼 필요가 없었다. 그 뒤로 큼지막하고 낡아 빠진 트렁크가 흘낏 눈에 들어왔다. 자세히 보니 두꺼운 가죽 끈과 녹슨 쇠고리로 잠겨 있었다. 약 1.2미터 너비에 1미터 높이로 테비에가 고향에서 미국으로 가져왔음직했다. 완벽해! 이 정도면 안에 보물이 없어도 괜찮겠어.

무거운 상자 몇 개를 옆으로 치우고서 커다란 화장대를 번쩍 들어 옮겼다. 순간 화장대 밑에서 커다란 거미가 기어 나와 내 발등을 허둥지둥 지나더니 구석으로 숨었다.

"으아아악!"

손에 들고 있던 침대 시트를 떨어뜨렸다. 나는 벌이나 뱀보다 거미가 더 싫었다. 물론 뱀도 고약하긴 하다. 그렇지만 거미는 완전히 고대 생물처럼 생겨서 끔찍했다. 어쩌면 거미들이 다락을 기어 다닐지도 모른다. 나는 마음을 가라앉히려고 손가락으로 머리카락을 빙글빙글 돌렸다. 주위를 둘러보자 수백만 개의 작고 징그러운 눈이 물건 뒤에서 나를 노려보는 것 같았다.

그렇지만 여기서 그만둘 수 없었다. 어떻게든 정신을 차려야 했다. 두려움을 꾹꾹 삼키며 머리카락 돌리는 것을 멈췄다. 마음을 가다듬고 화장대를 옆으로 밀어내자 낡은 트렁크가 눈앞에 나타났다.

단단하게 고정된 쇠고리는 지난 수십 년 동안 아무도 만지지 않은 것 같았다. 워낙 뻑뻑한 데다 녹이 슬어서 쇠고리를 힘껏 비틀고 구부려야만 했다. 마침내 쇠고리가 옆으로 스윽 밀리며 풀렸다. 나는 트렁크 뚜껑을 열어젖혔다. 안에서 무슨 냄새가 났다. 순간 머릿속에 떠올랐다. 나프탈렌 좀약. 작고 동글동글하게 생긴 하얀색 약으로 옷감에 곰팡이나 좀이 생기지 않도록 막아 주는 방충제였다. 좀약은 엄마 아빠가 사탕 통에 넣어 둔 동그란 박하사탕과 비슷한 모양이었다. 할머니는 여름이 되면 스웨터나 모직 옷을 차곡차곡 정리하고는 좀약을 넣어 놓았다. 내가 아주 어렸을 때였다. 어느 날 할머니 방에서 놀다가 뭔가를 보게 되었다. 입속에 좀약 하나를 막 집어넣는 순간 다행히 할머니가 알아차려서 무사할 수 있었다! 좀약은 휘발유와 표백제와 네일 리무버를 섞어 놓은 듯 지독한 냄새를 풍겼다.

트렁크 맨 위의 납작한 칸막이를 한쪽으로 들어냈다. 그러자 숨겨진 보물이 모습을 드러냈다. 내가 꼭 찾고 싶었던 것들이다. 무릎 아래까지 내려오는 낡은 치마와 큰 칼라에 소매가 봉긋한 꽃무늬 블라우스가 여러 벌 보였다. 할머니는 요리를 좋아해서 앞치마도 수십 장 있었다. 심지어 굽이 높은 구식 구두와 기다랗고 화려한 머리핀이 달린 모자도 두어 개 찾아냈다. 사실 이 물건들이 〈지붕 위의 바이올린〉 시대에 맞는지 알 수가 없었다. 그래서 램지 선생님이 알아서 하도록 몽땅 가져가기로 했다.

트렁크 위쪽에는 할머니의 옛날 옷이 놓여 있었고 할아버지 옷은 아래쪽에 있었다. 주름이 잡힌 구식 바지와 빛바랜 갈색 재킷 두세 벌과 스웨터 여러 벌이 보였다. 좀약 덕분인지 옷 상태가 꽤 좋았다. 게다가 아주 멀쩡한 구두와 신발도 나왔다. 쓸데없는 것까지 모아 두고 뭐든 못 버리게 하는 사람이 우리 할아버지였다. 그런데 트렁크를 보니 할아버지가 수집광일지도 모른다는 생각이 들었다. 공연에 필요한 무대의상은 여기에 있는 것만으로도 충분했다. 램지 선생님이 깜짝 놀라시겠다!

내가 고른 물건이 산더미처럼 쌓여 갔다. 계단 아래로 몽땅 내리려면 지원군이 필요했다. 나중에 아빠랑 같이 와서 옷들이며 탁자며 의자를 나르는 수밖에 없었다. 이제는 거대한 거미와 살인자도 머릿속에서 거의 지워져 갔다. 공연에 필요한 소품들을 하나라도 더 찾느라 정신이 팔려 있었다.

할아버지의 옛날 옷들 아래에도 칸막이가 하나 놓여 있었다. 칸막이를 치웠는데 옷은 더 이상 보이지 않았다. 트렁크 바닥에 쌓인 서류와 파일은 옛날 법률 문서처럼 보였다. 흥미가 당겼지만 공연에는 도움이 될 것 같지 않았다.

트렁크 뚜껑을 닫으려는데 뭔가 눈에 띄었다. 서류 사이로 커다란 종이 한 장이 보였다. 아니 종이가 아니라 포스터에 가까웠다. 맨 위에는 검은색 글자가 커다랗게 인쇄되어 있었다. 서류들을 이리저리 치운 뒤 포스터를 꺼내서 무슨 글자인지 읽어 보려고 희미한 불빛에 비춰 보았다. 그러나 알 수 없었다. 내가 못 읽는 글자였다. 폴란드어라는 생각이 들었다. 아니면 동유럽 출신의 나이가 많은 유대인들이 사용하는 이디시어일지도 모른다. 이디시어는 할머니와 할아버지가 집에서 주고받던 말이었다. 할머니가 떠나간 뒤로 할아버지에게서 이디시어를 들은 적은 없었다. 그래, 이 글자는 이디시어가 분명해. 〈지붕 위의 바이올린〉 공연 때 이 포스터를 쓸 만한 곳이 있었다. 선술집 장면에서 벽에 걸어 두면 좋을 것 같았다.

그때 단어 하나를 알아볼 수 있었다. 우리 집안의 성씨인 *버먼*이었다. 바로 아래에는 남자 넷과 여자 하나의 모습이 담긴 희미한 흑백사진이 보였다. 이 사람들은 먼 친척들인가?

사진 속 사람들은 각자 악기를 들고 있었는데 바이올린과 클라리넷, 탬버린, 아코디언, 더블베이스였다. 남자들은 내가 트렁크에서 찾아낸 것처럼 어두운 색의 재킷을 입고 있었으며 하나같이 모자를 쓰고 있었다. 그리고 남자들 중 두셋은 어린 소년이었다. 사진에서 가장 어려 보이는 얼굴이 유독 눈길을 끌었다. 그 아이가 다름 아닌 할아버지라는 사실을 깨닫는 순간 입이 쩍 벌어졌다. 할아버지의 어린 모습을 사진으로 본 적은 없었다. 그렇지만 저 얼굴과 저 표정과 저 눈은 틀림없이 할아버지였다. 아빠와 애덤 오빠를 섞어 놓은 모습이었다. 아이는 바이올린을 턱에 끼운 채 활로 줄을 긋고 있었다. 그렇지만 말이 안 되는 모습이었다. 할아버지는 바이올린을 켤 줄 몰랐다. 심지어 라디오도 다룰 줄 몰랐다. 집에 라디오가 아예 없었다. 차에서도 음악을 절대 틀지 않았다.

그런데 할아버지와 함께 있는 사진 속 인물들은 도대체 누굴까? 가족일까? 할아버지 왼쪽으로 나이 든 남자가 보였다. 아버지인가? 오른쪽에 서 있는 사람은 형일까? 갑자기 우리 집안의 어른들을 만나는 기분이 들었다. 포스터를 할아버지에게 보여 드리고 어떤 상황인지 물어봐야 할 것 같았다. 나는 포스터를 손에 쥐었다. 옷들은 당분간 그대로 두더라도 이것만큼은 당장 가져가기로 했다.

자리에서 일어서는데 뭔가 다시 눈길을 사로잡았다. 그리 크지 않은 케이스가 낡은 트렁크 뒤의 어두운 바닥에 놓여 있었다. 주머니에서 손전등을 꺼내 그쪽을 비춰 보았다. 바이올린 케이스였다. 좀 더 자세히 살피려고 바이올린 케이스를 들어 탁자 위에 올렸다. 케이스는 낡았으며 가장자리가 닳아 있었다. 당연히 다른 것과 마찬가지로 먼지가 수북했다. 바이올린 케이스를 뒤집자 뒷면에 *T.B.* 라는 알파벳이 보였다. 토비어스 버먼^{Tobias Berman}. 할아버지 이름의 이니셜이었다! 이게 할아버지 바이올린이라고? 머릿속이 복잡해졌다.

나는 잠금장치를 풀고 케이스를 열었다. 낡은 바이올린이 파란색의 벨벳 천에 놓여 있었다. 살짝 찌그러지고 빛이 바랜 데다 줄 두어 개는 끊어진 상태였다. 그래도 짙은 밤색 나무판은 누가 날마다 닦아 놓은 듯 윤기가 흘렀다. 앞판의 귀퉁이에는 다윗의 별 네 개가 새겨져 있었다.

나는 포스터에 나온 사진과 앞에 놓인 바이올린을 비교해 보았다.

내 입에서 속삭임이 흘러나왔다.

"똑같은 거야."

이 바이올린이 어디에서 났으며 할아버지와 어떤 관계가 있는지 궁금증이 커져 갔다.

3

흔 들리는 계단을 밟으며 할아버지 침실로 내려온 순간은 잘 기억나지 않는다. 포스터와 바이올린 이야기를 할아버지에게 어떻게 꺼내면 좋을지 궁리하느라 정신이 팔려 있었다. 포스터와 바이올린은 내 옆구리에 단단히 끼우고 있었다.

아래층에는 아직도 TV가 켜 있었다. 가까이에서 들으니 요란하게 쿵쿵거리는 레슬링 소리가 아니었다. 다큐멘터리나 뉴스처럼 들렸다. 할아버지가 잠이 든 게 분명했다. 아니나 다를까, 거실로 돌아갔을 때 할아버지는 눈은 감고 입은 살짝 벌린 채 의자 받침내에 머리를 살며시 기내고 있었다. 안성은 삐뚤어져서 한쪽은 이마에 다른 쪽은 뺨에 걸쳤고 가볍게 코를 골았다. TV에서는 낯익은 장면이 보였다. 기자가 쌍둥이 빌딩의 잔해 앞에 서 있었다. 뒤에서는 어떤 기계가 콘크리트 조각을 들어서 덤프트럭에 싣고 있었다. 기자는 하얀색 안전모를 쓴 남자를 인터뷰하는 중이었다. 나는 그 남자가 하는 말을 듣고 싶지 않았다.

할아버지 옆에 있는 탁자에서 리모컨을 집어 TV를 껐다. 그리고 잠깐 주저하다가 할아버지에게 기대어 가만히 속삭였다.

"할아버지, 일어나세요."

"어? 뭐라고?"

할아버지는 화들짝 놀라 고개를 들고는 얼른 안경을 고쳐 썼다.

"셜리야, 왜 그러니? 지금 몇 시지?"

"6시 30분쯤 되었어요."

저녁을 먹으러 집에 가야 할 시간이었다.

"내가 잠이 들었군. 잠깐 눈 좀 붙인다는 게 그만 곯아떨어졌지 뭐냐."

"깨워서 죄송해요."

"아니다, 아니야. 잠들 생각이 없었어."

할아버지는 TV를 흘끗 쳐다보았다.

"레슬링은 끝났나?"

나는 고개를 끄덕였다.

"한참 전에 끝난 것 같아요."

"다락에서 쓸 만한 것 좀 찾았어?"

그 간단한 질문을 시작으로 나와 할아버지 사이는 완전히 틀어졌다. 나는 찾아낸 옷들과 가구를 막 이야기하려던 참이었다. 가벼운 대화부터 먼저 나누고 할아버지의 어린 시절로 방향을 슬쩍 바꿀 생각이었다. 그런데 할아버지가 내 팔에 끼고 있던 포스터와 바이올린을 무심코 보면서 그 계획은 와르르 무너져 내렸다. 순간 할아버지 입이 저절로 벌어졌고 얼굴은 백지장처럼 하얗게 변했다.

"그걸로 뭘 하려는 거냐? 도대체 어디에서 찾아냈어?"

할아버지 목소리는 꽉 잠긴 채 파르르 떨렸다.

"다락이요. 할아버지가 가서 봐도 된다고 말씀하셔서…… 기억나시죠?"

"그건 그런데…… 난 그게 거기에 있을 줄은…… 아직도 있을 줄은 몰랐다."

할아버지는 온몸을 떨기 시작했다. 갑자기 할아버지가 너무나 쇠약하고 늙어 보였다.

"할아버지, 괜찮으세요?"

나는 무릎을 꿇고 손을 내밀어 할아버지를 어루만졌다. 할아버지가 심장마비를 일으키거나 머리에 충격을 받을까 봐 덜컥 겁이 났다. 할아버지는 내 손을 탁 뿌리쳤다.

"그건 내 개인적인 물건들이다. 네가 함부로 가져갈 수 없는 거야."

할아버지의 잠긴 목소리가 날카롭게 바뀌었다. 할아버지가 나에게 그렇게 화를 낸 것은 처음이었다. 나는 할아버지가 아끼는 손녀딸이었다. 나에게 뭐든 다 해 줄 수 있는 사람이 바로 할아버지였다. 그래서 나는 겁에 질렸다. 할아버지의 건강도 신경 쓰였지만 무엇보다 내가 쓸데없는 일을 들춰낸 것 같아서였다.

"저…… 죄송해요. 할아버지를 괴롭힐 뜻은 없었어요. 그냥 이 물건들을 다락에서 발견한 것뿐이에요. 할아버지가 다락에 올라가도 된다고 하셨잖아요. 정말 죄송해요."

내 목소리는 점점 작아져 거의 속삭임으로 바뀌었다.

할아버지는 눈길을 피했다.

"그 물건들은 거기에 있으면 안 되는 것이었어. 없애거나 나눠주거나 버려야만 했어. 네 할머니가 반드시 없애겠다고 약속했건만."

"포스터는 커다란 트렁크의 옷더미 아래 있었어요. 제가 잘못했어요."

"네가 만져도 되는 것들이 아니다. 여기에 그냥 두고 가거라."

할아버지 목소리는 더 이상 화나 있지 않았다. 그저 기운 없고 조금 슬프게 들렸다.

"그런데 정말 이해가 안 돼요, 할아버지. 왜……?"

"두고 가라고 했잖니."

대화를 그만하겠다는 뜻이었다. 나는 포스터와 바이올린을 소파에 조심스럽게 내려놓고 할아버지에게 물었다.

"뭘 좀 갖다드릴까요, 할아버지? 차 드실래요?"

"아니다, 괜찮다. 정말 괜찮아. 소리 질러서 미안하다. 그냥……."

"아니에요, 이해해요. 할아버지 물건을 만진 건 제 잘못이에
요. 엄마가 제 방에 들어와서 물건을 옮겨 놓으면 정말 싫거든
요. 오빠가 자기 것이 아닌데 가져갈 때도요."

나는 분위기를 바꾸려고 괜히 재잘거렸지만 안타깝게도 아무
소용없었다. 할아버지는 그저 가만히 앉아서 침묵을 지켰다. 그
나마 이제는 몸을 떨지 않았다.

"그럼, 음, 갈게요. 정말 아무것도 필요 없으세요?"

대답이 없었다.

나는 문으로 걸어가서, 나가기 전에 한번 더 돌아보았다.

"정말 죄송해요, 할아버지. 트렁크 위쪽에서 아주 근사한 옛날
옷과 모자를 발견했어요. 우리 공연에 딱 필요한 소품들이었어
요. 너무 흥분한 나머지 트렁크 바닥까지 뒤졌어요. 그러다가 포
스터를 발견했고요."

나는 할아버지와 여전히 사이가 좋다는 것을 확인하고 싶었다.
할아버지의 화가 풀리지 않는다면 내 자신을 용서할 수 없었다.

이윽고 할아버지가 고개를 들고 나를 보았다.

"그래 알겠다, 셜리. 걱정하지 마라. 다 괜찮아질 거야. 공연에
필요한 옷은 얼마든지 가져가려무나."

할아버지가 말을 덧붙였다.

"옷을 가지러 다시 오거라. 차는 다른 날에 함께 마시자꾸나."

그것은 화해의 손짓이었다. 지금은 그 정도면 충분했다. 나는 고개를 끄덕이고 돌아서서 할아버지 집을 나왔다.

4

이틀날 아침, 학교에 아주 이른 시간에 도착했다. 혼자서 학교 정문의 계단을 뛰어올랐다. 보안 요원 외에는 아무도 보이지 않았다. 9·11사건 뒤로 예방 조치에 따라 학교로 파견된 보안 요원이었다. 램지 선생님은 이미 출근하고도 남을 분이었다. 역시 내 생각이 맞았다. 선생님의 사무실 문은 살짝 열려 있었고 은은한 불빛이 안에서 새어 나왔다.

문을 가만히 두드렸다.

"들어오세요."

나는 문을 밀고 안으로 들어갔다.

램지 선생님이 목소리를 높였다.

"어서 와. 그리고 축하해!"

선생님은 의자에서 벌떡 일어나 두 팔로 나를 꽉 안아 주었다.

"자리에 편히 앉으렴."

나는 푹신푹신하고 편안한 의자에 풀썩 주저앉았다. 램지 선생님은 공장 같던 사무실의 노란색 벽을 파스텔 톤의 연한 초록색으로 칠했다. 그러고는 자신의 포스터와 작품으로 멋지게 꾸며 놓았다. 또한 높이 매달린 형광등은 꺼 버리고 대신 탁자 위의 램프 두 개로 불빛을 부드럽게 바꾸었다. 학교 사무실을 자신만의 취향이 드러나는 곳으로 만든 것이었다. 램지 선생님만 할 수 있는 일이었다.

램지 선생님은 패션 감각도 있었다. 오늘은 꽃무늬 상의에 옆이 길게 트인 검은색 롱스커트를 입고 있었다. 언제나처럼 잘 어울리는 차림이었다. 내가 보기에 선생님은 감자 포대를 걸쳐도 멋지게 소화할 분이었다. 늘 지나치게 꾸미려는 사람들이 있는 반면 램지 선생님은 전혀 달랐다.

"공연에 필요한 소품과 의상을 찾은 것 같아서 말씀드리러 왔어요."

바이올린과 포스터에 대해서도 한마디 하려다가 얼른 입을 다물었다. 내가 찾아낸 물건과 할아버지 과거의 비밀 때문에 마음이 여간 무거운 게 아니었다. 누구라도 붙잡고 다 털어놓고 싶었다. 그렇지만 엄마 아빠에게는 그 일을 밝히기가 어려웠다. 아직은 말할 엄두가 나지 않았다.

"정말 잘됐네! 네 일이 아닌데도 신경 써 줘서 고마워."

램지 선생님은 말을 마친 뒤 나를 물끄러미 바라보았다.

"이렇게 일찍 찾아온 이유가 그것 때문만은 아니지?"

차마 아니라고 말할 수 없었다. 램지 선생님은 나를 아주 잘 알고 있었다. 나는 속마음을 털어놓아야 했다.

"이번에 맡은 배역이 실망스러워서 말하러 왔구나."

"네…… 제 말뜻은 그게 아니라…… 전 좀 당황했거든요."

"넌 호텔이 되고 싶었으니까."

"호텔은 멋진 독창을 부르잖아요."

"대신 '나를 사랑하오?^{Do You Love Me?}'를 벤과 같이 부르잖니?"

"벤…… 벤 모건이요?"

"벤이 테비에 역을 맡았거든. 극에서 너의 남편 말이야."

"몰랐어요."

이 연극의 *진짜* 주인공이라 할 수 있는 남자 주인공이 누구인지 찾아볼 생각을 못 했다.

"벤을 알지?"

"조금요."

누구나 벤을 알았다. 미식축구부 주장으로 얼마 전에는 지역 챔피언 시합에서 팀을 우승으로 이끌었다. 벤은 우리 학교에서 가장 인기가 높은 남학생이었다.

"내 생각에 그러면 일이 쉬워질 것 같았거든. 소문을 듣자니 벤을 쫓아다니는 여학생들이 상당히 많다던데."

램지 선생님은 그 말을 하며 나를 빤히 바라보았다. 나는 아무 말도 못 했다. 그렇지만 입이 저절로 벌어졌고 얼굴은 달아올랐다.

램지 선생님이 킥킥 웃음소리를 냈다.

"많은 여학생들이 벤의 상대역을 무척이나 맡고 싶을 거야."

벤은 똑똑했으며 나보다 한 학년 높고 한 살 많았다. 지난해에 에마 프라이스와 사귀었지만 최근에 헤어졌으니 엄밀히 따지자면 누구와도 만날 수 있었다. 그렇지만 나와는 상관없었다. 벤은 차원이 다른 아이들과 어울렸으며 다들 나이가 많고 인기도 높았다.

"음, 네가 골데를 원하지 않는 것은 나도 알아. 그렇지만 골데는 극 전체에서 두 번째로 중요한 역할이란다. 테비에 다음이거든."

"그런 것 같아요."

"셜리, 난 〈지붕 위의 바이올린〉을 연극이라고 생각해. 진짜로."

잠깐! 램지 선생님이 우리 엄마랑 이야기를 나눴나?

"노래가 있잖아요. 그럼 뮤지컬 아닌가요?"

"음악이 있는 연극이라고 할 수 있지."

나는 고개를 숙이고 의자 구석에 튀어나온 실밥을 뜯기 시작했다. 이번 공연에 출연하게 된 것은 정말 감사한 일이다. 그렇지만 골데 역할은 싫었다. 아무리 벤 모건의 상대역이라도 맡고 싶지 않다는 것을 선생님에게 어떻게 설명해야 할까?

램지 선생님이 말을 이었다.

"이 연극의 마법은 연기에 있어. 감정이 중요하거든. 그래서 널 골데로 뽑은 거야."

"호델 역에는 제가 어울리지 않았나요?"

"호델은 전체 이야기에 그렇게 큰 영향을 미치지는 않으니까. 물론 호델의 독창이 꽤 사랑스럽기는 하지."

말도 안 돼!

"한 가지 부탁할게. 너에게 호델과 차바의 대역을 맡기려고 해. 두 배역의 대사와 노래를 외워야 하는데 잘할 수 있겠니?"

나는 얼른 고개를 들었다. 무척 흥미로운 제안이었다.

"그럼요. 그렇지만 제가 골데와 딸을 한 무대에서 연기할 수 있을까요?"

"의상을 재빨리 갈아입으면 돼. 골데와 딸들이 같이 나오는 장면은 그리 많지 않거든. 물론 대역을 쓸 일이 생기지 않아야겠지."

민디가 우물에 빠지거나 늑대의 공격을 받기를 바라는 못돼먹은 생각이 머릿속을 계속 맴돌았다.

"그리고 그 멋진 노래는 민디가 부르는 게 맞아. 어쨌든 졸업반이잖니."

"내년에 저도 졸업반이 되면 제일 좋은 배역을 맡게 되나요?"

불쑥 말을 하고 나자 스스로 어이없다는 생각이 들었다.

"죄송해요."

램지 선생님은 잠시 침묵을 지키다 일어나서 문을 닫았다.

"우리끼리 비밀 이야기를 해야 할 것 같구나."

나는 뭔지 궁금해서 허리를 쭉 펴고 앉았다. 선생님은 자리로 돌아와 웃음을 지었다.

램지 선생님이 입을 열었다.

"지금 당장 확실히 약속은 못 해. 그렇지만 내년 작품에서 셜리 너에게 큰 역할을 맡길 생각이야."

선생님의 말을 듣는 순간 내 귀를 의심했다.

"말했다시피 100퍼센트 확실하지는 않아. 그러니 다른 사람에게 절대 알리지 마. 부모님에게도 마찬가지야. 알겠니?"

"말 안 할게요. 약속해요."

"내년에 민디가 없으니 네가 가장 뛰어나겠지. 아무래도 노래 실력을 갖춘 사람이 필요할 것 같아."

"무슨 공연을 하는데요?"

"확실히 결정은 못 했어. 어쨌든 굉장한 공연이 될 거야. 나는 〈화니 걸Funny Girl〉(무명의 여배우가 브로드웨이에서 성공하는 과정을 그린 뮤지컬.−옮긴이) 같은 대형 작품을 생각하고 있거든."

"제가 주인공인 패니 브라이스를 맡나요?"

나는 숨이 막혔다.

"너 정도 실력이면 얼마든지 패니가 될 수 있지."

그건 내가 들을 수 있는 최고의 찬사였다.

"그렇지만 〈화니 걸〉이 아닐 수도 있어. 〈웨스트 사이드 스토리〉나 〈사운드 오브 뮤직〉이나······."

"제가 마리아나······ 마리아가 되나요?"(두 작품의 주인공 이름이
똑같이 마리아다.–옮긴이)

램지 선생님이 웃음을 터뜨렸다.

"아니면 〈그리스〉나 〈오즈의 마법사〉나 〈회전목마〉를 공연할
수도 있고."

머릿속이 핑핑 돌아갔다. 모두 여자 주인공이 인상적으로 기
억되는 작품이었다.

램지 선생님이 덧붙였다.

"세계적으로 엄청난 사건이 일어났잖니. 그래서 올해의 작품
을 좀 더 밝은 것으로 바꿀까 생각도 했어. 사람들이 행복해질
수 있도록 말이야. 그렇지만 〈지붕 위의 바이올린〉은 음악이 감
동적이고 메시지가 강렬하거든. 내 생각에 그 메시지는 모든 사
람에게 해당될 것 같아."

'세계적으로 엄청난 사건'이 무엇인지 굳이 설명할 필요는 없
었다. 5개월이 지났는데도 그 일은 악몽처럼 공기 중에 떠다녔
다. 우리 학교 학생 두 명이 9·11사건으로 부모님을 잃었다. 물
론 모두 다 그런 일을 겪은 것은 아니지만 사건의 희생자와 누구
나 관련이 있었다. 수학적으로 계산해 보아도 알 수 있었다. 쌍
둥이 빌딩이 무너졌을 때 2,600명 이상의 사람들이 목숨을 잃었
다. 2,600명에게는 아내와 남편을 비롯해 아들과 딸, 조카, 이

웃, 친구가 있었다. 연못에 돌멩이를 던지면 물결이 거의 끝없이 퍼져 나가는 법이다.

그 사건이 터진 날을 평생 잊지 못할 것이다. 나는 학교에 있었고 과학 수업이 막 시작되던 참이었다. 갑자기 복도가 소란스러웠다. 사람들이 이리저리 뛰어다녔으며 귀를 의심케 하는 흐느낌과 울부짖음이 들려왔다. 수업을 하던 선생님은 무슨 일인지 확인하려고 교실 밖으로 나갔다. 바로 그때 교장 선생님이 교내 방송으로 사고가 발생한 것을 우리에게 알려 주었다. 비행기 한 대가 맨해튼의 세계무역센터 쌍둥이 빌딩 중 하나와 충돌했다는 소식이었다.

선생님들이 평소와 다름없이 행동했으므로 우리는 그저 사고라고 철석같이 믿었다. 그런데 얼마 지나지 않아 전체 학생들을 구내식당으로 불렀다. 식당의 커다란 TV 화면에서는 방송이 나오고 있었다. 어쩐지 이상한 기분이 들었다. 그래도 아직은 다들 들떠 있었다. 별일 아니라고 생각하는 아이들도 있었다. 그저 수업을 빼먹을 구실로만 여겼을 뿐이다. 그러나 두 번째 비행기가 쌍둥이 빌딩 중 남쪽의 사우스타워와 부딪친 순간 모든 것이 달라졌다. 방송으로 그 장면을 셀 수 없이 보여 주는데도 도저히 믿어지지 않았다. 깔깔대거나 딴짓을 하는 아이들은 아무도 없었다. 그저 입을 다문 채 걱정과 두려움에 떨었다. 학교는 문을 닫기로 결정하고 부모님에게 연락하여 우리를 데려가도록 했다.

나는 가방을 챙겨서 밖으로 나왔다. 엄마는 벌써부터 나를 기다리고 있었다. 다른 부모님들이나 조부모님들도 엄청나게 많이 모여 있었다. 다들 전화를 받기도 전에 자녀들을 데리러 일터를 박차고 나온 것이었다. 애덤 오빠는 뉴저지주에 있는 라이더대학교에 다녀서 별일 없이 무사했다. 맨해튼 외곽의 사무실에서 일하는 아빠와 연락이 닿기까지는 시간이 오래 걸렸다. 아빠는 건물이 살짝 흔들리기는 했지만 다행히 괜찮다면서 집에 도착하기까지 오래 걸릴 것 같다고 말했다. 엄마는 허드슨강 쪽으로 차를 운전했으나 그쪽으로도 사람들이 몰려 강변을 따라 차가 길게 늘어서 있었다. 강 건너 맨해튼이 보였다. 우리는 멈춰 선 채 두 눈을 의심하며 침묵에 잠겼다. 마치 꿈처럼 느껴졌다. 아니 악몽이나 다름없었다. 우리가 그곳에 도착했을 때 사우스타워는 이미 무너진 상태였다. 어떻게 저런 일이 일어날 수 있을까? 그때 쌍둥이 빌딩 중 북쪽의 노스타워가 눈앞에서 마저 허물어졌다. 마치 와르르 부서지는 것 같았다. 우리는 헉 소리를 내고 비명을 질렀다! 강 건너 멀리 떨어져 있으니 틀림없이 안전한데도 거대하고 웅장한 빌딩이 우리를 덮치는 것처럼 느껴졌다.

램지 선생님의 말소리가 들렸다.

"그러니 올해에는 네가 골렘을 맡아 주면 좋겠어."

나는 과거의 기억에서 얼른 벗어났다.

"네, 그럴게요. 이제껏 학교 공연에 등장했던 여러 골렘들 중에서 최고가 될게요."

"당연히 그러겠지."

"선생님, 제가 유대인이라는 거 아시죠?"

나도 모르게 불쑥 그 말이 튀어나왔다.

램지 선생님은 살짝 어리둥절한 표정을 지었다.

"어, 그래, 그렇지만⋯⋯."

"제 역할에 도움이 되도록 골데가 살던 시대에 대해 알아보려고요. 우리 증조할머니가 그 당시 러시아에서 사셨거든요."

램지 선생님이 고개를 끄덕였다.

"잘됐구나. 네가 골데 역할을 맡아 줄 줄 알았어."

선생님은 이미 알고 있었다. 나는 최고의 골데가 되는 수밖에 없었다. 나 말고 어떤 여자아이가 가난하고 핍박받는 중년의 촌스러운 유대인 어머니로 분장하고서 전교생이 보는 무대에 등장하고 싶겠는가?

호델을 맡았으면 더할 나위 없이 좋았을 텐데⋯⋯ 그렇지만 훌훌 털어 버리기로 했다. 내년이 되면⋯⋯ 나는 〈웨스트 사이드 스토리〉의 마리아나 〈그리스〉의 샌디나 〈오즈의 마법사〉의 도로시를 맡을 수 있다. 올해에는 골데가 되기로 하자.

5

그 날 아침, 수업을 시작할 때쯤 누가 어떤 배역을 맡았는지 학교 복도를 통해 소식이 쫙 퍼져 나갔다. 평소에 알고 지내는 아이들뿐만 아니라 모르는 아이들에게서도 그날 내내 축하를 받았다. 솔직히 기분이 좋았다. 골데로 뽑힌 것에 대한 아쉬움은 조금씩 사라졌다.

집에 돌아와 숙제를 마치고 밤에 자려고 눕자 다락에서 찾아낸 물건 때문에 할아버지가 화내던 모습이 떠올라 마음이 무거웠다.

아직은 그 일에 대해 엄마 아빠에게 말하지 못했다. 큰 실수를 저질렀다는 생각이 들어서였다. 할아버지를 속상하게 한 일로 엄마 아빠에게 혼나는 것은 정말 싫었다. 내가 보기에 할아버지의 비밀스러운 과거는 포스터와 바이올린 속에 숨어 있었다. 진실을 알고 싶었지만 방법이 떠오르지 않았다.

또한 램지 선생님과 이야기를 나눈 뒤로 내년 작품에 대한 비밀이 하나 더 생겨났다. 나는 당연히 잠을 이룰 수 없었다! 머릿속은 한꺼번에 너무 많은 일로 복잡했고 걱정은 꼬리를 물고 이어졌다. *비밀이 너무 많잖아!* 밤새 그런 생각에 빠져 있다 보니 이튿날 아침에 식사하러 갈 때 마치 좀비가 된 것 같았다. 나는 주방으로 들어가 식탁 의자에 털썩 주저앉았다.

나는 원래 아침이면 말수가 줄어들었다. 그날도 다를 바 없었다. 엄마가 오렌지 주스 한 잔을 내 앞으로 쭉 밀었다가 이내 가져갔다. 오늘은 수업 전에 〈지붕 위의 바이올린〉 첫 연습을 진행하는 날이었다. 엄마는 그런 이유로 내가 긴장하고 있다고 확신하는 눈치였다. 사실 그랬다! 너무 부담스러웠다. 내가 맡은 역할뿐만 아니라 대역까지 두루 꿰고 있어야 했다. 나는 팀에 도움이 되는 사람이고 맡은 역할에 최선을 다하고 있음을 램지 선생님에게 보여 줄 필요가 있었다. 아울러 내년에 주인공으로 뽑힐 만큼 실력이 뛰어나다는 것까지 인정받아야 했다. 그런데 기분이 썩 유쾌하지 않았다. 예전에 종종 꾸었던 악몽이 되살아났다. 첫 공연에 무대로 나갔는데 대사가 하나도 기억나지 않는 꿈이었다. 꿈속에서 입을 달싹거렸지만 아무 소리도 나오지 않았다. 지난해 공연 뒤로는 그 악몽을 꾼 적이 없었다. 그런데 그 기억이 생생하게 밀려왔다. 심지어 이번 공연의 대사를 몇 줄 외우지도 않았건만 잊어버릴까 봐 벌써부터 초조해졌다. 무엇보다 골데 역할을 잘 소화할 수 있을지 걱정이 앞섰다. 전에 맡았던 역할들과 완전히 달랐기 때문이다. 아울러 벤 모건과 연기를 하는 것도 걱정스러웠다. 따라서 할아버지 문제는 잠시 제쳐 두고 작품에 집중하기로 했다.

그날 아침에는 아빠가 나를 학교까지 태워 주었다. 아빠는 차를 몰고 떠나면서 창문 밖으로 소리쳤다.

"다리나 부러져라!"(배우들이 행운을 비는 의미로 쓰는 말. 프랑스 배우가 다리를 다쳐 수술을 받았는데 그 후 인기가 치솟자 배우들끼리 서로 행운을 빌며 쓰게 되었다.─옮긴이)

연습실로 들어서자 나타샤가 나를 보더니 저 멀리서 곧장 다가왔다.

"너 끔찍해 보여."

"고맙다."

"아니, 깜찍이 아니라 끔찍이라니까."

"그래, 끔찍으로 들었어."

나타샤는 넌 날 못 속인다는 듯 두 눈을 가늘게 뜨고 말했다.

"무슨 일인데?"

시간이 별로 없었다. 반주를 담당하는 네바레즈 선생님이 이미 피아노 앞에 자리를 잡고 몸을 푸는 중이었다. 남자분으로, 예전에 교사였던 네바레즈 선생님은 램지 선생님의 권유에 따라 은퇴 생활을 접고 학교로 돌아와 우리 반주자가 되었다. 램지 선생님이 들어와 연습을 시작하면 분위기는 완전히 진지해진다. 사사로운 일로 수다를 떨 틈이 없다는 뜻이다. 램지 선생님은 교실 밖에서는 느긋한 편이지만 연습 시간만 되면 매우 예민해졌다.

특히 "목표를 세운 뒤 성공에 이르려면 연습이라는 다리를 건너야 한다"라는 명언을 좋아했다. 어느 동기 부여 강사가 남긴 말인데 선생님은 그 명언을 자주 입에 올렸다.

나타샤에게는 할아버지 다락에서 찾아낸 소품과 옷들에 대해 이미 이야기한 상태였다. 이번에는 바이올린과 포스터와 할아버지의 반응에 관한 이상한 이야기를 털어놓았다. 나타샤는 적절히 고개를 끄덕였고 헉 소리를 내며 놀랐다.

"할아버지는 유령이라도 본 것 같았어. 전에는 그런 모습을 한 번도 못 봤단 말이야."

"왜 그랬는지 말씀하셨어?"

"아니, 그게 문제야. 할아버지는 화를 벌컥 내더니 바로 말문을 닫으셨어."

"난 누가 화를 내면 얼마든지 달래 줄 수 있어. 그렇지만 말문을 닫아 버리면 곤란하더라."

내가 얼른 한마디 던졌다.

"그래서 가만히 못 있는구나."

"너도 만만치 않거든."

나타샤는 말을 이었다.

"무슨 일인지 궁금해 미치겠다. 음, 네 할아버지가 어떤 범죄에 휘말렸는데 네가 그 증거를 파헤쳤나 봐!"

나는 버럭 소리를 질렀다.

"야, 그만해. 네가 명탐정 셜록이야? 영화를 너무 많이 보더라니. 우리 할아버지 이야기거든. 세상에서 가장 친절하고 다정하신 분이야. 게다가 포스터에서는 그냥 남자아이였을 뿐이고. 이번 일은 할아버지가 전쟁 중에 겪은 사건과 분명히 관련 있을 거야. 무슨 사건인지는 모르지만."

"이제 어쩌려고?"

나는 한숨을 길게 내쉬었다.

"할아버지랑 다시 이야기해 봐야지. 그런데 할 수 있을지 모르겠어."

바로 그때 램지 선생님이 연습실로 들어왔다. 선생님이 주목하라며 손뼉을 치자마자 바로 고요해졌다. 거의 다 요전 공연에 참여했던 학생들이라 눈치가 빨랐다.

"바로 조용히 해 줘서 고마워."

램지 선생님은 〈지붕 위의 바이올린〉의 배경에 대해 차근차근 알려 주었다.

이번 연극은 1900년대 초 러시아의 아나테프카라는 자그만 유대인 촌락에서 일어난 일을 다룬 작품이었다. 당시 러시아 황제인 니콜라이 2세는 예전 군주들이 오랫동안 고집한 반유대주의

정책을 잔인하게 이어 나갔다고 한다.

램지 선생님이 말했다.

"그들은 증오심에 사로잡혀서 수십 년 동안 유대인들을 가혹하게 다뤘어."

"바로 유대인 대학살이야."

내가 속삭이자 나타샤가 고개를 끄덕였다.

램지 선생님이 말을 이었다.

"이런 상황에서 가난한 유대인 우유 배달부 테비에와 아내 골데와 다섯 딸은 소박한 삶을 꾸려 나가고 있었어."

선생님은 나와 벤이 맡은 배역 이름을 말하면서 우리 둘을 보고 살짝 웃었다. 나는 벤을 바라본 순간 얼굴이 금세 달아올랐다. 얼른 내 자신을 살펴보았다. 벤이 매력을 느낄 만한 부분이 눈곱만큼도 없었다. 아마 나에게 걸려 넘어져도 날 못 알아보겠지. 우리는 공연을 한 번 같이 했지만 그걸로 끝이었다. 오늘따라 벤은 굉장히 귀여워 보였다. 팔꿈치까지 소매를 접은 체크무늬 셔츠와 청바지에 하얀 운동화 차림이었다. 짧은 머리카락이 삐죽삐죽 솟아 있어서 깨어나자마자 바로 학교에 온 건지 욕실 거울 앞에서 시간을 오래 보낸 건지 궁금했다.

벤이 고개를 돌려 나를 힐끗 보았다. 나는 벤을 빤히 쳐다보고 있다가 들키는 줄 알았다. 자칫하면 요상한 스토커로 몰릴 수도 있었다! 벤은 살짝 웃음 짓더니 램지 선생님에게 눈길을 돌렸다.

벤의 눈동자는 아주 짙은 색깔이라 마치 나를 꿰뚫어 보는 것 같았다.

나타샤가 내 옆구리를 팔꿈치로 쿡 찔렀다. 내 모습을 보고서 무슨 생각을 하는지 눈치챈 모양이었다.

램지 선생님은 등장인물의 이름을 하나씩 부르며 왜 중요한지 짚어 주었다. 선생님이 호텔에 대해 설명할 때 민디는 입이 귀에 걸릴 정도로 생글생글 웃었다.

"우리는 각각의 등장인물에 생명을 불어넣어야 해. 그리고 여기 학교 무대를 자그마한 러시아 마을로 만들어 내야겠지. 생각만 해도 설레는구나."

그 말이 끝나자 출연자들 모두 열광적인 박수를 보냈다. 램지 선생님이 한 손을 들자 우리는 다시 잠잠해졌다.

"자, 여느 때라면 지금쯤 모두 앉아서 대본을 처음부터 읽기 시작했을 거야. 오늘 아침에는 좀 다르게 해 보려고 해. 이 연극의 본론에 해당하는 테비에와 아내의 관계를 살펴보자. 이 작품의 진정한 핵심이거든."

어? 이야기가 어디로 흘러가는 거지?

"대사가 아니라 노래로 시작하면 좋겠구나. 벤과 셜리는 이쪽으로 나오렴. 2막 1장을 할 거야. 둘이서 '나를 사랑하오?'를 불러 봐. 다른 사람들은 자리에 앉도록."

나타샤가 나를 앞쪽으로 떠민 게 틀림없었다. 어떻게 거기까지 나왔는지 기억이 안 났다. 나와 벤이 노래 부르는 장면으로 시작하겠다는 램지 선생님의 말이 도저히 믿기지 않았다. 선생님이 이러는 이유가 작품 때문인지, 아니면 골데를 연기하는 나를 달래 주기 위해서인지 헷갈렸다.

선생님은 의자 두 개를 나란히 놓았다.

"둘이 여기 앉아. 지금 테비에 집 앞 나무 벤치에 앉아 있다고 생각해 봐. 대본은 117쪽이야."

의자에 앉아서 벤을 슬쩍 바라보았다. 벤도 나만큼 초조해 보였다. 그런 모습은 무척 의외였다. 벤은 언제나 자신감이 넘쳐 보였다. 그런데 지금은 모터라도 달린 듯 다리를 위아래로 떨며 대본을 넘기고 있었다. 벤도 역시 사람이었어!

"자, 극에서 테비에의 딸들은 중매쟁이가 권하는 결혼을 거부하며 남편감을 직접 찾으려고 해."

램지 선생님이 설명을 이어 갔다.

"여러 해 동안 유대인 사회를 지탱해 준 전통과 문화에 딸들이 맞서는 거야. 이 노래는 세상이 변하고 있다는 것을 깨달은 테비에의 마음을 표현하고 있어. 또한 테비에 역시 아주 오래전에 중매결혼을 했기 때문에 아내인 골데가 자신을 진정으로 사랑하는지 확인하고 싶어 하지."

램지 선생님이 피아노 앞에 앉아 있던 네바레즈 선생님에게 신호를 보냈다. 네바레즈 선생님은 열심히 들여다보던 십자말풀이 책을 얼른 내려놓았다.

벤이 나를 바라보며 물었다.

"나를 사랑하오?"

나는 대답하려고 입을 열었지만 순간 온몸이 얼어붙었다. 얼음을 뒤집어쓴 것 같았다. 얼굴은 딱딱하게 굳었고 머릿속은 백지장처럼 하얘졌으며 손가락 하나 까딱하기 힘들었다. 내가 꾸었던 악몽이 현실로 나타나다니! 가사와 멜로디와 대사는 물론이고 나머지 것도 전혀 기억나지 않았다. 얼마나 오래 그러고 있었는지 모르겠다. 벤은 나를 서커스의 구경거리라도 되는 듯 빤히 바라보고 있었다. 나는 출연자들을 슬쩍 둘러보았다. 나타샤는 어서 무슨 말이나 행동을 하라는 듯 몸을 쭉 내밀었다. 모하메드는 한쪽에 떨어져서 엄지를 슬쩍 들어 보였다. 그런데 민디의 얼굴을 본 순간 정신이 번쩍 들었다. 민디는 내가 못할 줄 알았다는 듯 의기양양한 표정을 짓고 있었다. 마음을 다잡기로 했다. 나는 배우이며 연기를 사랑한다는 것을 떠올렸다. 골데 역할을 맡은 것은 연기자 자질이 충분하기 때문이었다. 그러니 연기는 내가 감당할 몫이었다. 여기에 모인 사람들을 어떻게든 감동시켜야 했다. 나는 심호흡을 했다.

내가 입을 열었다.

"죄송해요, 선생님. 이 장면에 대해 생각해 봤어요. 골데는 씩씩하고 자립심이 강하잖아요? 살림을 꾸려 나가고 수많은 일을 처리해요. 그러니 테비에와 앉아서 사랑 타령할 시간이 없어요."

"좋아, 좋아."

램지 선생님이 고개를 세차게 끄덕였다. 귀에 달린 커다란 귀고리가 고갯짓에 따라 달랑달랑 흔들렸다.

"등장인물의 심리를 생각해 보는 것은 정말 중요해."

선생님은 나뿐만 아니라 출연자 전체를 보며 그렇게 말했다.

"그래, 골데는 겉보기에 상당히 드세 보이지. 그러나 테비에를 마음속 깊이 사랑한다는 것을 잊지 마. 노래가 끝날 무렵에 그렇다고 털어놓잖니."

나는 침을 꿀꺽 삼키고 벤을 바라보며 말했다.

"처음부터 다시 할까?"

이번에는 내가 네바레즈 선생님에게 신호를 보냈다. 벤이 노래를 시작했고 내가 곧 따라 불렀다.

그 순간 연기의 즐거움이 밀려왔다. 나는 관객을 앞에 두고 무대에 있었다. 물론 함께 공연할 출연자들이지만 그래도 관객이나 다름없었다. 그들과 내 자신을 실망시키고 싶지 않았다. 나는 벤이 던지는 대사를 척척 받아 냈다. 또한 벤의 목소리가 음정을 살짝 벗어날 때도 완벽하게 화음을 이루며 노래했다. 그렇게 모든 것을 쏟아부어 연기를 펼쳤다. 우리가 연기를 마치자 출연자들에게서 박수가 터져 나왔다.

벤이 나를 보고 싱긋 웃었다.

"너 대단하다!"

벤이 처음으로 나에게 관심을 갖는 것 같았다.

나는 활짝 웃었다.

"고마워! 선배 목소리도 근사했어!"

그때 벤의 얼굴이 붉어진 것 같았다. 진짜 그랬을까?

램지 선생님이 다가와 몸을 기울여 내 귀에 속삭였다.

"너에게 골대를 맡긴 것은 탁월한 선택이었어. 잘했다!"

6

이 삼일이 지나서야 아빠에게 할아버지 다락의 소품과 옷들을 가지러 가자고 부탁했다. 첫 번째 모임 뒤로 연습은 한 번밖에 못 했다. 방과 후에 공연에 나올 곡을 익히느라 계속 바빴기 때문이다. 램지 선생님은 출연자들이 노래를 다 부를 수 있어야 연습을 시작하겠다고 못 박았다.

내가 옆자리에 올라타자 아빠는 차를 출발시켰다.

"같이 가 줘서 고마워요."

"당연히 가야지. 너 혼자 그 짐을 어떻게 옮겨."

나에게 도움이 필요하다는 것을 아빠는 알고 있었다. 엄마 아빠에게 포스터와 바이올린과 할아버지의 태도에 대해 모조리 털어놓은 상태였다. 엄마 아빠는 내가 그 상황을 이해하도록 도와주려 했다. 그러나 두 분 역시 놀란 것 같았다. 아니, 나처럼 충격을 받은 듯했다. 특히 아빠는 나와 마찬가지로 궁금한 것투성이었다.

우리는 진입로를 빠져나왔다.

아빠가 물었다.

"걱정되니? 할아버지 보러 가는 거?"

나는 고개를 끄덕였다.

"조금요."

"조금이라고? 너 머리카락을 마구 돌리고 있잖아."

나는 전혀 모르고 있었다. 머리카락에서 손가락을 뺐다.

"네, 많이 걱정돼요."

"당연히 그렇겠지."

아빠가 "걱정할 필요 없어"라고 말해 주기를 기대했기에 대답을 듣고 놀랐다.

아빠가 덧붙였다.

"오늘 가는 편이 나을 거야. 시간이 지나면 더 힘들어지거든."

신호등 때문에 차를 세웠다. 우리 집에서 할아버지 집까지 가까운 거리라서 신호등이라고는 하나밖에 없었다. 빨간색 신호등이 한 시간쯤 켜져 있기를 바랐다. 무슨 말을 해야 할지 생각할 시간이 필요했다. 그러나 그 시간 동안 오히려 할아버지가 어떤 태도를 보일까 하는 걱정에 사로잡힐 수도 있다. 시간을 되돌려 트렁크 속 바닥을 들여다보지 못하게 내 자신을 막을 수만 있다면 얼마나 좋을까. 나와 할아버지 사이에 생긴 균열을 메우고 싶었다. 그 외에는 바라는 것이 없었다……. 물론 할아버지의 비밀을 좀 더 알아내면 좋겠지만.

"네 할아버지는 과거의 일에 대해 한번도 이야기하지 않으셨어."

아빠의 말을 듣는 순간 내 마음을 들킨 것 같았다.

"전쟁과 홀로코스트에서 살아남기는 하셨지. 그렇지만 어떻게 살고 어디서 지내셨는지 나도 모른단다."

"할아버지와 가족분들이 음악가라는 것을 어떻게 모를 수 있어요?"

아빠는 고개를 저었다.

"네 할아버지에게 자세하게 듣고 싶었지만 몇 년 전에 그만두었어. 그저 커다란 수수께끼로 남고 말았지."

"이번에는 수수께끼를 풀 수 있을지도 몰라요."

"어쨌든 네 음악적인 재능이 어디에서 왔는지 알 것 같구나."

"그리고 아빠가 왜 음악을 사랑하는지도 알 것 같아요. 할아버지 피에 흐르는 것이 우리에게도 흐르나 봐요."

"네 증조할아버지에게도 흘렀을 거야. 그래야 말이 되니까."

아빠를 보니 나만 걱정하는 것이 아니었다. 얼굴이 심각해 보였다. 뭔가 뜻대로 이뤄지지 않으면 반드시 나타나는 표정이었다. 아빠는 약간 완벽주의 성향을 갖고 있었다. 뭐든 직접 처리해야 직성이 풀렸다. 정리 정돈을 좋아하고 확실하지 않은 것은 질색이었다. 모든 일에 그런 식이어서 회계사라는 직업에 어느 정도 어울리는 성격이기는 했다. 심지어 가족 여행도 아주 세세한 것까지 신경을 썼다. 만약 비행기가 연착하거나 가방을 잃어버리거나 객실이 준비되지 않은 것처럼 계획이 어그러지면 아빠는 안절부절못했다. 그럴 때마다 엄마가 아빠를 진정시켜야 했다.

아빠가 할아버지 집 앞의 인도에 차를 댔다.

"자, 셜리!"

아빠가 내게 당부하기 위해 몸을 틀었다.

"할아버지가 예전에 무슨 일을 겪으셨는지 궁금할 거야. 어색해진 관계도 바로잡고 싶겠지. 그렇다고 할아버지를 너무 힘들게 하지는 마. 할머니가 돌아가시고서 이제 겨우 마음을 추스르게 되셨어. 난 상황이 나빠질까 봐 걱정이다."

"알겠어요. 아빠. 염려 마세요. 나도 할아버지 속상한 건 싫어요."

"아무튼 필요한 물건을 다락에서 꺼낸 뒤 할아버지가 말할 기분이 아니다 싶으면 바로 나올 거야. 알겠지?"

당장은 아무 말 없이 고개만 끄덕이는 편이 나았다.

할아버지 집으로 들어가 보니 어두컴컴했다. 그리고 적막했다. 심지어 TV 소리도 나지 않았다. 최악의 상황을 생각하기는 싫지만 심장이 떨려 왔다.

"할아버지?"

소리 내어 불렀다. 대답이 없었다.

"할아버지, 집에 계세요?"

이번에는 목소리를 높였다. 그때 할아버지의 기운 없는 대답이 들려왔다.

"나 주방에 있다."

복도가 어두웠기에 망정이지 자칫하면 불안함과 안도감이 뒤섞인 내 표정을 아빠에게 들킬 뻔했다. 어쩌면 어둠이 아빠의 겁먹은 표정도 감춰 주었는지 모른다. 우리는 코트를 벗고 주방 쪽으로 걸음을 옮겼다. 할아버지는 주방 탁자에 앉아 레몬을 띄운 뜨거운 차를 마시고 있었다. 하얀 김이 동그랗게 떠올라 할아버지 얼굴에 어른거렸다.

내가 말을 꺼냈다.

"집이 너무 조용해요. 오늘 저녁에는 레슬링 안 해요?"

"모르겠구나. 그냥 앉아서 뭐 좀 생각하고 있었단다."

아빠도 한마디 거들었다.

"별일 없으세요, 아버지?"

"잘 지낸다. 잘 지내."

"약은 잘 드세요? 비타민은요? 산책도 하시는 거죠?"

할아버지는 아빠를 빤히 쳐다보았다.

"꼭 우리 의사 선생님처럼 말하는구나."

아빠는 멋쩍게 웃었다.

"아버지가 건강하게 지내시는지 궁금해서요."

"약 꼬박꼬박 먹고 식사 잘 하고 편안하다."

시간이 지날수록 아빠는 뭔가 불편해 보였다.

"다행이에요……. 자…… 셜리 네가 말했던 물건들을 가지러 다락에 올라가야겠구나."

아빠는 고개를 돌려 나를 보았다.

"같이 갈래?"

나는 그러고 싶지 않았다.

"아빠, 저는요, 여기서 할아버지 말동무하려고요. 옷은 커다란 트렁크 옆에 쌓아 두었어요. 제가 필요하면 소리치세요. 네?"

아빠는 잠깐 머뭇거리다가 고개를 끄덕였다. 그렇지만 나가다 말고 돌아서서 할아버지를 힘들게 하지 말라는 눈빛을 나에게 보냈다.

나는 탁자를 사이에 두고 할아버지 맞은편에 앉았다.

이윽고 내가 침묵을 깼다.

"〈지붕 위의 바이올린〉 연습을 시작했어요. 놀랍게도 선생님이 처음으로 시킨 노래가 나와 테비에의 이중창인 '나를 사랑하오?'였어요."

할아버지가 눈을 치켜떴다. 호기심이 슬쩍 드러났다.

"그 노래 안다. 네 할머니가 워낙 좋아해서……. 할머니 말로는 진정한 사랑 노래라고 하더구나. 아주 익살스럽기도 하고."

"처음에는 너무 떨렸지만 그래도 잘 마쳤어요. 테비에 역을 맡은 남학생이 노래를 정말 잘하더라고요!"

"다행이구나."

할아버지가 대답했다. 그리고 얼굴이 밝아졌다. 그 순간 우리 둘의 마음이 통했다는 것을 알 수 있었다.

"셜리 넌 멋지게 해낼 거야. 할아비는 눈곱만큼도 걱정 안 한다."

"고마워요. 처음에는 골데 역할이 별로 마음에 안 들었어요. 이제는 선생님이 왜 제게 맡겼는지 알 것 같아요. 공연 첫날에 오실래요?"

할아버지는 손을 뻗어 내 팔을 토닥였다.

"너도 알다시피 할아비는 그런 데 가는 게 힘들거든. 지키지 못할 약속은 하고 싶지 않구나."

"저에게는 엄청 중요하단 말이에요."

할아버지가 빙그레 웃었다. 웃는 모습을 보자 기뻐서 나도 활짝 웃었다.

마침내 할아버지가 말했다.

"한번 생각해 보마."

지금이야말로 할아버지의 어린 시절 이야기를 꺼낼 수 있는 순간이었다. 아빠는 아직 다락에 있으니 몇 분 정도 시간이 있었다. 기회를 놓칠 수는 없었다. 나는 침을 꿀꺽 삼키고 본론으로 들어갔다.

"할아버지를 화나게 하고 싶지 않아요. 그렇지만 포스터랑 바이올린 생각을 떨쳐 버릴 수 없어요. 질문 하나 드려도 돼요?"

할아버지 표정이 딱딱하게 굳어졌다. 또다시 마음 문을 닫을까 봐 걱정하며 숨을 죽였다. 할아버지는 의자 뒤로 물러앉아 나를 물끄러미 바라보았다.

"네가…… 그것들을 찾아낸 순간을 곰곰이 곱씹어 보았지. 너에게 화낼 뜻은 전혀 없었어. 내가 널 얼마나 사랑하는지 알잖니."

할아버지는 목이 메어 잠시 멈추었다.

나는 가슴이 벅차올랐다.

"할아버지는 최고예요. 누구나 절 부러워하는걸요."

할아버지가 웃음을 지었다.

"나 듣기 좋은 말을 골라서 하는구나."

이내 할아버지는 심각한 표정으로 말을 이어 갔다.

"내 과거에 대해 할 말이 별로 없다만 한 가지 정도는 너에게 대답해 줄 수 있겠지."

내가 그렇게 고대하던 순간이었다. 그런데 머릿속에 너무 많은 질문들이 떠올라서 뭘 물어봐야 할지 헷갈렸다. 할아버지는 내가 왜 주저하는지 아는 듯했다.

"좋아, 내가 도와주마. 그래, 네가 찾아낸 포스터에는 당연히 내가 있었지. 클레즈머 악단에서 바이올린을 연주했거든. 클레즈머 음악이 뭔지 아니?"

나는 고개를 흔들었다.

"폴란드와 동유럽의 유대인 공동체에 전통적으로 내려오던 이디시어 음악이란다. 그렇게 아름다운 민속 노래는 들어 본 적이 없을 거야. 나는 어린 소년치고는 바이올린 솜씨가 뛰어났지. 그러나 우리 가족 중에서 진정한 음악가를 꼽는다면 바로 아버지였어."

"사진에서 할아버지 옆에 서 있던 남자인가요?"

"그래. 아버지는 클라리넷을 불었어. 악기로 웃음소리와 울음소리를 번갈아 낼 정도였지. 심지어 말하는 것처럼 거의 비슷하게 연주를 하기도 했어. 내 형인 아론은 아코디언을 연주했어. 또 다른 형 레오는 더블베이스를 켰고. 우리 어머니? 어머니는 탬버린을 쳤지. 모두 다 그 사진에 나와 있단다."

내 친척들이었다. 증조할아버지와 증조할머니와 큰할아버지들. *그분들에게 무슨 일이 일어났던 걸까?* 상상하기 싫은 끔찍한 생각이 떠올랐다.

"우리는 음악가 가족이라 이 마을 저 마을 다니며 결혼식이나 음악회에서 연주를 했어. 우리를 찾는 곳은 많았지만 생활은 늘 빠듯했어. 이리저리 떠도는 고단한 삶이었지. 게다가 전쟁 전부터 반유대주의가 널리 퍼져 있었거든. 그래도 우리는 하나로 똘똘 뭉친 가족이었단다. 나는 무대를 사랑했고 음악을 사랑했어. 관객들의 뜨거운 반응도 사랑했고. 말하자면 그 모든 것을 사랑했지.”

할아버지 뒤쪽으로 아빠가 흘낏 보였다. 아빠는 주방 입구에
있었다. 다락에서 가져온 옷더미를 끌어안은 채 우두커니 서서
할아버지 이야기에 푹 빠져 있었다. 혹시라도 아빠가 주방으로
들어와 할아버지의 말을 끊어 놓을까 봐 걱정이 되었다. 할아버
지는 이제 막 이야기를 풀어놓는 참이었기 때문이다. 나는 아빠
에게 그 자리에서 꼼짝 말라고 눈으로 말했다.

“1939년 9월 1일. 잊지 못할 날짜라고 할 수 있지. 그때 무슨
일이 있었는지 알고 있니, 셜리?”

“독일이 폴란드를 침공하여 제2차세계대전이 일어났잖아요.”

“그렇지. 놀랍지도 않구나. 워낙 똑똑한 아가씨라서 말이야.
네 말대로 전쟁이 일어났단다. 그 전에도 유대인들은 병자 취급
을 받으며 쫓겨나거나 외면당하기 일쑤였어.”

유대인의 권리와 자유를 빼앗아 간 법을 들은 적이 있었다. 유
대인들은 직장을 잃고 집을 빼앗기고 학교에서 쫓겨나야 했다.
또한 금지된 것들이 너무 많았다.

“전쟁 전에는 살아가기가 참 팍팍하다고 생각했단다. 그러나
독일의 침공 뒤에 이런저런 일을 겪고 보니 오히려 그 시절이 그
립더구나. 그 뒤로 몇 년 동안 어떻게 살아남았는지 모르겠다.
주변의 유대인 친구나 친척은 모두 붙잡혀서 게토(유대인들을 강
제로 격리시켜 놓은 주거 지역.-옮긴이)나 강제수용소로 끌려갔거

든. 그 뒤로 소식을 전혀 들을 수 없었지."

"할아버지도 잡혔나요?"

그 질문이 겨우 입 밖으로 나왔다.

할아버지는 고개를 흔들었다.

"처음에는 아니었어. 이리저리 떠도는 사람들이라 찾아내기 어려웠겠지. 우리는 들킬까 봐 살금살금 돌아다니며 유령처럼 지냈어. 어디든 안전해 보이면 잠을 청했지. 하루는 헛간에서 자고 이튿날은 초원에서 자는 식이었단다. 수풀에서 산딸기를 따 먹고 농부들의 밭에서 감자를 캐냈어. 그러다가 숲속으로 들어가 천막 같은 것을 세우게 되었지."

주방 입구에 서 있던 아빠는 얼굴이 점점 창백해졌다. 다락에서 가져온 옷들을 끌어안은 채 얼어붙은 듯 움직이지 않고 있었다.

"우리 가족은 모두 악기를 갖고 있었어. 터무니없는 소리 같지? 목숨을 걸고 달아나는 상황이라면 식량이나 의복들을 가져가는 것이 당연히 맞겠지. 그런데 그러지 않았어. 믿기지 않겠지만 악기는 우리에게 큰 위로가 되었어. 칠흑같이 깜깜한 밤이면 다들 케이스에서 악기를 꺼내어 조심조심 연주를 했단다. 소리가 들릴까 봐 두렵지 않았냐고? 우리에게는 악기 연주가 더 중요했어. 예전의 삶을 떠올리면서 언젠가 다시 돌아가리라는 꿈을 꿀 수 있었거든."

할아버지는 잠시 말을 멈추고 두 눈을 질끈 감았다. 그때 일을

떠올린 순간 불쑥 튀어나온 기억과 싸우는 것 같았다. 나는 뒷이
야기를 숨죽이며 기다렸다.

"우리는 쫄쫄 굶었고 꾀죄죄해졌어. 추위에 떨거나 비에 젖은
날이 허다했지. 그러나 며칠에 이어 몇 주가 지나고 또 몇 달이
흐르자 어쩌면 버텨 낼 수 있겠다는 생각이 들더구나. 우리에게
행운이 깃들어 광란의 소용돌이를 다 함께 무사히 빠져나갈지도
모른다는 희망이 생겼지. 그런데 아니었어. 어느 날 아침, 모두
잠들어 있을 때 나치 군인들이 숲으로 들어와 우리를 포위하고
말았어."

머리카락이 쭈뼛 솟구쳤다. 희망을 품자마자 목숨이 위태로워
지다니! 겨우 어린 소년이던 할아버지가 어떻게 감당했을지 도
무지 상상이 되지 않았다.

"그들은 총을 우리 얼굴에 겨누며 앞으로 걸어가라고 명령했
어. 그때 아버지가 어떤 군인을 보고 출발하기 전에 한 곡만 연
주하게 해 달라고 간청하셨단다. 그런 용기를 내실 줄 어느 누가
상상했겠니? 그 군인도 흠칫 놀라더구나. 그런 부탁을 하는 유대
인은 틀림없이 처음 봤겠지. 그 군인이 고개를 끄덕이자 아버지
는 케이스에서 클라리넷을 꺼내어 불기 시작했어. 아름답고 구
슬프며 아울러 행복을 주는 선율이 흘러나왔어. 아마도 아버지
의 삶과 우리 모두의 삶을 위해 연주하셨겠지. 아버지가 연주하
는 동안 군인들의 총은 점점 아래로 내려갔어. 연주가 끝났을 때

군인들은 침묵 속에 서 있었어. 잠시 뒤에 그들은 총을 다시 들어 올렸지."

그 말을 듣자 더는 참을 수 없었다. 할아버지 팔을 붙잡고 소리쳤다.

"할아버지, 그동안 왜 이야기를 안 하셨어요? 진작 말씀해 주셨으면 좋았잖아요. 저도 홀로코스트에 대해 알아요. 이런 이야기는 얼마든지 들을 수 있다고요."

"널 염려한 게 아니었단다, 셜리. 나 때문이었지."

할아버지 목소리가 끊어질 듯 이어졌다.

"네 할머니 말고는 아무에게도 말하지 못 했어. 그때의 기억은 아물지 않은 상처라서 지금도 너무 고통스러우니까."

할아버지 이마에 땀이 송골송골 맺혔다. 양손은 경련을 일으키며 부들부들 떨었다. 나는 할아버지 손을 꼭 잡았다.

아빠가 주방으로 들어왔다.

"자, 그만하면 됐다. 할아버지가 힘들어하시잖니."

할아버지는 눈꺼풀을 내리더니 의자 뒤로 물러앉았다. 다시 할아버지만의 세계로 들어가 버린 것이었다. 대화가 이어질 수 없었다.

"할아버지, 괜찮으세요?"

요즘 들어 이 질문이 너무 자주 나왔다.

"뭐? 어…… 난 아무렇지 않아. 그냥 좀 피곤한가 보다. 가서 누워야겠어."

아빠가 말했다.

"네, 잘 생각하셨어요. 주무시는 게 좋겠어요. 저는 셜리네 학교에서 쓸 물건들을 차에 실으려고요. 셜리, 할아버지에게 인사드려라."

그 말을 마치자마자 아빠는 돌아서서 집을 빠져나갔다. 마치 뭔가에 쫓기는 것 같았다. 할아버지와 아빠 중에서 누가 더 힘들어하는지 알 수가 없었다.

할아버지가 탁자에서 힘겹게 몸을 일으켰다. 나는 다가가서 할아버지를 꽉 안아 주었다. 할아버지도 나를 힘껏 안아 주고서 팔을 내렸다.

"저에게 이야기해 주셔서 감사해요. 다음에 또 와도 괜찮을까요?"

할아버지는 어리둥절한 표정을 지었다.

"너야 아무 때나 와도 된다는 걸 알잖니."

"다시 와서 이야기를 더 나누고 싶어서요. 할아버지가 준비되시면요."

할아버지가 고개를 들어 내 눈을 쳐다보았다. 그러고는 아주 천천히 고개를 끄덕이며 말했다.

"그래, 우리 좀 더 이야기하자꾸나."

7

나타샤가 구내식당의 식탁 맞은편 의자에 풀썩 주저앉았다. 수백 명의 아이들이 소란스럽게 먹고 이야기하고 웃는데도 나타샤의 깊은 한숨 소리가 똑똑히 들려왔다.

처음에는 그냥 모른 체했다. 며칠 전 저녁에 할아버지의 비밀을 들은 뒤로는 머릿속이 복잡했다. 언제쯤 할아버지 집에 다시 가서 할아버지 가족, 아니 *내 가족*에 대해 물어볼 수 있을지 궁리하던 중이었다. 아빠는 할아버지가 기운을 차리려면 좀 더 쉬어야 한다고 말렸지만 나는 *할아버지만이* 해 줄 수 있는 이야기를 꼭 듣고 싶었다. 분명히 할아버지는 힘들더라도 더 많은 이야기를 해 줄 것이다.

분명한 것은 하나 더 있었다. 아빠가 대화를 끊는 일이 없도록 다음에는 할아버지 집을 반드시 혼자 가기로 결심했다.

나타샤가 괴로운 한숨을 또다시 길고 천천히 내쉬었다.

"나타샤, 무슨 일 있어?"

나타샤는 내가 물어봐 주기를 기다리고 있었다.

"없어…… 어, 오늘 아침 연습 빼고는."

"연습은 잘됐잖아."

"그래. 램지 선생님이 너에게 소리 지르지는 않았지."

"말도 안 돼. 너 지금 연기하는 거야?"

"내가? 연기는 네가 잘하잖아."

나타샤의 불만을 받아 줄 수 없었다. 자칫하면 더 불안해할 것 같아서였다. 그렇지만 나타샤의 말이 옳았다.

램지 선생님은 모하메드와 민디가 대사를 잊었을 때 버럭 화를 냈다. 민디는 기분이 몹시 상했는지 무대에서 나갈 때 나를 밀치고도 사과 한마디 하지 않았다.

나타샤가 속한 앙상블(뮤지컬 앙상블은 배우들 뒤에서 화음을 넣으며 노래를 하고 춤을 추는 역할이다. ─옮긴이)은 램지 선생님에게 더 심하게 꾸지람을 들었다. 선생님은 첫 곡부터 화음이 엉망진창이라며 계속 그따위로 하면 모두 쫓아내겠다고 으름장을 놓았다. 연극부를 맡은 램지 선생님에게는 이번 공연이 아주 중요했다. 우리 학교의 작품에 겨우 두 번 참가하고서 올해 공연의 공식적인 연출가로 뽑혔기 때문이다. 선생님이 책임지고 만드는 첫 번째 공연이 되는 셈이다. 부담감이 얼마나 클지 짐작은 갔다. 그렇지만 출연자들을 혼내 봤자 아무 소용없었다. 그동안 다행히도 나는 램지 선생님의 분노를 피할 수 있었다.

내가 한마디 던졌다.

"나야 잘못한 게 없으니 선생님이 소리를 안 지르시지."

나타샤가 비꼬았다.

"상냥함과 친절함과 배려가 넘치는 충고군요."

"야, 왜 그래. 농담이잖아. 그리고 너무 속상해하지 마. 램지 선생님이 너한테만 화낸 게 아니잖아."

"그렇게 생각하면 위로가 될까? 아무래도 좀 낫겠지. 정말 이 정도로 힘들고 선생님의 압박이 심할 줄 몰랐단 말이야."

"연출가가 다그쳐야 네가 최선을 다하지. 대충대충 연습하다가 공연 첫날에 관객들 앞에서 망신당하고 싶어?"

나타샤가 물었다.

"나에게 다른 삶은 허락되지 않을까? 나에게 소리 지르는 사람도 없고 내가 워낙 멋지게 잘 해내서 관객들이 내 연기에 감탄하는 거지."

"공연 첫날에 넌 멋지게 잘 해낼 거야. 그리고 앞으로는 좀 쉬워져."

날이 갈수록 더 힘들어진다는 말을 차마 꺼내지 못했다. 공연 첫날인 4월 23일은 고작 두어 달 뒤였다. 아침과 오후는 물론이고 점심시간에도 연습을 할지 모른다. 나중에는 토요일과 일요일까지 반납하게 될 것이다.

무심코 구내식당을 둘러보는데 벤이 저쪽 끝에서 식판을 들고 우리 쪽으로 오고 있었다. 연습 시간에 대한 생각은 어느새 희미해졌다. 심장이 빠르게 뛰는 것을 느끼며 허리를 꼿꼿하게 폈다. 식당에 있던 학생들의 시선이 벤에게 쏠렸지만 벤은 별로 개의치 않았다.

"저 선배가 우리랑 같이 앉으려나 봐."

나타샤의 말에 나는 더 똑바로 앉았다. 그런데…… 벤은 갑자기 방향을 홱 틀더니 근처 식탁에 모인 친구들 사이로 끼어들었다. 그 친구들 중 하나는 벤의 예전 여자친구인 에마였다. 둘은 잘 어울렸으며 스스럼이 없어 보였다. 헤어진 사이가 아니라 사귀고 있는 것처럼 보였다. 나는 실망스러운 표정이 드러나지 않기를 간절히 바라며 의자에 등을 기댔다.

벤과 나는 연습실에서 잘 해냈다. 목소리는 제법 어울렸으며 나와 벤 사이에 흐르는 분위기는 편안하고 자연스러웠다. 램지 선생님도 우리 둘의 호흡이 척척 맞는다며 칭찬했다. 그러나 무대에서만 그랬다. 연습이 끝난 뒤 우리는 거의 말을 섞지 않았다. 내가 도대체 뭘 기대한 걸까? 둘이서 연극에 참가하는 것뿐이었다. 그래도 벤이 우리 쪽으로 와 준다면 무척 기분 좋을 것 같았다.

"내가 저 선배 데려올게."

나타샤가 느닷없이 말했다. 내 마음속을 들여다보고 있었나?

그러나 미친 짓이었다.

"뭐?"

"너도 할 말이 있지 않을까? 등장인물 분석? 심리 파악? 연극에 관련된 일들?"

"나타샤, 제발……."

나타샤는 이미 일어나서 벤이 앉아 있는 식탁으로 걸어가고 있었다. 나는 쥐구멍이라도 들어가고 싶은 마음으로 허리를 점점 숙였다. 그러고는 실눈을 뜨고 나타샤와 벤이 이야기 나누는 모습을 지켜보았다. 급기야 벤이 일어나서 식판을 들고 친구들에게 인사한 뒤 나타샤를 따라 내가 앉아 있는 곳으로 왔다.

"나타샤는 내가 셜리 너랑 연극에 대해 이야기를 나누는 게 좋을 것 같대. 그러니까…… 극의 아내에 대해 좀 더 알아야 한다는 거야. 앉아도 되지?"

거절할 생각도 없었지만 벤은 대답을 듣지 않고 빈자리에 털썩 앉았다. 나타샤는 어색한 침묵이 이어지자 얼른 끼어들었다.

"선배는 목소리가 근사하더라. 그 말을 꼭 해 주고 싶었어."

"고마워. 그래도 셜리만큼 좋지는 않지."

벤은 그 말을 하며 내 쪽으로 얼굴을 돌렸다.

"넌 목소리뿐만 아니라 배역을 자기 것으로 만드는 능력이 있더라. 무대에 서면 활기가 넘쳐 보여."

얼굴이 뜨거워졌다. 내가 뭐라고 말하기도 전에 벤은 입을 열어 노래를 불렀다.

"나를 사랑하오?"

순간 샌드위치가 목에 걸릴 뻔했다. 나타샤가 뭐라고 했기에 이러는 거야?

"나를 사랑하오?"

벤은 그 말을 반복하며 나를 지그시 바라보았다.

"어?"

"우리 이중창인 '나를 사랑하오?'잖아."

도대체 무슨 생각을 한 거야?

나는 고개를 흔들며 침을 삼켰다.

"내가 사랑하냐고요?"

나는 억지로 목소리를 쥐어짰다.

벤은 내 불편한 기분을 눈치채지 못한 모양이다. 점심 식사로 눈길을 돌리더니 남은 샌드위치를 입에 밀어 넣었다.

벤이 말했다.

"넌 배역에 몰입할 때 나보다 유리한 것 같아."

벤의 말이 무슨 뜻인지 곰곰이 생각하다가 물었다.

"내가 유대인이라서 그렇다는 거야?"

벤은 고개를 저었다.

"아니, 훌륭한 연기자라는 뜻이야. 네가 유대인인 줄은 몰랐어. 내 주치의 선생님도 유대인이셔."

뭔가 입에 발린 칭찬 같았지만 상관없었다. 식당에서 벤 모건과 함께 앉아 있다는 사실만으로도 기분이 날아갈 것 같았다.

벤이 말을 덧붙였다.

"난 의사가 될까 생각 중이야."

나타샤가 물었다.

"셜리네 오빠가 대학에서 의사 공부하고 있고 엄마는 의사인 거 알아?"

"아니, 전혀 몰랐어."

그 순간 나타샤가 두 눈을 반짝이며 나에게 살짝 웃어 보였다. 그러고서 느닷없이 이렇게 말했다.

"셜리 엄마가 선배에게 의사 생활에 대해 얼마든지 말해 주실 텐데."

나는 보일락 말락 고개를 저으며 나타샤를 째려보았다.

벤이 말했다.

"그러면 좋겠다."

나타샤가 제안했다.

"선배가 셜리네 집에 놀러 가면 되겠네."

"나야 정말 좋지."

벤이 고개를 돌려 나를 똑바로 쳐다보았다.

"괜찮을까……? 그렇다고 꼭 초대해 달라는 말은 아니야."

나는 침을 꿀꺽 삼켰다.

"우리 엄마는 병원 일에 대해 말하는 거 늘 좋아하셔. 선배가 놀라지 않도록 의대 공부와 시체 해부와 눈코 뜰 새 없이 바쁜 생활에 대해서는 이야기를 삼가 달라고 엄마에게 부탁해 놓을게. 그리고 오빠가 주말이면 학교에서 집으로 오거든. 그때 약속을 잡으면 선배가 엄마랑 오빠와 이야기할 수도 있겠다."

"끝내준다! 연극에도 도움이 될 것 같아. 램지 선생님이 우리더러 함께 시간을 보내며 부부의 감정을 느껴 보라고 하셨잖아."

"그럼 날마다 우리랑 같이 점심 먹어도 돼."

그 말을 내뱉고 보니 내가 듣기에도 너무 매달리는 것 같았다.

벤이 대답했다.

"앞으로 그러지, 뭐."

벤이 예의상 건넨 말일지도 모른다. 나는 당황스러웠다. 내 스스로가 살짝 바보처럼 느껴지기도 했다. 그런데 벤도 당혹감을 감추지 못했다. 벤은 멀리에서 볼 때와 달리 얼굴이 그리 매끄럽지 않았다. 가까이에서 보니 여드름 두어 개를 애써 감추고 있었다. 피부가 깨끗하거나 완벽한 편은 아니었다.

"미식축구 대회 기간에는 선수들하고만 점심을 먹거든."

나타샤가 물었다.

"셜리와 내가 미식축구부 선수들처럼 여겨진다는 거야?"

"이번 연극을 연습하면서 미식축구가 자꾸 생각나더라. 똑같이 훈련도 받고 조금 무서운 코치님까지 계시니까."

내가 물었다.

"램지 선생님이 조금 무서워?"

"저런, 아니야. 내가 잘못 말했네. 램지 선생님은 엄청 무섭지. 미식축구부의 모리슨 코치님보다 훨씬 더 무서워."

내가 말했다.

"정말? 모리슨 코치님은 덩치도 크고 무서워 보이던데."

"그래, 그런데 램지 선생님은 차원이 다르거든. 모리슨 코치님은 엄청 커다란 회색 곰처럼 보인단 말이야. 누구나 조심해야겠다는 생각이 들 수밖에 없어. 램지 선생님은 무척 예쁘고 멋지시지만 훨씬 위험해. 마치 표범처럼 확 덮치거든."

벤이 말을 하다 말고 멈칫했다.

"내 말을 램지 선생님에게 전하지는 마."

내가 말했다.

"우린 안 해. 그리고 선생님은 칭찬으로 받아들이실 거야."

"굳이 확인해 볼 필요는 없잖아. 램지 선생님은 코치와 해병대 조교를 합쳐 놓은 것 같아. 정말이야. 우리 아빠 때문에 해병대에 대해서 알고 있거든."

내가 물었다.

"아빠가 해병대에 계셔?"

"지금은 투자 중개인이야. 월가에서 일하고 계시지."

"월가? 그날 거기에……?"

"바로 그 자리에 계셨지. 쌍둥이 빌딩이 무너지는 것을 직접 보셨대. 온몸이 흙먼지로 뒤덮이셨어."

"어머나. 강 건너에서 보는 것만으로도 끔찍하던데 그 장소에 계셨다니……."

내 목소리는 속삭이고 있었다.

"아빠는 그 사건은 말씀을 통 안 하셔. 아직도 군인처럼 사시거든. '한번 해병대면 영원히 해병대'라고 입버릇처럼 말씀하신다니까. 규칙과 규율, 질서, 조직, 철저한 준비를 강조하시는 분이야. 해병대는 총을 든 보이스카우트라고 할 수 있어."

나타샤와 나는 웃음을 터뜨렸다.

내가 말했다.

"선배가 이번 연극 주인공을 맡아서 부모님이 무척 자랑스러워하셨겠다."

"자랑스러운 것과는 거리가 좀 멀었지. 특히 아빠는…… 깜짝 놀라고 당황하신 눈치야."

내가 대꾸했다.

"미식축구부 주장과 달라서 그러셨나 보다."

"맞아. 미식축구 쿼터백(공격 팀의 리더로 전술을 지시하고 결정을 내린다.-옮긴이)에 대해서는 잘 알고 있지만 뮤지컬 노래는 전혀 모르시거든."

나타샤가 물었다.

"연극 주인공이나 미식축구 쿼터백이나 비슷한 것 아닌가?"

"그렇지. 다른 점이라면 테비에는 쿼터백인 동시에 수비수이며 공을 차거나 받을 줄 알아야 해. 한마디로 거의 쉴 틈이 없는⋯⋯."

종이 울렸다. 여느 때처럼 엄청나게 시끄럽고 길게 울렸다. 주변에 있던 학생들은 모두 물건을 챙겨서 문으로 향했다.

벤이 말했다.

"둘 다 연습 때 보자."

내가 대답했다.

"응, 그때 봐."

벤은 일어나서 식판을 들고 걸어갔다.

나타샤가 물었다.

"골데 역할을 맡아서 아직도 기분 나빠?"

나는 배시시 웃었다.

"지금은 기분 좋지."

8

수업을 마치고 할아버지 집으로 가는 길에 식료품을 사 갔다.

"안녕하세요!"

나는 주방으로 들어가며 소리쳤다.

아무 대답도 없고 어떤 소리도 들리지 않았다. TV의 웅웅대는 소음조차 잠잠했다. 나는 식료품 봉지와 교과서 여러 권을 탁자에 내려놓았다. 순간 쌓아 둔 교과서들이 넘어지며 몇 권이 바닥으로 떨어졌다. 나중에 집어 올리기로 했다. 감각이 없어진 손가락부터 먼저 풀어 줄 필요가 있었다. 2월 초답게 기온이 영하로 떨어진 상태였다. 식료품 가게에서 건널목 몇 개만 지나면 할아버지 집이었다. 그러나 식료품 무게가 만만치 않은 데다 날씨가 매서워서 손가락이 꽁꽁 얼어 버렸다.

"안녕하세요!"

거실로 걸어가며 더 크게 소리를 질렀다.

"할아버지, 셜리 왔어요!"

"나 여기 있다!"

할아버지의 대답을 들으니 마음이 놓였다.

"식당이야!"

할아버지는 수프 한 그릇을 앞에 둔 채 식탁 끄트머리에 앉아 있었다. 당연히 양복 차림이었으며 하얀색 냅킨을 셔츠 안에 살짝 끼워 놓고 있었다. 토마토 수프가 냅킨에 튀어 곳곳에 조그만 빨간색 자국이 보였다.

"식료품 가져왔어요."

나는 할아버지 머리 위에 입을 맞췄다.

"바나나는 40개를 가져왔겠지?"

"죄송해요. 30개뿐이에요. 그런데 이제 보니 제가 똑똑했네요. 크래커를 한 상자 더 가져왔거든요."

할아버지의 토마토 수프엔 크래커 조각이 가득했다.

"내가 어떤 수프를 좋아하는지 알잖니."

"알죠. 바나나가 좀 모자란데 일주일 동안 괜찮으시겠어요?"

"애를 써 보마. 아니면 네가 좀 더 빨리 오는 방법도 있잖니?"

사실은 할아버지 집에 다시 와도 될지 걱정을 했다. 할아버지의 포스터와 바이올린을 찾아낸 데다 폴란드에서의 삶을 이야기해 달라고 졸랐기 때문이다. 나를 보고 싶으실까? 할아버지는 나 때문에 과거의 고통스러운 기억을 계속 끄집어내야 했다.

"한동안 주방에서 드시지 않았나요?"

"거의 그랬지……."

그 순간 번쩍 떠올랐다. 여기 식당은 할아버지와 할머니 두 분이 자주 식사하시던 곳이었다.

할아버지는 내 시선을 눈치채고는 대답했다.

"좀 바꿔 보는 게 좋을 때도 있단다. 셜리야, 오늘은 늦었구나. 그렇지?"

"연습을 평소보다 훨씬 오래 했거든요."

램지 선생님은 연습 때 소리 지르는 것으로 끝나지 않고 우리 모두를 늦게까지 붙잡아 두었다. 결국 공연 첫 곡을 진저리 날 때까지 연거푸 불러야 했다!

할아버지가 고개를 끄덕였다.

"그래, 연극. 어떻게 되고 있니?"

"아주 잘되고 있어요. 그럭저럭 괜찮은 것 같아요. 다락에서 가져간 옷들은 완벽했어요."

"정말로 완벽했다면 다락에서 먼지를 뒤집어쓰고 있지는 않았겠지."

할아버지는 뒤로 물러앉았다.

"연극에서 맡은 역할 때문에 이야기를 나누고 싶다며? 뭘 알고 싶은 거냐?"

이 정도는 꽤 안전한 이야깃거리였다.

"그러니까 저는 1900년대 초의 러시아에 사는 유대인 어머니를 맡았어요."

"우리 어머니가 꾸려 나갔던 삶과 비슷하겠구나."

"그래서 여쭤보려는 거예요."

어쩌면 이 이야기가 안전하게 끝나지 않겠다는 생각이 스쳐 갔다. 나는 머뭇거리다가 바로 시작했다.

"증조할머니에 대해 말씀해 주실 수 있나요?"

할아버지는 내 눈을 똑바로 응시했다.

"어머니에 대해서는 말할 수 있지. 어머니 사진을 보면 우리 대화에 도움이 될 것 같구나."

나는 소리를 지르고 말았다.

"사진들을 갖고 계세요?"

"여러 장은 아니고 한 장뿐이야. 너도 포스터에서 봤잖니. 가서 가져올래? 내 방에 있는데."

"그럼요, 물론이죠."

나는 대답을 하고 복도를 따라 걸어가 계단을 올랐다. 계단은 가파르고 좁았다. 얼마 전에 아빠는 할아버지에게 2층으로 오르내릴 수 있는 승강기를 설치하자고 제안했다. 아빠가 비용을 부담하겠다며 권했으나 할아버지는 싫다고 했다.

할아버지의 침실은 열려 있었고 서랍장 위에 포스터와 바이올린이 나란히 있었다. 바이올린은 잠금장치가 달린 케이스 안에 들어 있었다. 케이스를 열어 바이올린을 보고 싶은 마음이 간절했지만 꾹 참았다. 그냥 포스터만 챙겼다. 내가 가져가도 되는 것은 포스터뿐이었다.

식당으로 돌아가 보니 할아버지는 남은 수프를 다 먹은 뒤였다. 나는 빈 그릇을 옆으로 치우고 식탁에 포스터를 내려놓았다.

할아버지는 한숨을 길게 내쉬고는 오른쪽 집게손가락으로 사진을 쓸어내렸다. 사진 속 사람들을 어루만지는 것 같았다.

"지난번에 네가 이걸 갖고 오기 전에는 이 사람들을 다시는 못 보는 줄 알았단다."

"저번에 할머니가 포스터를 버린 줄 알았다고 말씀하셨잖아요. 할머니는 왜 버리려고 했을까요?"

"내가 부탁했거든. 벌써 20년 전이구나."

"왜 그러셨어요?"

"사진을 보고 싶지 않았어. 너무 많은 기억이 떠올라서."

할아버지는 한마디 덧붙였다.

"지금도 여전히 그렇단다."

내 짐작이 맞을 줄이야! 할아버지를 더는 고통에 빠뜨리고 싶지 않았다.

"저…… 죄송해요!"

나도 모르게 말을 더듬었다.

"이야기를 하기 싫거나 너무 힘드시면…… 그만하셔도 돼요."

"그래. 그렇지만 꼭 하고 싶구나. 우선 이 포스터에 대해 말해 주마. 우리 가족이 음악가라고 지난번에 알려 주었지? 우리도 다른 악단처럼 결혼식이나 축하 행사에서 연주를 했어. 그리고 클레즈머 음악가들이라서 악기로 사람의 목소리나 감정을 흉내 낼 수 있었지."

"네, 지난번에 증조할아버지가 클라리넷으로 그런 연주를 할 수 있다고 말씀해 주셨어요."

"우리 아버지는 클라리넷으로 웃음소리와 울음소리도 연주를 하셨지. 대단하신 분이었어."

"할아버지도 바이올린으로 그렇게 하실 수 있었나요?"

처음에는 할아버지가 아무 표정도 짓지 않았다. 그러다 슬며시 미소가 피어올랐다. 슬픈 미소였다.

"난 잘했어. 바이올린 덕분에 목숨을 부지할 정도였지. 그러나 이번 이야기는 바이올린이 아니잖니. 내 어머니이자 네 증조할머니에 대해 듣고 싶다고 했지?"

할아버지의 바이올린 연주 이야기가 너무나 궁금했다. 그렇지만 이번에 들을 이야기는 아니었다.

나는 고개를 끄덕였다.

"네, 말씀해 주세요."

"우리 어머니는 착하고 강인한 여인이었어. 남자를 가리켜 집안의 머리라고 부르는 것을 어떻게 생각하니?"

"어…… 여성운동 이후로 세상이 많이 바뀌었어요, 할아버지."

내 말투는 살짝 짜증이 섞여 있었다.

할아버지가 소리 내어 웃었다.

"내 말을 오해하지 마라. 남자가 집안을 *이끈다*고 말하려는 게 아니야. 남자가 한 가정의 머리라면 아내는 목이란다. 아내가 머리에게 어디를 보아야 할지 알려 준다는 뜻이지. 목이 없으면 머리는 털썩 떨어진 채 아무것도 해낼 수 없어. 우리 어머니는 집안을 이끄셨어. 네 할머니가 이 집안을 이끌고 네 엄마가 네 집안을 이끌 듯이 말이야."

"엄마가 할아버지 말씀에 적극 찬성하실 거예요."

"우리는 어머니 덕분에 버틸 수 있었어. 힘들고 끔찍한 시절이었지. 아버지는 포기하려고 했지만 어머니가 말렸단다. 아버지를 일으켜 세운 뒤 우리를 한 걸음씩 나아가도록 하셨어."

할아버지가 잠시 숨을 고르다가 말을 이었다.

"마지막까지."

할아버지는 한숨을 크게 내쉬었다. 그리고 눈물을 애써 참으려고 했다. 평소에도 조금씩 떨리던 손은 더 심하게 부들거렸다.

"증조할머니에 대한 이야기를 더 해 주실 수 있나요?"

할아버지는 또다시 잠자코 있다가 심호흡을 하고 입을 열었다.

"우리 가족이 숲속에서 살았다는 이야기를 기억할 거야. 아니, 살았다고 할 수도 없었어. 우리는 죽지 않으려고 숲에서 버텼단다. 버섯이나 산딸기나 풀 따위의 먹을 것을 찾아 헤매고 다녔지. 어머니는 그걸 모아서 우리에게 조금씩 나눠 주었어. 그때 먹은 산딸기 몇 개의 맛을 지금도 잊을 수 없구나."

할아버지의 말은 계속 이어졌다.

"비록 새 모이 정도의 양이었지만 우리 가족이 똑같이 나눠 먹은 줄로 알고 있었어. 그런데 어느 날 어머니가 당신의 몫을 나와 형들에게 양보하는 것을 우연히 보게 되었어. 어머니는 거기에 대해 어떤 말도 하지 않으셨어. 그저 묵묵히 나눠 주셨던 거야. 어머니는…… 어머니는 그런 분이셨어. 아주 엄격했지만 다정하고 사랑이 무척 많으셨지."

"골데와 비슷해요."

"골데……? 아, 그래. 연극에 나오는 인물이지. 골데도 자식들을 위해 희생하니?"

"자식들에게 무엇이든 주고 싶어 해요."

"네 증조할머니랑 같구나. 증조할머니는 아무리 적은 양이라도 나와 형들과 아버지에게 내주셨거든."

"골데도 마찬가지예요. 궁금한 게 있는데요, 증조할머니와 증조할아버지는 중매결혼을 하셨을까요?"

"그 당시에는 거의 다 중매결혼이었지. 그분들이 설마 온라인에서 만났겠냐?"

나는 웃음을 터뜨렸다.

"그때는 그렇게 결혼했단다. 마을 사람이나 랍비가 소개한 사람과 결혼식을 올렸어. 또는 부모님이 알고 지내는 사람의 자녀와 결혼하기도 했고."

"증조할머니와 증조할아버지는 서로 사랑하셨나요?"

"두 분은 살아가면서 사랑을 키워 나갔지. 그러다 마지막에는 서로 깊이 사랑하셨단다. 어머니는 우리 모두를 사랑하셨어."

깊은 한숨 소리에 이어 할아버지의 손가락이 사진 속 어머니의 윤곽을 따라 움직였다.

할아버지는 눈가가 촉촉하게 젖은 채 고개를 들어 나를 바라보았다.

"네 할머니는 내 말을 듣지 않아야 한다는 것을 알았나 보다. 이 포스터를 버리지 말고 간직해야 한다고 말이야. 이제부터 이 포스터는 셜리 네가 가져라."

"저에게 이 포스터를 주신다고요? 그래도…… 할아버지 가족이잖아요."

"아니, 우리 가족이지. 이분들은 내 부모님이고 형제인 농시에 네 증조부이고 증조모이며 큰할아버지들이시거든."

할아버지는 손가락으로 포스터를 톡톡 치며 말했다.

"포스터를 버려 달라고 네 할머니에게 부탁했던 것이 후회스럽구나. 그런 취급을 받을 사람들이 아니었는데."

또다시 한숨 소리가 새어 나오더니 할아버지가 온몸을 파르르 떨었다.

"내가 차마 못 버린다는 것을 네 할머니는 헤아리고 있었어."

"할머니는 훌륭한 목이었네요."

"최고였지. 이 포스터는 너에게 주마. 네 증조할머니가 널 무척 자랑스러워했을 거야."

"증조할머니가요?"

"넌 음악을 하는 데다 무척이나 용기 있으니까."

"저는 용기 있지 않아요."

"아니라고? 지금까지 관객들 앞에 서서 네 영혼을 보여 주었잖니. 그게 용기 있는 게 아니란 말이냐?"

한번도 그런 생각을 한 적이 없었다.

"저는 연기가 그냥 너무 좋아요."

"우리 어머니도 그러셨어. 관객 앞에 서면 활기가 넘치셨지. 나? 난 그저 숲속 통나무에서 혼자 연주해도 행복했단다."

증조할아버지는 숲에서 나치 군인들에게 발각되자 그들을 앞에 두고 마지막으로 연주를 했다. 그것이야말로 용기 있는 행동이었다.

"할아버지, 고마워요. 잘 보관할게요."

"당연히 그러겠지. 이제 가거라. 배가 무척 고프겠구나. 다음에 더 이야기하자. 어여 집에 가렴. 도착하면 전화해 다오. 그래야 할아비 마음이 놓이거든."

들고 싶은 할아버지의 이야기가 아직 많이 남아 있었다. 그렇지만 이것도 나쁘지 않았다. 소설책이나 연극처럼 한 장면씩 넘어가다 보면 결국 모두 다 드러날 테니까. 자리에서 일어나자 할아버지가 포스터를 내밀었다. 나는 할아버지를 껴안았고 할아버지는 나를 안아 주었다. 집으로 가야 할 시간이라는 것을 할아버지도 나도 알고 있었다. 그러나 서로를 선뜻 놓아주지 못했다.

9

학교에 갈 시간이 다가왔지만 포스터에서 눈을 뗄 수 없었다. 어젯밤, 서랍장 위에 포스터를 붙이고 잠자리에 들었다. 그리고 지금 그 자리에 서서 방에 붙여 놓은 포스터와 내 가족들을 바라보았다.

어젯밤에 아빠에게도 포스터를 보여 주었다. 엄마는 산모의 출산을 도우러 가고 없어서 집에는 아빠와 나뿐이었다. 우리 둘에게는 잘된 일이었다. 아빠는 할아버지와 똑같은 반응을 보였다. 사진 속 얼굴들을 따라 손가락을 움직였다. 아빠가 집안 가족의 사진을 처음으로 본 순간이었다.

아빠에게 할아버지가 해 준 이야기도 들려주었다. 할아버지의 가족이 숲에서 먹을거리를 찾아 헤맨 것과 증조할머니 즉 아빠의 할머니가 자신의 몫을 자식들에게 나눠 주었다는 이야기였다. 아빠는 오랫동안 그런 이야기를 기다려 왔다는 듯 한마디도 흘려듣지 않았다.

"셜리, 서둘러. 연습 시간에 늦겠다!"

엄마의 목소리가 계단을 타고 올라왔다.

"갈게요, 가요!"

큰 소리로 대답하고 깡충깡충 뛰며 양말 한쪽을 마저 신었다. 양말을 신은 뒤, 서랍장에 놓인 책들을 집었다. 그런데 대본이 보이지 않았다. 얼른 방을 둘러보았다. 대본을 손에 들고 잠들 때도 종종 있었지만 어젯밤에는 아예 들여다보지 않았다. 바닥에도 없었다. 잠깐…… 바닥이라면, 책 몇 권을 할아버지 주방 탁자에서 떨어뜨린 것이 떠올랐다. 포스터를 들고 흥분해서 집으로 부리나케 오는 바람에 이제껏 잊고 있었다.

나는 허겁지겁 계단을 내려갔다.

"엄마, 학교 가는 길에 할아버지 집에 잠깐 들러도 돼요?"

"그쪽 방향이 아니잖아. 그리고 엄마 시간이 없어. 제왕절개 수술이 잡혀 있거든."

"대본을 할아버지 집에 두고 왔어요. 대본 안 가져가면 램지 선생님이 엄청 짜증 내실 거예요."

"기다렸다가 아빠보고 태워 달라고 해. 그런데 연습 시간에 늦으면 더 곤란해지지 않을까?"

나는 잠깐 고민에 빠졌다. 마땅한 답이 떠오르지 않았다.

"잠깐. 지금쯤 대사 다 외우지 않았어?"

"거의 외우기는 했어요."

사실이었다. 내 대사는 물론이고 내가 맡은 두 대역의 대사까지 다 외웠다. 심지어 다른 배역의 대사까지 거의 외운 상태였다.

"그럼 어서 가자, 출발!"

램지 선생님은 내가 대본을 안 가져왔다고 하면 화를 내겠지? 더구나 잃어버렸다고 하면 불같이 성질을 낼지도 모른다. 아니지, 잃어버렸을 리가 없다. 틀림없이 할아버지 집에 있을 테니 방과 후에 가지러 가야지.

엄마와 나는 차에 올라탄 뒤 끼익 소리를 내며 진입로를 벗어났다. 그리고 도로를 질주했다. 엄마는 언제나 차를 빨리 몰았다. 경찰에게 걸린 적이 한두 번이 아니었다. 그때마다 엄마는 산부인과 의사라 산모의 분만을 도우러 가는 길이라고 둘러댔다. 물론 사실일 때도 있었다. 엄마는 의사로서 최선을 다하다 보면 하얀 거짓말이 나올 때도 있다고 설명했다.

"엄마가 어젯밤에 아주 늦게 왔거든. 오늘 아침에야 아빠에게서 포스터와 할아버지의 이야기를 들었어. 아빠는 잠을 설쳤나 봐. 궁금한 게 너무 많아서."

"네. 저도 그랬어요."

"할아버지가 너에게 포스터를 주었다고 해서 깜짝 놀랐지 뭐니."

"제가 포스터를 찾아냈을 때 할아버지 얼굴을 아직도 기억해요. 그래서 저도 놀랐어요."

"홀로코스트 희생자들 중에는 어떤 일을 겪었는지 차마 말을 못 하는 경우도 많아. 너무나 고통스러운 기억들이니까."

"그래도 할아버지가 포스터를 보면 행복한 기억들도 떠오르지 않을까요?"

"고통스러운 기억은 행복한 기억을 덮어 버릴 때가 많거든."

엄마는 잠시 멈추었다가 말을 이었다.

"너는 운 좋게도 할머니 할아버지를 곁에서 보며 지냈잖니. 네 아빠는 당연히 그럴 수 없었지."

"엄마는 할머니 할아버지를 알고 지내셨죠?"

"우리 할머니 할아버지는 전쟁이 나기 전에 유럽을 떠나셨거든. 그래서 내 부모님은 여기에서 태어나셨지."

"그럼 그분들은 홀로코스트를 겪지 않으셨네요."

"그 당시 유대인들은 누구나 가족이나 친척을 잃었어. 즉 사는 곳이 유럽이든 아니든 홀로코스트를 겪은 셈이었지. 물론 강제 수용소로 끌려간 사람들과 비할 바는 아니었지만."

엄마는 재빨리 덧붙였다.

"사람들은 여전히 그 트라우마를 겪으며 사는 거야. 네 할아버지도 여전히 고통스러워하시잖니."

"정말 신기한 게 할아버지 가족이 모두 음악적인 재능이 있었대요."

"그래. 네 재능을 엄마 쪽에서 물려받지 않은 것은 확실하구나."

"엄마는 피아노를 치잖아요."

"훈련받은 곰이 춤을 추듯 뚱땅뚱땅 치지. 나는 리듬감이 별로 없나 봐."

"아빠는 노래를 약간…… 아빠도 음악적인 재능을 물려받았을까요?"

"아빠도 재능이 있는 편이야. 그렇지만 기회를 얻지 못했지. 할아버지가 집에서 노래 부르는 것을 싫어하셨거든. 할아버지 집에서는 음악을 거의 들을 수 없었어."

"이해가 안 돼요. 음악이 할아버지 삶에서 큰 부분을 차지했거든요. 그런데 집에서 왜 음악을 틀지 않으셨을까요?"

엄마가 한숨을 쉬었다.

"나 역시 완전히 이해하는 건 아니야. 그저 오랫동안 억눌러 둔 기억 때문에 네 할아버지가 힘들어하신다는 것만 짐작할 뿐이야. 음악이야말로 그 어느 것보다 기억과 감정을 되살려 주거든. 너도 알 거야."

음악이 나에게 얼마나 큰 의미가 있으며 어떤 노래가 눈물과 기쁨을 안겨 주는지 생각해 보았다.

내가 말했다.

"네, 알 것 같아요."

***

"준비됐니, 벤?"

"네, 램지 선생님."

"조용, 다들 조용."

무대 설치 팀의 쿵쾅거리는 소리가 그쳤다. 모든 것이 멈췄다. 모두 벤이 무대 중앙으로 걸어 나오는 것을 바라보았다. 나는 두 번째 줄에 앉았고 옆에 나타샤가 있었다. 간신히 위기에서 벗어났다. 대본이 없는 것을 램지 선생님에게 들키지 않았다. 나타샤에게 대본을 두어 번 빌린 덕분이었다. 선생님은 내가 대본을 들고 있는 모습만 보았다. 뭔가 속임수를 쓰는 기분이었지만 선생님을 화나게 만들고 싶지 않았다. 내년 주인공 자리에 대한 절반의 약속이 여전히 머릿속을 맴돌고 있었다.

나타샤가 귀에 대고 속삭였다.

"벤 모건의 아내가 된 기분이 어때?"

나는 강조하듯 말했다.

"무대에서의 아내잖아."

"벤 선배가 우리랑 가끔 점심을 먹겠다니 신난다."

"그건 그래."

벤과 어울린다는 생각만으로 우리 둘 다 들떠 있는 것을 보니 우스웠다.

"너 혹시?"

나타샤가 대뜸 받아쳤다.

"웃기지 마."

나타샤는 역시 내 마음을 꿰뚫고 있었다.

"저 선배는 벤 모건이야. 너나 내가 선배와 사귈 가능성은 눈곱만큼도 없거든요."

맞는 말이었다. 나타샤가 가혹한 것이 아니라 분명한 사실이었다.

무대에서 벤이 목청을 가다듬자 모두 가만히 기다렸다. 이번 연극에서 중요하다고 꼽히는 장면으로 벤 혼자 무대에서 연기를 펼쳐야 했다. 나는 숨을 죽였다. 마침내 벤이 최대한 나이 든 유대인 남자의 목소리로 '내가 부자라면If I Were a Rich Man' 노래를 부르기 시작했다.

여기는 테비에가 안식일이 시작되기 전에 집으로 돌아가는 장면이다. 말이 절뚝거리자 수레를 직접 끌고 가다가 무대에 잠시 멈춰 서서 하느님에게 부자로 살아가는 꿈을 이야기하게 된다. 벤은 무대를 돌아다니며 가짜 닭 모이를 뿌리고 쇠스랑으로 가축용 건초를 꺼내는 시늉을 했다. 그리고 램지 선생님의 시범대로 하느님에게 애원하듯 두 팔을 높이 뻗었다. 벤은 정말이지 기대 이상으로 잘 해냈다.

마침내 벤이 마지막 가사를 불렀다. "내가 만약 부우우우자아아아라면!"

잠시 정적에 휩싸였다가 바로 박수가 터져 나왔다. 벤은 무척 행복해 보였다. 아니 한시름 덜은 표정이었다. 벤이 고개 숙여 인사를 했다.

램지 선생님이 말했다.

"아주 훌륭하지는 않지만 그럭저럭 괜찮았어. 너는 유대인 아저씨야. 십대 쿼터백처럼 무대를 뛰어다니면 안 돼."

"쿼터백은 거의 안 뛰어요."

벤이 가만히 중얼거렸다. 램지 선생님은 피아노 앞에 있던 네 바레즈 선생님과 이야기를 하느라 돌아서 있었다. 다행히도 벤의 말을 듣지 못했다!

램지 선생님은 다시 무대로 고개를 돌렸다.

"처음부터 다시."

나는 벤이 뭐라고 한마디 할 줄 알았다. 그러나 벤은 천천히 고개를 끄덕였다.

"네, 선생님. 이번에는 절대 뛰지 않겠습니다."

벤은 내 쪽으로 돌아서서 씩 웃고는 윙크를 보냈다. 그건 테비에가 골데에게 한 행동일 뿐 벤이 셜리에게 보낸 것이 절대 아니었다. 나타샤가 옳았다. 나는 어리석게 굴지 않기로 했다.

10

부랴부랴 학교를 빠져나왔지만 늦게야 할아버지 집에 도착
했다. 뒷문을 열자 TV 소리가 들렸다.

나는 목소리를 높였다.

"할아버지!"

할아버지도 소리를 질렀다.

"나 여기 있다. 거실에!"

주방 탁자로 가서 아래를 살펴보았다. 책이나 대본은 없었고
부스러기와 먼지만 굴러다녔다. 할머니가 살아 계셨다면 상상도
못할 일이었다. 무슨 생각을 하는 거야? 그걸 걱정할 때가 아니
잖아. 도대체 대본이 어디로 갔을까?

거실로 들어가자마자 궁금증이 풀렸다. 대본은 할아버지 손에
들려 있었다. 할아버지가 읽고 있었다.

"네가 오늘 올 줄 알았다. 네 휴대전화로 연락해서 이걸 두고

갔다고 알려 주려다 공부에 방해될까 봐 참았지. 공부는 중요한 거니까.”

“여기 있어서 참 다행이에요. 지금 읽고 계시는 거예요?”

“TV는 딱히 볼 게 없어서.”

할아버지는 잠시 침묵을 지켰다.

“네 할머니가 이 연극을 왜 그렇게 좋아했는지 알겠더구나.”

“할아버지도 마음에 드세요?”

“상당히 좋더라. 이 연극을 쓴 사람이 유대인이냐?”

“이 작품을 만든 사람들은 모두 유대인일 거예요. 음악은 제리 복이 작곡하고 가사는 셸던 하닉이 썼어요. 대사와 지문 등이 담긴 대본은 조셉 스타인이 완성시켰어요. 그리고 이디시어 작가인 숄렘 알레이헴이 쓴 이야기를 바탕으로 했고요.”

할아버지가 중얼거렸다.

“어쩐지 이야기가 낯익더라니.”

“이 연극을 좋아하시니 기쁘네요.”

“나는 좋아하면 안 되는 거냐? 게다가 골데를 살펴보니 네가 왜 우리 어머니에 대해 궁금해했는지 알겠더구나. 둘은 닮은 점이 아주 많아. 둘 다 당찬 여성들이고……. 물론 우리 손녀딸도 아주 당차지.”

“감사해요. 제 할아버지라서 자꾸 칭찬해 주시는 거죠?”

할아버지가 킥킥 웃었다.

"그런 곤란한 질문은 피해야겠구나. 묵비권을 행사할 테다. 네가 알다시피 난 거짓말을 못 하잖니."

그 말은 사실이었다. 할아버지는 생각이 떠오르면 좋든 나쁘든 툭 내뱉어야 했다. 아빠는 걸러 내는 필터가 할아버지에게 부족하다고 말했다.

"넌 훌륭하게 해낼 거야. 네 팔이 반드시 부러질 거다."

"팔이 부러질…… 잠깐만요, 다리가 부러지라고 말씀하셔야죠!"

"뭐 비슷한 말이지. 너에게는 팔이나 다리보다 목소리가 더 중요하잖니. 아무래도 목소리가 갈라지길 바라야겠군. 맞지?"

"혹시 공연에 올 생각이 있으세요?"

지난번에도 같은 질문을 했지만 그래도 다시 한번 확인하고 싶었다.

할아버지가 어깨를 으쓱했다.

"사람 일이 어떻게 될지 누가 알겠니?"

엄마 아빠에게 할아버지를 만나면 얌전히 굴겠다고 약속했기 때문에 조르지 않기로 했다. 고개를 돌린 순간 바이올린이 눈에 들어왔다. 케이스에서 꺼내 놓은 바이올린은 식당의 찬장 위에 있었다. 끊어진 줄 몇 가닥은 삐죽 튀어나왔고 그 옆으로 활이 보였다. 바이올린이 불빛을 받아 반사하는 모습은 뭔가 독특했다. 마치 스스로 빛을 내는 것 같았다. 더군다나 내가 바라보자 바이올린도 나를 똑바로 보고 있다는 기분이 들었다.

"할아버지 바이올린."

내 목소리는 거의 속삭이고 있었다.

"그래, 그래. 저기 앉아서 하루 종일 나를 바라보고 있지 뭐냐."

할아버지도 나와 똑같은 생각을 했다는 말에 화들짝 놀랐다.

"저건 할아버지 방이나 다시 다락에 있을 줄 알았어요."

"다락으로 올라가는 계단은 너무 가파르잖니. 다시는 오르지 않겠다고 네 아빠랑 약속했다."

"제가 다시 다락에 갖다 놓을까요?"

"아니야, 그럴 필요 없다. 다락에 올려 둔다고 바이올린이 이 집에서 없어지는 것은 아니니까."

할아버지는 잠시 머뭇거리다가 나를 쳐다보았다.

"이야기를 좀 더 들려주고 싶구나. 그래도 되겠니?"

나는 고개를 끄덕였다. 물론 대본을 찾으러 오기는 했지만 할아버지의 과거를 더 듣고 싶은 마음이 컸다.

할아버지는 과거를 마주하기에 앞서 마음을 다잡는 듯 눈을 질끈 감았다. 그러다 눈을 뜨고 말문을 열었다.

"나치 군인들은 숲에서 우리 가족을 포위하고서 앞으로 걸어가도록 했단다. 우리는 어디로 가는 줄도 모른 채 끌려가야 했지. 그저 서로 꼭 붙어 있어야 한다는 생각뿐이었어. 우리 어머니이자 너의 골데는 두 팔을 쭉 뻗어 우리 모두를 껴안았어."

할아버지는 잠시 말을 멈췄다. 증조할머니가 두 팔로 커다란 그물처럼 가족을 껴안은 모습이 생생하게 떠올랐다.

"우리는 바르샤바의 기차역에 도착했어. 내가 잘 아는 도시였지. 우리 가족이 아주 여러 번 연주를 했던 곳이거든. 기차역의 플랫폼은 상상을 벗어난 모습이었어. 수백 명, 아니 수천 명의 유대인이 우리처럼 가족끼리 모여서 무작정 기다리고 있었거든. 군인들은 사방팔방에서 소리를 질렀고 사람들은 명령에 따라 바짝 다가서다가 멈췄다가 또 다가섰어. 이윽고 플랫폼에 사람들로 더는 발 디딜 틈이 없게 되자 기차가 칙칙 소리를 내며 역으로 천천히 들어왔단다."

할아버지는 말을 다시 멈췄다. 턱이 파르르 떨리고 있었다. 나는 할아버지에게 그만해도 된다고 말할 참이었다. 그러나 할아버지가 먼저 말을 꺼냈다.

"플랫폼은 모여든 사람들 때문에 비좁기가 짝이 없었어. 그렇지만 기차 안은 거기에 비할 바가 아니었지. 셜리야, 기차를 타본 적 있니?"

나는 고개를 끄덕였다. 우리는 기차를 타고 여러 번 뉴욕에 다녀왔다.

"그 기차는 사람을 태우는 용도가 아니었어. 원래 소를 싣고 가는 기차였지. 기차 칸에는 아무것도 없었고 냄새가 코를 찔렀단다. 군인들이 사람들을 기차 안으로 마구 밀어 넣고 쑤셔 넣어서 다들 숨쉬기 어려울 정도로 딱 붙어 있었지. 그런데도 어머니는 우리를 놓지 않았어. 나는 바이올린을 꼭 끌어안고 있었지. 가족의 다른 악기들은 그대로 두거나 빼앗긴 상태에서 내 바이올린만 겨우 가져왔던 거야. 바이올린이 자리를 너무 많이 차지한다며 고함치는 사람들도 있었지만 나는 계속 들고 있었어. 바이올린을 지키는 것이 왜 그리 중요했는지 지금도 잘 모르겠구나. 어쨌든 나는 손에서 놓지 않았어. 바이올린을 내내 들고 마침내 우리가 도착한 곳은…… 그곳은…… 바로…….”

할아버지가 말을 더듬거렸다. 나는 몸을 앞으로 기울였다. 과연 어디에 도착했을까? 느닷없이 할아버지가 바이올린을 가리켰다.

“바이올린은 그냥 악기가 아니야. 동물처럼 살아 있지. 바이올린마다 저만의 소리를 갖고 있거든. 따라서 저건 상처를 입은 동물이란다. 줄이 끊어지면 온전치 못한 상태라 말을 할 수가 없거든.”

나는 꼭 하고픈 말을 꺼냈다.

“할아버지가 저 바이올린을 버리지 않아서 다행이에요.”

“네 할머니가 잘 알고 있었던 거지. 그나저나 저걸 어쩌면 좋겠니?”

“오빠가 바이올린을 연주했어요.”

“네 오빠! 그 녀석은 바이올린을 켜는 게 아니라 고문하더구나!”

119

결국 할아버지와 나는 웃음을 터뜨렸다!

"네 오빠가 수학과 화학을 잘해서 참 다행이야. 걔는 훌륭한 의사가 될 거야. 그렇지만 영혼 깊이 음악을 느껴 본 적이 없으니…… 내 말을 오빠한테 하지는 마라."

"안 그럴게요."

우리는 침묵 속에 앉아서 바이올린을 쳐다보았다. 얼마나 고요했던지 벽시계의 초침 소리가 들릴 정도였다. 꼭 묻고 싶은 질문이 하나 있었다. 할아버지가 싫어할까 봐 걱정은 됐지만 알고 싶었다.

"할아버지, 바이올린 연주 솜씨가 좋은 편이셨나요?"

할아버지가 고개를 저었다.

"난 좋은 정도가 아니었어. *아주 뛰어났지.*"

내가 큰 소리로 웃자 할아버지도 싱긋 웃었다.

"저도 거기에 있었으면 좋았을 텐데요."

말을 하고 보니 순간 당황스러웠다.

"제 말은 할아버지가 연주하는 것을 듣고 싶다는 뜻이에요."

"나는 날마다 하느님께 너나 네 오빠나 엄마 아빠가 그곳에 없었던 것을 감사드린단다. 또한 너희들이 자유롭고 안전하게 지내는 것 역시 감사드리고 있어."

할아버지는 이내 고개를 저었다.

"이 정도면 됐다. 오늘은 그만하자꾸나. 넌 대본을 가지러 왔잖니."

할아버지가 대본을 내밀었다.

"할아버지, 감사해요."

"아차, 내 정신 좀 봐라. 우리 귀한 손녀딸이 왔는데 마실 것도 안 주다니. 대접이 형편없었구나. 사과 주스 마실래?"

"그럴게요."

할아버지는 의자에서 일어났다.

"주방에 가서 주스나 한 잔씩 따라야겠다."

할아버지는 복도로 나가다가 걸음을 멈췄다.

"할아비 부탁 하나만 들어줄래?"

"그럼요."

"바이올린 좀 치워 주면 좋겠구나."

"다락으로요?"

"아니, 아니. 그냥 케이스에 넣어 두면 돼. 잠금장치도 채우고. 나도 그 정도는 할 수 있다만 네가 해 주면 더 좋겠구나. 그럴래?"

"그럼요."

할아버지는 나와 바이올린만 덜렁 남겨 둔 채 복도로 터덜터덜 걸음을 옮겼다. 나는 상처를 입은 동물에게 다가가듯 바이올린에게 조심조심 다가갔다. *너랑 할아버지는 어디가 마지막이었니? 나는 궁금했다. 너는 어떻게 여기에 오게 되었니? 그것도 알*

고 싶었다. 그렇지만 이렇게 속삭였다.

"괜찮아. 널 다치게 하려는 게 아니야. 네 자리로 다시 옮겨 주려고 해."

끊어진 줄은 동물의 촉수처럼 쭉 뻗어 있었다. 나는 풀려 버린 섬유질에 손이 닿지 않도록 신경 쓰며 바이올린을 집어 들었다. 바이올린은 근사하고 매끄러웠으며 어쩐지 내 두 손에서 편안해하는 것 같았다.

할아버지가 옳았다. 이 바이올린은 악기 이상의 것이었다. 할아버지의 과거와 나의 뿌리를 살펴볼 수 있는 타임머신이자 연결 고리였다.

나는 바이올린을 케이스 안의 파란색 벨벳에 내려놓았다. 바이올린은 자신의 원래 자리에 쏙 들어갔다.

"잘 자라."

나는 케이스를 닫으며 인사했다.

11

벤이 금요일 저녁 식사를 하러 우리 집으로 오고 있었다. 나는 제정신이 아니었다! 이 모든 것은 고맙게도 나타샤의 역할이 컸다. 화요일에 연습이 끝난 뒤 나타샤는 나와 벤을 한쪽에 세워 놓더니 자신의 얼굴을 벤에게 바짝 들이댔다.

나타샤가 물었다.

"선배가 지난번에 의사라는 직업을 좀 더 알고 싶다고 말했지?"

벤이 끄덕였다. 나는 입이 바짝 말랐다.

"셜리의 애덤 오빠가 이번 주에 대학교에서 집으로 온대."

그러고서 나타샤는 나를 똑바로 쳐다보며 표정으로 말했다. 어서 말해. 물어보라고. 아니면 내가 대신 물어본다.

나는 얼른 내뱉었다.

"흠흠, 어, 금요일에 저녁 먹으러 올래? 그때 우리 집에서 연습도 하면 될 것 같은데.”

혹시 내가 너무 애처롭고 간절한 목소리로 말했나? 놀랍게도,
아니 충격적이게도 벤이 그러겠다고 대답했다.

그래서 지금 발바닥이 안 보일 정도로 뛰어다니며 식탁은 제
대로 준비되었는지 의자는 충분한지 확인하고 있었다. 할아버지
도 오기로 했으며 오빠도 참석할 예정이었다. 나타샤에게 제발
와 달라고 애걸했지만 거절당했다.

“야, 난 할 만큼 했어. 내 계획은 여기까지야. 나머지는 네가
알아서 하라고.”

나머지라고? 그게 무슨 뜻인지 도무지 알 수가 없었다. 나타샤
와 나는 벤과 내가 잘 해보기는 어렵겠다고 결론을 내렸다. 그런
데 나타샤는 뭔가 다른 뜻을 암시하고 있었다. 어쨌든 그 문제를
깊이 생각할 겨를이 없었다. 우리 가족에게 저녁 식사에서 벤과
어떤 대화를 나눠야 할지 일러둬야 했다.

“자, 몇 가지 주의 사항이 있어요.”

나는 부모님과 오빠를 식당에 모아 놓고 확실히 못 박았다.

“그 선배에게 여자친구가 있는지 묻지 마세요. 종교에 대해서
도 물으면 안 돼요. 유대인이 아니라고 이미 말씀드렸잖아요. 그
리고 제발…….”

내 이야기를 진지하게 듣는지 확인하려고 잠시 멈췄다가 말을
이었다.

"무대에서 내 남편이 된 기분이 어떤지 묻지 마세요."

오빠가 약을 올렸다.

"좋아, 그 친구에게 가장 먼저 물어봐야 할 세 가지를 알게 되었군."

곧이어 싱긋 웃었다.

"저런, 셜리. 오빠 한번 믿어 봐. 지난번에 가족들 때문에 내가 진땀 흘린 걸 생각하면 널 똑같이 괴롭혀 줘야겠지만 그러지 않기로 결심했어."

약 6개월 전에 오빠가 한참 사귀고 있는 여자친구를 집으로 데려왔다. 그때 저녁 식탁은 사실상 심문받는 자리로 바뀌었다. 엄마는 심지어 그 여자에게 아이를 갖고 싶은지 물어보았다! 오빠는 죽고 싶을 만큼 쪽팔렸을 것이다!

아빠가 물었다.

"우리가 말해도 되는 것이 있기는 하냐?"

나는 아빠의 비꼬는 말투는 신경 쓰지 않았다.

"그럼요. 그 선배는 의사가 되고 싶어 한다고 말했잖아요. 그러니까 의학에 대한 질문만 해 주세요."

"셜리, 머리카락 좀 그만 돌려."

엄마가 지적했다. 곧이어 한숨을 내쉬고 주방으로 가면서 딸의 지시를 받기가 성가시다며 차라리 저녁 식사 내내 주방에 있는 게 낫겠다고 투덜댔다.

벤이 도착할 시간이 되자 나는 거의 멘붕이었다. 그런데 엎친데 덮친 격으로 벤이 할아버지와 함께 문으로 들어오는 게 아닌가! 나는 부모님과 오빠뿐만 아니라 할아버지에게도 주의 사항을 알려 줘야만 했다. 어떻게 이렇게 운이 없을 수가!

"택시에서 내릴 때 이 학생을 만났어."

할아버지는 코트를 벗어 내게 내밀며 말했다.

"나를 인도 위로 부축해 주었단다. 참 착하기도 하지. 우린 벌써 소개를 마쳤어. 이 학생 이름은 벤 모건이야."

"알아요, 할아버지. 제 친구예요."

"친구?"

아이고 맙소사! 할아버지는 눈썹을 들어 올리더니 눈을 뭔가에 찔린 듯 나에게 윙크를 했다.

할아버지가 물었다.

"남자친구를 사귀기에는 너무 어리잖니?"

"남자친구가 아니에요. 그냥 남자 사람 친구라고요."

내 목소리는 퉁명스러워졌다.

"우리는 같이 연극을 해요, 할아버지. 이 선배가 테비에를 맡고 있어요."

벤은 아직 입도 뻥긋하지 못했다. 입구에 가만히 서서 어쩔 줄 몰라 했다. 벤이 그런 표정을 지을 줄은 꿈에도 몰랐다. 휙 돌아서서 문밖으로 뛰쳐나간다 해도 전혀 놀랄 일이 아니었다. 벤이 그럴 경우 나도 같이 달려 나갈지 모른다. 왜 간단한 간식 대신 가족의 저녁 식사에 벤을 초대했을까?

할아버지가 벤을 보고 물었다.

"성이 모건이라고 했나?"

벤이 고개를 끄덕였고 나는 침을 꿀꺽 삼켰다.

"우리 유대교 회당의 랍비가 조셉 모건이야. 옛날에는 모건스턴이라고 불렀다더군. 혹시 아는 분인가?"

나는 얼굴이 달아올랐다. 우리는 아직 현관으로 들어서지도 못했는데 할아버지는 당황스러운 질문과 금지된 이야기를 벌써 쏟아 내고 있었다. 나는 모든 것을 계획했다는 나타샤에게 어떻게 복수할지 고민하고 있었다.

내가 미처 말을 꺼내기 전에 벤이 대답했다.

"아닙니다, 할아버지. 제 가족은 유대인이 아니에요."

종교는 이렇게 밝혀지고 말았다.

"유대인이 아니라고? 그런데 이번 연극에서 나이 든 유대인 우유 배달부를 맡았다는 거야? 그걸 어떻게 해낼 수 있지?"

이번에는 내가 벤보다 빨랐다.

"할아버지, 그걸 연기라고 하는 거예요. 선배는 뛰어난 연기자예요. 노래도 정말 잘해요."

그러자 벤의 얼굴이 붉어졌다. 벤은 얼른 입을 열었다.

"셜리가 과장한 겁니다. 그런데 테비에를 연기하는 게 만만치 않더라고요. 그래서 유대인 역사에 대해 열심히 배우고 있어요."

할아버지는 납득이 안 된다는 표정이었다.

"유대인이 아니라고, 어?"

"자, 식탁으로 같이 갈까요? 엄마가 식사하라고 부르시는 거죠? 분명히 엄마가 식사하라며 부르시네요."

나는 할아버지 팔을 잡고 식당으로 이끌었다. 벤이 따라왔다. 미리 세워 둔 계획과 달리 자리를 다시 정해야 했다. 식탁의 한 쪽 끝을 할아버지 자리로 정하고 벤은 오빠 옆자리인 다른 쪽 끝에 앉게 했다. 아무래도 할아버지와 벤을 멀리 떨어뜨려 놓는 게 나을 것 같았다.

오빠는 도와주겠다고 이미 약속한 상태였다. 나는 애원하는 눈빛으로 제발 불편하지 않게 대화를 이끌어 달라고 다시 부탁했다. 오빠는 어색한 상황이 무척 재미있다는 듯 씩 웃더니 벤에게 고개를 돌려 말했다.

"의과 대학에 갈 생각이라고 들었어. 궁금한 게 뭐야?"

나는 오빠를 덥석 껴안을 뻔했다! 그 뒤로 40분쯤 수프에 이어 샐러드와 닭고기, 감자와 채소를 먹으면서 우리 가족은 의학 위주로 대화를 주고받았다. 오빠는 의대 예과 이야기부터 본과의 준비 과정까지 자세히 알려 주었다. 엄마는 전공의가 되기까지 거쳐야 하는 단계를 설명했고, 아빠는 의사가 되려면 긴 시간과 희생이 필요하다고 귀띔했다. 엄마는 두 번이나 무선 호출을 받은 탓에 주방으로 가서 병원에 전화를 걸어야 했다. 심지어 주요 리를 먹기 직전에 엄마가 분만을 도우러 가야 하는 상황이 벌어 졌지만 다행히도 아닌 것으로 밝혀졌다.

벤은 엄마와 오빠가 기꺼이 대답해 줄 만한 질문을 셀 수 없이 던졌다. 저녁 식탁에서 나눈 의학 관련 대화는 그동안 들은 내 용을 합친 것보다 훨씬 많았지만 나는 매우 만족스러웠다. 기분 이 좋아졌고 슬슬 긴장이 풀렸다. 이제 후식만 먹으면 벤과 나는 연습하러 갈 수 있었다.

그러는 가운데 할아버지를 살펴보니 왠지 계속 침묵만 지키고 있었다.

"괜찮으세요?"

그릇들을 치우고 나서 할아버지에게 물었다.

할아버지는 고개를 들어 나를 바라보았다.

"어?"

"이야기 다 들리시죠, 할아버지? 우리가 더 큰 소리로 말할까 요?"

할아버지는 어깨를 으쓱했다.

"들을 게 뭐 있냐? 가족 식사가 아니라 의학 세미나에 앉아 있 는 것 같구먼."

"제 잘못이에요, 할아버지."

벤이 식탁 저쪽 끝에서 소리 내어 말했다.

"제가 의사라는 직업에 대해 궁금한 게 너무 많아서요."

할아버지가 대꾸했다.

"그렇게 질문을 많이 던졌으니 이제 외과 의사로 나서도 되겠어."

"할아버지의 옛날 일에 대해서도 궁금합니다. 제가 맡은 〈지붕 위의 바이올린〉의 배역에 도움이 될 이야기를 들을 수 있을까요?"

갑자기 온몸의 피가 거꾸로 솟는 기분이었다. 우리 가족이 벤에게 개인적인 질문을 하는 것만 신경 썼지 벤이 할아버지에게 개인적인 질문을 할 줄은 상상도 못 했다. 부모님과 오빠와 나는 뻣뻣이 굳은 채 벤과 할아버지를 번갈아 보았다.

"잠깐만요, 제가…… 뭐 실수했나요?"

벤은 더듬거리다가 다시 물었다.

"하면 안 되는 말인가요?"

내가 벤 쪽으로 몸을 기울여 속삭였다.

"우리 할아버지는 옛날 일에 대해 민감하신 편이야."

할아버지가 불쑥 끼어들었다.

"그렇게 소곤거리면 내가 못 들을 줄 아냐? 나 귀 안 먹었다."

다른 때라면 웃고 넘어갔을 것이다. 할아버지가 잘 못 듣는 것은 모두가 아는 사실이었다. 그런데 갑자기 우리가 나누는 말을 다 알아듣는 것 같았다.

"제가 뭘 감추려는 게 아니에요, 할아버지. 그냥 말하기 싫으실까 봐……."

할아버지가 내 말을 끊었다.

"나도 그 정도 질문은 대답할 수 있어."

할아버지는 벤에게 몸을 돌렸다.

"그래, 벤 모건. 내 옛날 일에 대해 알고 싶다고? 말해 주지. 홀로코스트에 대해 알고 있니?"

심장이 덜컥 내려앉았다.

벤이 대답했다.

"어느 정도 압니다. 강제수용소가 있었다고 들었거든요. 거기에서 유대인들이 고문당하고 살해당했던 것도요."

할아버지가 고개를 끄덕였다.

"가장 악명 높은 강제수용소 이름도 알아? 백만 명 이상의 유대인이 어디에서 살해당했는지?"

벤이 고개를 저었다. 나는 이야기가 이렇게 흐른 것이 믿기지 않아서 입을 다문 채 앉아 있었다. 벤을 쳐다보다가 시선을 할아버지에게 옮겼다.

"내 가족…… 그러니까 우리를 기차에 태워서 데려간 곳이 가장 악명 높은 강제수용소였어. 기차 문이 열리기에 어떤 남자에게 여기가 어디냐고 물어보았어. '지옥'이라고 대답하더군. 그 지옥을 뭐라고 부르는지 곧 알게 되었지. 아우슈비츠."

할아버지가 말을 이었다.

"나와 가족은 모두 아우슈비츠로 잡혀갔던 거야."

말을 마치고서 할아버지는 긴소매 셔츠의 단추를 하나씩 천천히 풀기 시작했다. 내 눈을 의심했다. 할아버지가 옷소매를 팔꿈치 위로 접어 올리자 팔뚝에 새겨진 푸른색의 숫자들이 드러났다. 눈앞에서 직접 가까이 보니 충격을 받지 않을 수 없었다. 할아버지는 벤 쪽으로 팔을 내밀며 물었다.

"이런 것을 본 적이 있니?"

"없습니다."

벤은 침을 꿀꺽 삼키고서 우리에게 눈길을 돌렸다.

"우리는 이름을 빼앗겼고 집이 없어졌으며 가족은 사라져 버렸어. 그 대신 이것을 받았지. 아우슈비츠는 이렇게 팔에 문신을 새겨 넣으며 우리를 맞이했어."

할아버지는 그 말과 함께 팔을 당겨서 셔츠의 소매를 내렸다.

"이건 언제나 나와 함께 있어, 벤 모건. 가리더라도 마찬가지야. 내 과거는 그저 과거로 머물러 있지 않아."

12

"할아버지가 나에게 화난 게 아니시면 좋겠다."

벤과 나는 아래층 휴게실에 있었다. 벤의 질문으로 할아버지가 아우슈비츠에 끌려간 것이 밝혀지자 식탁의 대화는 당연히 끊어졌다. 우리는 연습하러 간다는 핑계를 대고 얼른 자리를 빠져나왔다. 후식을 기다릴 엄두가 나지 않았다.

벤이 물었다.

"네 할아버지가 아우슈비츠에 계셨던 것을 알고 있었어?"

나는 고개를 흔들었다.

"할아버지가 끌려간 곳은…… 나도 처음 들었어. 우리 아빠는 알았을지도 몰라."

그러나 아빠의 놀란 표정으로 보건대 내 생각이 틀렸을 수도 있다.

"예전에 할아버지 팔에서 숫자를 본 적은 있었어. 그러나 어쩌다 보게 되었을 뿐 할아버지가 직접 보여 주지는 않았거든. 그래서 더는 묻지 않기로 우리끼리 은연중에 약속이 되었어. 할아버지가 요즘 들어서 그때 이야기를 털어놓기 시작하셨어. 그래서 우리도 충격에 빠진 상태야."

내가 할아버지에게 과거에 대한 질문을 해서 이렇게 혼란스러워졌다고 솔직히 털어놓고 싶었다. 그런데 왠지 죄책감이 들어 입 밖으로 꺼내지 못했다. 어쩌다 〈지붕 위의 바이올린〉의 배역을 맡는 바람에 있는 줄도 몰랐던 문을 열고 말았던 것이다.

벤이 말했다.

"우리 큰할아버지는 강제수용소의 수감자들을 해방시킨 부대에 계셨어. 그런데 강제수용소에서 본 내용을 한번도 말씀하지 않으셨어. 우리는 굉장히 끔찍했나 보다고 짐작만 했지. 그러다 돌아가시기 전에 큰할아버지가 우리에게 빠짐없이 털어놓으시더라고. 가슴속 무거운 짐을 그만 내려놓고 싶으셨나 봐."

나는 고개를 끄덕였다.

"우리 할아버지도 그러신 것 같아. 힘드신지 이야기를 하다 말다 그러셔. 아직도 이야기가 많이 남은 것 같은데 언제 다 꺼내실지 모르겠어."

"네 할아버지는 정말로 놀라운 점이 많으시구나."

"맞아. 할아버지 집 다락에서 연극에 필요한 옷을 찾다가 낡은 바이올린을 발견했거든. 그런데 그 바이올린과 음악이 할아버지

인생에서 큰 부분을 차지하고 있었어."

"연극이라고 말하니까 연습해야 할 것 같아."

아차! 우리는 연극을 연습하러 휴게실에 내려왔던 거다. 벤과 앉아 이야기를 나누다 보니 신기하게도 편안하고 마음이 놓였다. 둘이 친구 이상으로 발전할 가능성이 눈곱만큼도 없어서 그랬나 보다. 벤과 에마 사이가 깨졌을 때 학교 전체가 술렁거렸다. 다들 두 사람이 영원할 줄로만 알았기 때문이다. 중학교에서 만나 결혼하여 행복하게 살아가는 환상의 커플이 될 거라고 철석같이 믿었는데! 이제 벤이 새롭게 사귀는 사람은 민디나 그와 비슷한 3학년 여학생이 될 것이다.

벤이 물었다.

"어디 연습할래? 1막에 나오는 꿈 장면?"

극에서 테비에는 딸인 차이텔에게 미리 정해 둔 사람 대신 사랑하는 사람과 결혼시켜 주겠다고 약속한다. 따라서 무조건 중매결혼을 고집하는 골데를 어떻게든 설득해야만 했다. 결국 테비에는 꿈속에 유령이 찾아와 차이텔의 선택에 따르라고 했다며 거짓말을 꾸며 낸다. 골데는 미신을 중요하게 여겼기에 테비에의 꾀에 속아 넘어간다. 여기는 유령의 비명 소리와 아주 멋진 노래가 어우러지는 대단한 장면이었다.

노래를 도와주는 앙상블이 없지만 벤과 최선을 다해 거의 다 연습했다. 둘 다 대사를 알고 있어서 물 흐르듯이 진행되었다.

우리 둘은 호흡이 딱딱 맞아떨어졌다. 벤은 대본을 내려놓고 문득 나를 바라보았다.

"호델 대역을 맡았다고 들었어. 호델의 독창을 한번 불러 주면 안 될까? 셜리 네가 부르는 것을 꼭 들어 보고 싶어."

나는 더듬거렸다.

"지금…… 지금 당장? 여기서?"

"응. 못 하겠다면 할 수 없고."

극에서 호델은 연인이 시베리아 감옥에 갇히자 이 노래를 부른다. 연인에게 가려고 고향과 부모와 자매들을 떠나기 때문이다. 기차역에 도착한 호델은 아버지에게 작별 인사를 하지만 앞으로 언제 만날지, 아니 다시 만날 수 있을지 기약이 없다. 나는 그 노래를 잘 안다. 방이든 욕실이든 장소를 가리지 않고 수십 번 불렀으며 심지어 꿈에서도 연습했다. 그러나 누구 앞에서 부른 적은 한번도 없었다.

"어때? 불러 줄 수 있어?"

나는 침을 꿀꺽 삼켰다.

"그래, 좋아. 대신 웃거나 그러기 없기야."

벤이 살짝 찡그렸다.

"내가 왜 웃어? 네 목소리가 얼마나 고운데."

대본을 내려놓으려 고개를 돌렸기 망정이지 자칫하면 홍당무처럼 변한 얼굴을 들킬 뻔했다. 나는 마음을 추스르고 소파에 앉은 벤 앞에 섰다.

"너 하고 싶을 때 시작해."

나는 심호흡을 한 뒤 눈을 감았다. 그리고 살면서 가장 힘든 결정을 내린 아가씨의 애타는 마음을 노래하기 시작했다. 호델은 사랑하는 사람과 함께하려고 낯익은 고향과 친한 사람들을 떠나는 자신을 아버지가 이해해 주기 바라고 있었다.

나는 느낌과 감정을 최대한 끌어내서 노래를 불렀다. 그러자 신기한 일이 일어났다. 벤에게 감동을 주려고 불렀는데 하다 보니 벤이 있다는 것조차 거의 잊어버리게 되었다. 연기의 즐거움만 남은 채 모든 것이 사라졌다. 어느새 나는 연인과 반드시 함께하기를 소망하는 호델이 되어 아버지를 떠나는 슬픔을 노래하고 있었다.

노래를 마치고는 눈을 꼭 감은 채 그 자리에 가만히 서 있었다. 드디어 천천히 눈을 뜨고 벤을 바라보았다. 이상하게도 벤의 눈길이 향한 곳은 내가 아니었다. 벤은 내 어깨 너머로 눈길을 던지고 있었다. 벤의 시선을 따라 고개를 돌려 보니 할아버지가 입을 벌린 채 나를 바라보며 휴게실 입구에 서 있었다.

"할아버지! 언제부터⋯⋯."

질문을 채 끝내지 못했다.

"난 몰랐다."

할아버지는 큰 충격으로 숨이 막힌 듯 억지로 소리를 짜냈다.

"여태껏…… 몰랐어."

"할아버지, 자리에 좀 앉으실래요?"

할아버지는 내 질문을 흘려들었다.

"셜리야, 네 목소리 꼭…… 꼭 천사 같구나. 할아빈 정말 몰랐단다. 어떻게 그것을 모를 수 있지?"

나는 어깨를 으쓱했다.

"할머니는 제 노래를 들으셨어요. 할아버지가 집에 안 계실 때면 할머니에게 불러 드렸거든요. 할머니는 제 공연에도 오셨고요."

그 말을 하는 순간 할머니가 곁에 없다는 상실감에 가슴이 미어졌다.

나는 한마디 덧붙였다.

"할아버지에게 힘든 일이었다는 것을 이제는 이해해요."

할아버지가 고개를 저었다.

"난 너무 많은 것을 놓쳐 버렸어. 네 할머니는 내가 네 공연을 보러 가기를 바랐지. 그러나 그러지 못했어. 그럴 수 없었거든."

"괜찮아요, 할아버지. 정말로요. 지금이라도 제 노래를 들어 주서서 기쁜걸요. 그런데 제 노래가 좋았나요?"

"좋았냐고?"

할아버지의 눈이 놀랄 정도로 반짝거렸다.

"기막히게 멋졌다!"

누군가 뒤에서 목청을 가다듬었다. *벤!* 나는 까맣게 잊고 있었다. 내가 돌아서자 벤이 소파에서 일어났다.

"난 이제 가려고."

"아니야, 안 가도 돼."

"월요일까지 과제를 내야 하는데 아직 손도 못 댔거든."

벤이 말을 이었다.

"대단해, 셜리. 할아버지가 말씀하셨듯이 천사의 목소리야."

나는 아무 말 못 했다. 심장이 터질 것 같았다.

"만나서 반가웠습니다, 할아버지."

벤이 손을 내밀자 할아버지는 벤의 손을 잡고 천천히 위아래로 흔들었다.

"나도 반가웠어, 벤 모건."

할아버지는 눈을 가늘게 뜨고 벤을 응시했다.

"너도 우리 손녀딸만큼 노래를 잘하니?"

"노력은 하는데요. 저렇게 잘하기는 쉽지 않아요."

심장 뛰는 소리가 내 귀에 들릴 것 같았다.

할아버지는 물끄러미 바라보았다.

"음, 다음에는 벤 너의 노래도 꼭 들어 봐야겠구나."

13

민디가 무대에서 내 노래를 부르려고 하기에 조심스럽게 의상실로 천천히 걸어갔다. 민디의 얼굴은 안 보면 그만이었지만 그 목소리는 어디를 가도 피할 수 없었다. 그래서 고통스러웠다. 내가 듣기에도 민디는 꽤 잘했다. 그렇지만 내가 민디보다 더 잘 부를 수 있었다. 벤도 내 목소리가 가장 아름답다고 말할 정도였다. 민디가 노래를 시작하자 나도 조용히 따라 불렀다.

지난 금요일의 저녁 식사 때문에 머릿속이 아직도 혼란스러웠다. 할아버지는 벤을 앞에 두고 아우슈비츠 이야기를 꺼냈으며 나더러 천사의 목소리를 가졌다고 칭찬했다. 혹시, 정말 혹시라도 할아버지가 마음이 바뀌어 공연을 보러 올 수도 있었다. 당장 묻고 싶었지만 아직은 좀 빠른 듯했다. 어쨌든 금요일 저녁 이후로 나랑 할아버지랑 장애물을 하나 넘은 기분이었다. 언제든 때가 되면 다시 물어볼 생각이었다.

등 뒤로 문을 닫았다. 의상실이 텅 비어 있어서 다행이었다. 누군가 민디의 '멋진 목소리'를 감탄하거나 노래 솜씨가 대단하다고 칭찬하는 말을 듣고 싶지 않았다. 물론 민디는 잘하고 있으며 민디의 노래로 연극이 훨씬 나아진 것은 사실이다. 그런데도 마음이 마냥 편치 않았다.

주머니에서 휴대전화 소리가 울렸다. 휴대전화는 9·11 이후에 부모님에게 받은 선물이었다. 엄마 아빠는 내 위치를 언제든 확인하고 비상시에 연락할 방법이 필요하다고 했다. 내 친구들도 꽤 여럿이 그즈음에 휴대전화를 마련했다. 우리 부모님만 유난히 걱정하는 것은 아니었다. 때로는 모두가 걱정에 사로잡힌 듯했다.

나는 깜짝 놀라 주머니에서 휴대전화를 꺼냈다. 벨소리를 무음으로 바꿔 놓는 것을 잊은 적이 거의 없었기 때문이다. 램지 선생님이 들었다면 야단법석이 났을 것이다.

"여보세요?"

"여보세요?"

전화를 건 사람은 억양이 강했다. 아무래도 내가 아는 사람이 아니었다.

"저기…… 통화…… 나요?"

게다가 수신 상태가 좋지 않아서 말이 띄엄띄엄 들렸다.

남자가 말했다.

"여보세요…… 들려요?"

"잘 안 들려요. 누구세요?"

남자는 이름을 말했지만 제대로 알아들을 수 없었다.

"저기요. 잘 안 들리거든요. 제 목소리는 들리나요? 전화를 잘 못 거신 것 같아요."

잡음이 들렸다.

"……내 가게…… 내 가게에…… 와 주세요."

전화를 잘못 걸어 온 것이 아니었다. 전화로 뭔가 판매하고 있었다. 다시 지지직거리는 소리가 나서 막 끊으려는데 어떤 단어가 들렸다.

"버면 할아버지."

나는 전화기를 얼른 귀에 갖다 댔다. 그리고 소리를 질렀다.

"버면 할아버지라고 말씀하셨나요?"

잡음이 심해지고 몇 단어가 더 들렸다.

"내 가게에…… 버면 할아버지가."

"우리 할아버지가 거기 가게에 있다고요?"

지지직거리는 소리가 더 심해졌다.

"잠깐만요, 잠깐만요. 제가 바깥으로 나가서 들어 볼게요!"

내가 의상실 문을 연 순간 민디가 고음을 내지르고 있었다. 민디는 늘 큰 소리로 노래를 불렀다. 뭔가 섬세함이 부족했다.

바깥에 빨리 도착하려면 뒤쪽 미식축구장으로 나 있는 문을 빠져나가야 했다.

나는 전화기에 대고 소리를 질렀다.

"가고 있어요. 가고 있어요."

마침내 문밖으로 나왔다.

"저 밖이에요. 제 말 들리세요?"

통화가 되지 않았다. 전화는 이미 끊어진 상태였다. 나는 멍하니 전화기를 바라보았다. 누군지 모르겠지만 사라져 버렸다. 분명히 할아버지 목소리는 아니었다. 그렇다면 무슨 문제가 생겼을까? 혹시 수신 상태가 안 좋고 잡음이 나서 잘못 들었나?

전화기에 번호가 남아 있었다. 내가 그쪽으로 전화를 걸려는데 손에서 벨소리가 울렸다. 통화를 누르자 전화가 연결되었다.

"여보세요, 여보세요. 말씀하세요. 말씀하세요!"

나는 버럭버럭 소리를 질렀다.

"거기 설리인가요?"

"네, 저 설리예요. 저에게 전화하셨죠? 우리 할아버지 말씀하셨나요?"

"예, 예."

나는 덜컥 겁이 났다.

"할아버지는 괜찮으세요?"

"음, 어느 정도 괜찮아요."

"어느 정도요?"

"넘어지셔서 도움이 필요해요. 내가 지켜보고 있어요."

"병원인가요? 병원에서 전화하시는 건가요?"

"여기는 가게예요. 아미르 식료품 가게. 나는 아미르이고요. 할아버지가 우리 가게 앞 인도에서 쓰러졌어요. 내가 나가서 모시고 들어왔어요."

나는 숨이 턱 막혔다.

"그럼 안 다치셨어요?"

아미르 아저씨가 물었다.

"할아버지랑 통화할래요?"

"네, 네. 부탁드려요."

잠시 정적이 흐른 뒤 뭔가 주고받는 소리가 나지막하게 들렸다. 마침내 전화기 너머 할아버지 목소리가 들렸다.

"여보세요, 여보세요. 우리 설리니?"

"할아버지, 무슨 일이세요? 괜찮으세요?"

"나는 멀쩡하다."

"넘어지셨다면서요."

"발에 걸려 살짝 넘어진 거야. 아무렇지 않아. 내 친구 아미르가 괜한 걱정을 하는구나. 내가 집까지 걸어가겠다고 했거든."

"어디에서 집으로 가시려고요? 지금 어디 계세요?"

"아미르 가게다. 제퍼슨가에 있어."

"제퍼슨가…… 지금 시내에 계세요?"

"내가 찾던 것이 시내에 있어서. 아미르가 나 혼자 집에 가면 안 된다는구나. 걱정되는 모양이다."

"저도 걱정돼요. 엄마나 아빠한테 전화할까요?"

"둘 다 워낙 바쁘잖니. 연락 한번 하기 어렵다는 걸 너도 알 거다. 그래서 말인데…… 셜리 네가 와서 나랑 같이…… 택시 타고 갈 수 있겠니?"

나는 택시를 혼자 타 본 적이 한 번도 없었다. 그래도 주저 없이 대답했다.

"네, 그럼요. 어디 계신지 주소를 말해 주세요."

"나는 잘 모르겠구나. 아미르에게 전화기를 넘겨주마."

***

나는 택시 뒷자리에서 건물마다 번지를 확인하고 있었다. 얼마 남지 않은 것 같았다.

좀 전의 불안했던 순간들이 흐릿하게 스쳐 갔다. 휴대전화로 통화를 한 뒤 램지 선생님에게 집에 급한 일이 생겼다고 말했다. 택시를 부른 뒤 기다리던 시간이 얼마나 길게 느껴지던지! 택시 운전사가 몇 마디 말을 건넸다. 혼잡한 시간대라 도로가 꽉 막혀서 차는 엉금엉금 기어갔다. 내가 받은 주소는 40블록이나 떨어진 곳이었다. 할아버지는 어떻게 거기로 갔을까? 걸어갔을까?

운전사가 주소를 확인하기도 전에 '아미르 식료품'이라는 간판이 보였다. 택시는 가게 앞의 빈자리에 섰다. 나는 빨리 뛰쳐나가느라 요금 내는 것도 잊고 있었다. 다행히도 운전사는 마음씨가 착해서 내가 지폐를 찾는 동안 기다려 주었다.

가게 문을 열고 들어가자 위에 달린 종에서 소리가 났다.

내가 소리쳤다.

"아미르…… 할아버지?"

"여기다. 여기 뒤에 있다!"

감자 칩이 잔뜩 꽂힌 진열대를 돌았더니 할아버지가 보였다. 할아버지는 의자에 앉아 있었다. 바지 양쪽 무릎이 다 찢어진 채 커다란 얼음주머니를 머리 한쪽에 대고 있었다. 얼굴에는 말라붙은 핏자국이 보였다.

"할아버지!"

나는 달려가서 두 팔로 할아버지를 안았다.

"괜찮다, 괜찮아. 난 아무렇지 않아."

"아까보다 훨씬 좋아지셨어."

갈색 피부의 키 작은 남자가 할아버지 옆에 서 있었다. 남자는 할아버지보다 젊어 보였고 우리 아빠보다는 나이가 많은 듯했다.

"여기는 새로 사귄 내 좋은 친구 아미르다."

내가 인사했다.

"안녕하세요."

아미르 아저씨가 대답했다.

"안녕."

아미르 아저씨는 통이 좁은 바지와 무릎까지 내려오는 하얀색의 긴 치마를 입고 있었다. 아저씨는 내 손을 잡고 힘차게 흔들었다.

할아버지가 말했다.

"여러 사람을 귀찮게 해서 정말 면목이 없구먼."

"귀찮다니요. 오히려 훌륭한 신사분을 만나서 즐거웠답니다."

"내가 더 즐거웠다네. 셜리야, 우리는 미국에 도착했던 이야기를 나누고 있었어. 내가 자네보다 50년 전에 도착했지만 몇 가지는 변하지 않았어."

아미르 아저씨가 대꾸했다.

"사람의 본성은 한결같으니까요."

"아미르는 인도에서 왔어. 거기에서 변호사로 일했다는구나."

"지금 내 처지로 봐서는 믿기지 않겠지요. 법정에 서던 사람이 과자 진열대 앞에 있으니까요. 그렇지만 여기 미국에서는 내 자식들에게 자유와 기회를 줄 수 있답니다."

"맞아. 자유는 좋은 것이지."

할아버지가 말을 이었다.

"이제는 가야겠군."

할아버지가 몸을 일으키자 아미르 아저씨가 얼른 곁으로 다가

섰다.

"저, 이 얼음 값으로 얼마를 내야 하나?"

"돈은 내실 필요 없어요."

"다음번에 내가 커피를 대접하겠네. 괜찮겠나?"

"그럼요. 괜찮고말고요. 커피를 함께 마신다면 저야 기쁘고 감
사하죠."

"떠나기 전에 화장실 한번 더 쓰겠네."

할아버지가 휘청거리며 통로를 지나서 가게 뒤로 가자 아미르
아저씨와 둘이 남게 되었다.

내가 물었다.

"할아버지가 이 가게에서 뭘 사셨어요?"

"우리 가게로 온 게 아니라 지나가시는 길이었어."

"아, 그러셨군요. 어디를 다녀오신 건지 아세요?"

아미르 아저씨는 고개를 저었다.

"창문 너머로 보고 있는데 어르신이 인도에서 넘어지셨어. 내
가 얼른 나가서 부축해 드렸지."

"정말 감사합니다."

"그 정도 도움은 당연하지. 어르신 집이 멀더라고. 사실 이 동
네는 어두워지면 안전하지 않거든. 그런데 돈을 다 써 버려서 택
시를 타실 수 없다는 거야."

"할아버지는 늘 돈을 갖고 다니시는데요."

뭔가 이상했다.

"내가 택시비를 빌려 드리려고 했어. 그런데 아무래도 혼자 가시면 안 될 것 같았어. 머리를 부딪치셨거든. 어르신에게 아는 사람이 있으면 전화해 주겠다고 말했지. 내가 운전해서 모셔다 드리면 좋겠지만 가게를 지킬 사람이 없었단다. 오늘 저녁에는 나 혼자 일을 하니까."

"전화해 주셔서 정말 감사해요."

"아, 맞다. 택시 불러 줄까?"

"네, 부탁드려요."

***

20분쯤 지나서 우리는 택시에 올라탔다. 할아버지가 손을 흔들자 아미르 아저씨도 가게 입구에 서서 손을 흔들었다.

"아미르는 좋은 사람이야."

"정말로 착하신 것 같아요."

할아버지가 물었다.

"아미르 가게에 새로 페인트칠을 해 놓은 거 보았니? 어떤 바보들이 건물에다가 스프레이 페인트를 마구 갈겨 놓았단다. 그 자들이 뭐라고 썼는지 알아?"

할아버지의 말이 내 대답보다 먼저 튀어나왔다.

"'테러리스트'와 '무장 이슬람 단체'라고 써 놓았어."

"오싹하네요."

"역겨운 짓이지."

할아버지는 강조하듯 힘주어 말했다.

"아미르는 힌두교 신자야. 설령 이슬람교도라고 해도 다 테러리스트는 아니란 말이지. 스프레이 통을 든 자들이야말로 테러리스트야. 나치 독일이 떠오르더구나. 아미르 말로는 9·11사건 이후 세상이 달라졌다더라."

"누구에게나 달라졌어요."

"몇몇 사람들에게는 훨씬 많이 달라지고 힘들어졌어."

"아미르 아저씨가 할아버지를 도와주어서 정말 다행이에요. 그리고 할아버지가 괜찮으시다니 마음이 놓여요."

"머리통에 생긴 조그만 혹도 이젠 안 아프다."

"할아버지, 어디 다녀오셨어요?"

"뭐 좀 처리할 일이 있었지. 바나나 열 개가 더 필요했거든."

"하나도 재미없어요. 무슨 일이든 엄마 아빠나 저에게 시키시면 되잖아요."

"너희들은 할 수 없어. 아무도 못 하는 일이야. 나 말고는 안 돼."

"무슨 일인데요?"

"노인네는 비밀이 있으면 안 되는 거냐?"

나는 대답을 못 했다. 할아버지는 비밀이 너무 많았다. 거기에 비밀이 하나 더 추가되었다.

"택시 탈 돈은 왜 없었는데요?"

"집에서 나갈 때는 돈을 갖고 있었지. 그런데 충분하지 않더구나. 뭘 좀 사느라 다 써 버렸거든. 그렇게 비쌀 줄은 몰랐어. 그래서 집까지 걸어가려고 했지. 난 걷는 거 좋아하니까."

"뭘 사셨는지 말 안 해 주실 거예요?"

"지금은 안 돼. 언젠가 보여 주겠지만 지금은 아니란다. 아직 안 돼."

"좋아요. 말 안 해 주신다니 어쩔 수 없죠. 그럼 아미르 아저씨가 엄마나 아빠 대신 저에게 전화를 건 이유는 뭔데요?"

"네 전화번호만 기억하고 있거든."

"택시를 병원으로 돌려야 할까 봐요. 할아버지 머리를 검사해 보게요."

"뭐라고?"

"할아버지는 한번 들은 숫자는 다 기억하셨잖아요."

할아버지는 이름을 들으면 바로 잊어버리기 일쑤였다. 그렇지만 숫자는 달랐다. 회계사로 오랫동안 일하면서 숫자는 할아버지의 일부분이 되었다.

"그래. 내가 네 엄마와 아빠 전화번호를 기억한다고 치자. 그렇다고 날 데리러 오라고 할 수는 없어. 두 사람이 얼마나 바쁜지 너도 알잖니."

"그건 이유가 아닌 것 같아요. 엄마 아빠가 화낼까 봐 안 하신 거죠?"

"둘이서 걱정할 거 아니냐. 그래서 너에게 도움을 청했지."

"제가 말하면 안 되겠네요. 그렇죠?"

"똑똑하기도 해라. 우리 둘만의 조그만 비밀로 남겨 두면 좋겠구나."

또 비밀이라니! 도대체 비밀은 언제 다 끝날까?

할아버지가 물었다.

"그렇게 해 주겠니?"

내가 대답했다.

"좋아요. 대신 조건이 있어요. 할아버지가 어디에 갔다 온 건지 말씀해 주시면 이번 일은 엄마 아빠에게 비밀로 할게요. 어떠세요?"

"약간 협박처럼 들리는구나."

"서로 합의했다고 하면 어떨까요?"

"그럼 우리 합의한 거다. 대신 내 비밀을 말로 하지 않고 보여 주고 싶구나. 내일. 내일 어떠니?"

"내일 좋아요."

나로서는 가장 좋은 합의를 끌어낸 것 같았다.

14

이 튼날 수업 시간이 어떻게 지나갔는지 모르겠다. 별안간 튀어나온 할아버지의 비밀에 신경을 쓰다 보니 다른 것에 마음 쓸 겨를이 없었다. 엉뚱한 대답을 할 때마다 선생님들이 나를 죽일 듯이 노려보았다. 내 일이라면 빠삭한 나타샤도 영문을 몰라서 답답해했다.

나타샤가 구내 식당에서 다그쳤다.

"자, 털어놓으시지. 너 딴 세상에서 온 것처럼 굴고 있단 말이야."

나는 할아버지의 희한한 사건에 대해 모조리 이야기했다. 할아버지가 시내에 뭘 사러 갔는지 나에게 알려 주겠다고 약속한 것까지 밝혔다.

"네가 보기에 무슨 일 같은데?"

내가 대답했다.

"전혀 모르겠어. 할아버지에게 얼른 가서 알아내야지."

그러려면 우선 방과 후 연습부터 해치울 필요가 있었다. 아니, 해치워서는 안 된다. 완전히 집중해야만 했다. 자칫하면 램지 선생님이 사사건건 꼬투리를 잡을 것이기 때문이었다. 오늘은 연기를 통해 내가 골데라는 것을 다른 출연자들에게 알려 줄 생각이다. 또한 내가 완전히 연극에 몰두하는 모습을 램지 선생님에게 보여 줘야 한다!

시작은 다 좋았다. 출연자들은 제대로 준비된 상태였다. 공연까지 아직 두어 달이 남았지만 거의 다 대사를 외우고 있어서 대본을 들고 있을 필요가 없었다. 램지 선생님은 잘했다고 웃으며 칭찬했다.

"다음 주까지는 전체적인 무대 동선을 익힐 수 있겠어."

무대 동선이란 배우들이 순간순간 어디에 서고 어떻게 걷는지 움직임을 미리 정해 놓는 것이다. 말하자면 공연 전체의 배치도인 셈이다.

"무대 동선이 정해지면 개막 때까지 공연하듯 연습할 거야."

램지 선생님은 환하게 웃었다.

그러나 그 뒤로 모든 것이 엉망진창으로 틀어지기 시작했다.

램지 선생님의 이 말과 함께 사건은 시작되었다.

"처음부터 한번 해 보자."

작품은 '전통Tradition'이라는 노래를 중심으로 시작된다. 대본상 어머니와 아버지, 아들, 딸로 나온 마을 사람들이 자신을 소개한 뒤 공동체에서 맡고 있는 각자의 중요한 역할을 노래로 부르는 것이다. 이 장면에서는 모든 출연자들이 무대에 나오기 때문에 램지 선생님이 설명했던 무대 동선이 아주 중요했다. 각 팀은 순서대로 무대 앞까지 나왔다가 다음 팀에게 자리를 비켜 줘야 했다.

처음에는 매끄럽게 진행되었다. 테비에를 맡은 벤이 연극의 무대인 아나테프카라는 마을에 대해 소개하자 아버지들은 노래 부를 준비를 했다. 그런데 잠깐 사이에 무대가 혼란에 빠졌다. 아버지들이 어머니들과 충돌했고 어머니들은 아들들뿐만 아니라 딸들과도 부딪쳤다. 마침내 너나없이 뒤죽박죽 섞이는 바람에 어디로 가야 하고 무엇을 해야 할지 아무도 몰랐다. 그 와중에 랍비 역을 맡은 마이클은 우스꽝스러운 짓을 하고 있었다. 기도에 깊이 빠져서 고개를 앞뒤로 흔들어야 하는데 웬일인지 춤을 추듯 기도하고 있었다. 마치 허리에 훌라후프를 두르고 필사적으로 돌리는 것 같았다! 민디가 배꼽이 빠질 듯 웃어 대자 다른 아이들까지 덩달아 웃기 시작했다. 램지 선생님이 가만있을 리가 없었다.

"그만, 그만, 그만!"

램지 선생님의 고함 소리가 한 단계씩 올라갔다.

"도대체 다들 뭐 하는 짓이야? 간단한 지시 하나 못 따르겠어?"

램지 선생님은 얼굴이 벌게졌고 두 눈은 툭 튀어나올 것 같았다. 선생님이 연습 때 소리 지르는 것은 자주 있는 일이었다. 그러나 이번에는 완전히 폭발한 것 같았다. 아까 연습 도중 들었던 칭찬은 어디론가 날아가 버렸다. 연극이 점점 나아진다는 뿌듯한 기분도 사라졌다. 그저 정적만 흐르고 있었다.

"우리가 그렇게 잘못하지는 않았잖아."

나는 곁에 서 있던 나타샤에게 소곤거렸다.

"나에게 무슨 할 말 있니, 셜리 버먼?"

나타샤 말고 다른 사람이 내 말을 들을 줄 몰랐다. 더구나 램지 선생님은 상상도 못 했다. 선생님의 귀에 갑자기 초능력이라도 생긴 것 같았다.

내가 말했다.

"죄송합니다, 선생님."

"아니, 그런 말 필요 없어. 할 말이 있으면 다 듣게 해 봐. 어떻게 연습을 해야 할지 잘 알고 있나 보네."

강당은 이제 쥐 죽은 듯이 고요했다. 다들 램지 선생님과 나를 번갈아 보았다. 할아버지가 시청하는 레슬링 시합에 선생님의 상대 선수로 출전한 기분이었다.

아차, 할아버지! 램지 선생님과 실랑이를 벌일 때가 아니었다. 할아버지 집에 가려면 연습을 빨리 마쳐야 했다. 게다가 램지 선생님에게 맞서다가는 내년에 매력적인 주인공을 못 맡을 가능성

이 컸다. 그런 위험은 절대 떠안고 싶지 않았다. 그런데도 나는 멈추지 않고 한마디 던졌다.

"우리가 잘하는 것 같다고 말했어요, 선생님."

나는 공손하고도 솔직하게 대답했다.

"방금 그 연습이 잘된 거라고 생각하니?"

램지 선생님도 물러서지 않았다. 두 눈은 차가웠고 턱은 굳어 있었다.

나는 머리카락을 요요처럼 손가락으로 감다 풀다 반복했다. 그러다 침을 꿀꺽 삼키고서 나타샤를 흘끗 바라보았다. 나타샤는 살짝 비켜선 채 이런 표정을 짓고 있었다. *네가 알아서 해.* 이번에는 벤을 쳐다보았다. 역시 나를 모른 척할 거라고 생각했다. 그런데 벤은 감탄하는 표정으로 나에게 고개를 끄덕였다. 나는 그런 격려가 필요했다. 숨을 깊이 들이마시고 말을 했다.

"모두 열심히 노력하고 있어요, 램지 선생님. 우리도 공연이 잘되기를 바라거든요. 잘못된 점을 지적해 주시는 것은 좋아요. 그렇지만 소리를 지르시면 아무 도움이 안 되더라고요."

그 순간 램지 선생님이 움찔했다. 얼굴이 하얗게 질리더니 시선을 돌렸다. 그러다 나를 다시 보았는데 표정이 부드러워졌다.

선생님이 입을 열었다.

"내가…… 내가 미안하구나, 셜리. 네 말이 맞아. 소리 지르는 것은 누구에게도 좋지 않아."

잠깐만! 뭐라고? 램지 선생님이 지금 사과하는 거야?

램지 선생님은 출연자들을 바라보며 이야기를 꺼냈다.

"여러분 모두 아주 잘하고 있어. 내가 성질을 부리는 것은 이번 작품이 너무 부담스러워서 그래. 사실 좀 더 많은 사람들이 도와줄 거라고 기대했었어. 로프스키 선생님에게 벌써부터 도움을 청했는데도 휴가를 연장했다지 뭐니. 무대 설치를 맡아 주겠다던 마르텔로 선생님은 그리스 수학여행을 책임지기로 했고."

이번 연극에 참여하는 선생님들이 별로 없어서 의아하게 여기던 중이었다. 로프스키 선생님이 학교로 돌아오면 참여한다는 소문이 돌기는 했다. 그러나 이번 연극을 이끌 사람은 램지 선생님과 우리 곁에서 침묵을 지키는 네바레즈 선생님뿐이라는 것이 확실해졌다.

램지 선생님이 말을 이었다.

"그분들 사정은 이해가 돼. 그런데 다른 선생님들도 도와주기 어렵나 봐. 나 혼자 이번 작품을 책임지고 다 해야 할 것 같아."

램지 선생님이 엄청난 부담감을 안고 혼자 헤쳐 나갈 수 있을지 염려가 되었다.

"그렇다고 그걸 핑계 삼아 계속 화를 내면 안 되겠지. 내가 또 그러면…… 혹시 또 그럴 수도 있으니까……."

램지 선생님이 나를 보았다.

"다시 지적해 주면 좋겠어. 약속해 주겠니?"

연습실에 가득했던 긴장감이 모두 사라져 버린 듯했다. 무대에 있던 출연자들이 모두 고개를 끄덕였다.

나는 램지 선생님을 똑바로 쳐다보며 소리쳤다.

"약속할게요!"

15

연습이 끝나자마자 나는 얼른 나가려고 서둘렀다. 나타샤에게 작별 인사할 틈이 없어서 나중에 전화하겠다고 손짓으로 알렸다. 문을 나서려는데 벤이 이름을 불렀다. 어쩔 수 없이 벤이 올 때까지 기다렸다. 요즘 우리는 말을 섞은 적이 별로 없었다. 연습이 끝나면 각자 반대쪽으로 걸어갔다. 나는 궁금했다. 벤이 나를 피했을까? 어쩌면 내가 벤을 피했는지도 모른다.

벤이 말했다.

"아까 대단하더라."

"고마워."

나는 문을 흘끗 바라보았다. 빨리 빠져나가고 싶은 마음과 떠나기 싫은 마음이 동시에 솟구쳤다. 지금처럼 벤이 가깝게 있으면 내 심장은 확실히 두근거렸다. 벤이 내 눈을 빤히 바라보았다.

"잠깐 정신이 나갔나 봐. 난 그렇게 용감하지 않거든."

"램지 선생님에게 맞설 정도면 용감한 거지. 아무도 못 나서고 있었는데."

내 이마에 갑자기 송골송골 맺힌 땀방울을 벤이 눈치채지 않기를 바랄 뿐이었다. *여기가 더워서 이러나?*

내가 대꾸했다.

"램지 선생님은 훌륭한 연출가이고 정말 좋은 분이셔. 선생님도 속에 쌓인 것을 털어 낼 필요가 있었어."

벤이 한마디 했다.

"연기가 네 뜻대로 안 풀리면 변호사나 외교관이 되는 것도 생각해 봐."

나는 옷소매로 이마를 닦았다.

"아니야, 난 연기를 그만두지 않을 거야."

우리 둘은 서로를 물끄러미 바라보았다. 결국 벤이 어색한 침묵을 깼다.

"지난번 저녁에 너네 집에서 참 즐거웠어."

"정말…… 그랬다고?"

나는 얼른 말을 덧붙였다.

"내 말은, 어, 좋았지. 선배랑 함께 연습할 수 있어서 기뻤어."

"우리 다음에도 그렇게 하자."

순간 내 귀를 의심했다. 우리 집으로 또 초대해 달라는 뜻인가? 아니면 예의상 해 본 말일까? 나타샤에게 물어봐야지!

"좋아."

내 목소리는 들떠 있었다. 솔직히 너무 들떴던 것 같다. 다시 침묵이 찾아왔다.

내가 마침내 입을 열었다.

"있잖아, 미안한데 지금 가야 할 것 같아. 할아버지가 집에서 기다리고 계시거든."

"내 인사 좀 전해 줄래?"

"물론이지."

"할아버지를 기다리시게 하면 안 되지. 램지 선생님보다 훨씬 세실 것 같거든!"

까르르 웃음이 터져 나왔다. 나는 문을 열고 차가운 저녁 공기 속으로 걸음을 옮겼다. 그리고 어깨 너머로 소리쳤다.

"할아버지 속마음은 곰 인형이랑 똑같아."

***

할아버지 집의 뒷문을 열고 들어가 재킷의 눈을 털어 낸 뒤 부츠를 벗었다. 가슴이 콩닥거렸다. 벤이 우리 집에 또 오고 싶어 하다니. 우아! 그게 별 뜻 아니란 것쯤은 나도 안다. 그렇더라도 여자아이라면 당연히 두근거리지 않을까? 게다가 할아버지의 비밀이 기다리고 있어서 더욱 두근거렸다.

누가 나를 놀래 주는 것은 딱 질색이었다. 전에 내 생일 때 깜짝 파티가 열린 적이 있었다. 6학년 때 나타샤가 준비했는데 완전히 실패로 돌아갔다. 내가 나타샤 집에 일찍 도착하는 바람에 엉망진창이 되었던 것이다. 나타샤는 화를 냈고 나도 속이 상했다. 한마디로 끔찍했다. 그래도 친구의 따듯한 마음을 알고 나서는 나타샤가 더 좋아졌다. 그렇지만 다시는 그러지 않겠다고 나타샤에게서 약속을 받아 냈다. 그러니 할아버지의 또 다른 비밀을 눈으로 봐야 한다는 사실이 몹시 불편했다.

거실에서 음악이 흘러나오고 있었다. 처음에는 TV 소리인 줄 알았다. 할아버지가 음악회 같은 것을 보고 계시나? 아니면 광고 방송인가? 당연히 라디오 소리는 아니었다. 할아버지 집에는 라디오가 없기 때문이다. 할머니는 할아버지가 집에 없을 때면 전축을 틀고는 했다. 그런데 할머니가 떠나간 뒤로 어디론가 사라져 버렸다. 우리 가족은 할아버지가 전축을 버렸을 거라고 짐작했다.

주방을 거쳐 복도를 따라 걸으며 식당을 지나는 동안 바이올린의 구슬프고도 애잔한 선율이 흘러나왔다. 길게 이어지는 음과 영혼이 담긴 가락이 마음을 사로잡았다. TV 소리가 틀림없었다. 그런데 곡이 알 듯 말 듯 귀에 익었다. 어린 시절에 들었던 기억이 어렴풋이 났다. 잘 모르는데도 불빛을 쫓는 나방처럼 음악에 이끌렸다. 위로 치솟던 음정이 바깥에 흩날리는 눈송이처럼 허공에 잠시 멈추었다.

모퉁이를 돌아 거실로 들어선 순간 나는 눈을 뗄 수 없었다. 할아버지가 등을 돌린 채 벽난로 앞에 서 있었다. 그리고 내가 찾아낸 낡은 바이올린을 턱 밑에 끼우고 있었다. 오른손에 든 활은 기적적으로 고쳐 낸 바이올린 현을 오르내렸다. 할아버지는 바이올린을 연주하고 있었다.

할아버지는 아무 낌새도 알아채지 못했고 나 역시 그러지 않기를 바랐다. 그냥 거기에 서서 연주를 듣고 싶었다. 연주하는 곡에 맞춰 할아버지의 상체가 좌우로 흔들렸다. 바이올린 현을 짚은 손가락은 그 위에서 가볍게 뛰놀았다. 할아버지는 평소 뻣뻣하다고 종종 불평하던 것조차 까맣게 잊은 듯했다. 오히려 몸이 훨씬 가벼워지고 젊어 보였다. 마치 어린 시절로 돌아간 것 같았다. 너무 놀라운 모습인 데다 할아버지의 바이올린 연주에 사로잡혀서 나는 그 자리에 꼼짝 않고 서 있었다. 이윽고 할아버지가 연주를 마치고 바이올린을 턱에서 내렸다.

내가 속삭였다.

"할아버지."

할아버지는 돌아서서 반짝이는 눈빛으로 나를 보았다.

"오늘 잠깐 연습해 보았지. 바이올린 켜는 법을 기억하나 싶어서."

"이 정도로 놀라운 연주를 하실 줄은 몰랐어요!"

할아버지가 내 노래를 들을 때와 똑같은 상황이었다. 단지 자리가 바뀌었을 뿐이었다.

"이게 할아버지의 비밀이었어요?"

할아버지가 고개를 끄덕였다.

"오래된 바이올린만 취급하는 전문점이 시내에 있더구나. 이 바이올린 줄은 합성섬유가 아니라 양의 창자로 만든 거트현을 써야 하거든. 그런데 거트현을 파는 곳이 거기밖에 없었어."

"그때 그 전문점으로 가셨군요."

"그래. 바이올린 줄이 그렇게 비쌀 줄 몰랐지 뭐냐."

할아버지가 쓸쓸한 웃음을 지었다.

"옛날에는 공짜나 다름없었지. 이제는 골동품만큼이나 귀해졌더구나. 우리 아버지가 아셨더라면 뒷목을 잡으셨을 거야."

"그래서 택시 타고 집에 오시기에는 돈이 모자랐던 거죠."

조각이 이제 모두 들어맞았다.

할아버지가 다시 고개를 끄덕였다.

"어쩔 수 없이 걸어가다가 좋은 친구인 아미르를 만나게 되었지. 가게 앞에서 넘어지자 나를 부축해 주었어."

"할아버지, 그런 연주는 어디서 배우셨어요?"

"우리 아버지에게서. 우리는 음악가 가족이라고 말했잖니."

"악보 읽는 것도 배우셨어요?"

할아버지가 되물었다.

"새는 악보 읽는 법을 안다던? 아니지. 그저 부모에게서 노래를 배우는 거야. 나 역시 바이올린을 그렇게 배웠지."

대꾸할 말이 생각나지 않았다. 이 모든 상황이 그저 놀라울 뿐
이었다. 그런데 갑자기 뭔가 떠올랐다.

"할아버지, 연주하신 곡이요. 어디서 많이 들어 본 것 같아요."

할아버지가 다시 빙그레 웃었다.

"네 할머니가 제일 좋아하던 곡이었어. 네가 어렸을 때 콧노래
로 불러 주더구나. 내가 방으로 들어가면 바로 멈춰 버렸지. 그
래도 무슨 곡인지 나는 알았단다. 우리 가족이 연주하던 민속 음
악이었으니까."

맞다. 바로 그거였어. 할머니는 그 노래를 부르며 내가 잠들도
록 살살 흔들어 주었다. 지난 몇 년 동안 그 노래를 듣지 못했다.
그런데도 머릿속에서 그 음악을 기억하고 있었다.

"할머니가 그 노래를 불러 줄 때마다 정말 좋았어요."

"네 할머니도 그 노래 부르는 것을 좋아했지."

갑자기 심장이 빨리 뛰면서 머리가 돌아갔다.

"정말 멋질 거예요, 할아버지."

나도 모르게 목소리가 높아졌다.

"할아버지 덕분에 새로운 게 생각났어요. 제 노래와 할아버지
바이올린 연주. 우리가 함께하는 거예요. 할아버지가 연주하고
제가 노래하고……."

나는 말을 맺지 못했다. 할아버지는 돌아서서 소파 위에 놓인
케이스에 바이올린을 천천히 넣었다. 잠시 머뭇거리더니 어린아

166

이를 어루만지듯 나무판을 손바닥으로 쓸어내렸다. 그리고 케이스에 활을 끼운 뒤 뚜껑을 닫고 딸깍 소리와 함께 잠금장치를 잠갔다. 곧 이어 허리를 쭉 폈다.

할아버지가 말했다.

"사랑하는 셜리, 그건 안 돼. 지난번 네 노랫소리를 우연히 듣고는 고마움의 표시로 이걸 보여 주고 싶었단다. 이 바이올린은 그만 치워야겠어. 연주는…… 그건…… 나에게 너무 힘든 일이구나."

"할아버지, 재능이 아깝잖아요."

"더는 이야기하지 마라, 셜리."

할아버지는 바이올린 케이스를 내려다보았다.

"이건 다시 다락으로 갖다 놓으련다. 준비가 된 줄 알았는데 아니었어."

나는 할 말을 잃었다. 할아버지는 뭔가 가능할 것처럼 문을 살짝 열었다가 왜 다시 쾅 닫아 버리는 걸까? 그건 잘못이라고 할아버지에게 따지고 싶었다. 그러나 하지 못했다. 할아버지가 무엇과 마주하고 있는지 상상할 수 없었다. 할아버지 마음속에서 어떤 고통스러운 기억들이 자꾸 튀어나오는 걸까? 그것을 헤아려야만 했다. 사람마다 자신에게 놓인 어려운 일이 따로 있는 법이니까. 할아버지는 할아버지의 속도에 맞춰 과거와 마주하는 편이 나았다.

할아버지가 물었다.

"내가 혼자 줄을 사러 간 이유를 알겠니?"

나는 고개를 저었다.

"두려웠단다."

"뭐가 두려웠는데요?"

"가게까지 가서 못 들어갈까 봐 두려웠고 새로 산 바이올린 줄로 못 바꿀까 봐 두려웠어. 설령 줄을 바꿔도 너무 떨리고 고통스러워서 연주를 못 할까 봐 두려웠지. 말하자면 제대로 못 해내는 모습을 누군가에게 보이기 싫었단다."

"그런데 해내셨어요. 할아버지는 다 해내셨잖아요."

"내가 할 수 있는 건 여기까지야."

할아버지를 재촉한다고 되는 일이 아니었다. 우리 둘에게는 여유가 필요했다.

"차를 좀 갖다드릴까요, 할아버지?"

"그것 좋지. 혹시 식료품 가져왔니? 바나나가 다 떨어졌어."

"내일 가지고 올게요. 40개면 충분하죠?"

우리는 바이올린을 그대로 두고 거실을 나와 주방으로 갔다. 나는 또다시 할아버지를 놓쳐 버린 기분이었다. 할아버지는 둥둥 떠서 어둡고 고통스러운 곳으로 돌아가고 있었다. 그리고 그곳의 기억은 시체에 달라붙은 독수리처럼 할아버지를 갉아먹고 있었다.

이번에 할아버지를 영영 놓치고 마는 걸까?

16

그 뒤로 2주 넘게 눈이 핑핑 돌아갈 정도로 연습이 진행되었
다. 나는 가끔씩 숙제만 해 갔을 뿐 다른 과외 활동은 손
을 놓았다. 그런데도 하루 종일 쉴 틈이 없었다. 모든 것이 뒤섞
인 채 쳇바퀴처럼 돌아갔다. 4월 공연까지 6주만 버티면 된다고
우리 자신을 위로했다.

　어느 날 오후에 강당 뒤에서 무대를 내려다보게 되었다. 무대
세트를 가까이에서 보면 아귀가 제대로 맞지 않고 엉성하기 짝
이 없었다. 이렇게 떨어져서 보자 무대가 꽤 그럴싸했다. 마을
하나를 통째로 옮겨 놓은 것 같았다. 무대 설치 팀이 꽤 많은 것
들을 완성해 놓은 상태였다. 그러나 아직도 구슬땀을 흘리며 애
쓰고 있었다. 우리가 무대를 사용하지 않을 때면 망치와 전동 기
구의 요란한 소리가 공기를 가르며 강당에 울려 퍼졌다. 무대 오
른쪽에는 헛간이 보였고 왼쪽에는 집이 있었다. 가운데에는 수

레와 건초 더미가 놓여 있었다. 건초는 민디의 말이 뛰어노는 농장에서 가져왔다. 아, 그러고 보니 민디에게는 말도 있었다. 말을 가질 만큼 여유 있는 집안이었다.

시끌벅적한 가운데 학교 관현악단 연주자들이 오케스트라 석에서 곡을 연습하고 있었다. 딱 듣자마자 우리 연기자들보다 훨씬 더 많은 연습이 필요하다는 것이 느껴졌다. 희한하게도 망치와 전동 기구 소리가 음악처럼 들릴 때가 있었다. 망치를 휘두르는 단원들이 리듬 악기와 소리를 맞추는 게 틀림없었다.

계획대로라면 무대 세트는 지금쯤 완성되어야 했다. 그러나 마르텔로 선생님이 학교에 없는 탓에 모든 것이 늦어지고 있었다. 망치와 전동 기구로 작업을 할 때면 우리는 무대를 쓸 수 없었다. 램지 선생님은 앙상블을 연극실로 데려가서 연습을 시켰다. 우리 연기자들은 각자 맡은 부분을 연습하며 램지 선생님이 돌아오기를 기다렸다. 우리끼리 연습한다는 사실은 램지 선생님에게 많은 도움이 필요하다는 뜻이었다.

나는 이런 문제를 엄마 아빠에게 털어놓았다. 두 분은 지원이 줄어들어 예술 자금이 부족하다고 지적하며 어디나 사람들의 이해관계가 얽혀 있다고 말했다. 램지 선생님은 학교에 온 지 얼마 안 되는데도 커다란 작품을 갑자기 맡게 되었다. 엄마 아빠는 그 때문에 몇몇 사람들이 불쾌하게 여겨 램지 선생님을 돕지 않는 거라고 추측했다. 다 그럴듯한 말이었지만 곰곰이 생각하니 꼭 그런 이유만은 아닌 것처럼 보였다. 어느 누가 나서서 이 어려운 상황을 떠맡고 싶겠는가? 예를 들어 레이놀즈 선생님은 음악부의 새로운 책임자가 되었지만 원래 맡은 일을 처리하느라 눈코 뜰 새 없었다.

벤은 객석에 앉아 허리 숙여 대본을 보고 있었다. 그러다가 한 번씩 고개를 들고 눈을 감았다. 대사를 외우는 듯 입술이 달싹거렸다. 평소에 삐죽삐죽 솟아 있던 머리카락은 이마를 살짝 덮고 있었다. 나는 벤에게서 눈을 뗄 수 없었다.

민디가 지나가다 말고 벤 옆에서 1분 동안 꼬박 서 있었다. 벤은 전혀 모르는 눈치였기에 민디가 움직일 때까지 몇 초가 걸리는지 속으로 세 보았다. 벤과 에마가 완전히 끝났다는 것이 확실해지자 기회를 노리는 아이들이 생겨났다. 민디도 그중 하나였다. 사실 학교 전체가 벤과 가까워지려는 민디의 노력을 알고 있었다. 그런데 아직 성공을 거두지는 못했다. 민디가 벤의 관심을 끌지 못했다는 것쯤은 나도 알 수 있었다. 그렇다고 민디가 쉽게 물러설 리는 없었다.

나는 일어나 벤 쪽으로 걸어가 앞에 섰다.

"선배, 우리 나오는 장면을 함께 연습할래?"

벤은 내가 최면이라도 깨운 듯 화들짝 놀라며 눈을 들었다.

나는 얼른 사과했다.

"아, 미안. 혼자 연습하는 게 더 좋지?"

그러자 벤이 벌떡 일어났다.

"아니야. 그렇지 않아. 우리 둘이 있을 만한 곳으로 가 보자."

벤이 쭉 늘어선 좌석을 따라 옆걸음으로 나왔다. 그리고 무대와 무대 설치 팀과 음악부에서 멀리 떨어진 구석으로 나를 이끌었다.

벤이 물었다.

"참, 할아버지는 어떠셔? 저번에 이야기 도중에 할아버지 보러 가야 한다며 서둘렀잖아. 자주 찾아뵙나 보네?"

"어, 그러려고 해. 식료품을 갖다드리면서 할아버지랑 농담을 주고받지. 우리끼리 통하는 농담이야. 바나나도 가져가고 같이 TV도 보고!"

그러고는 이번에 할아버지 집에 갔던 것과 바이올린에 대해 이야기했다. 이어서 할아버지가 낡은 바이올린 줄을 바꾸려고 전문점에 다녀온 것까지 설명했다. 할아버지의 연주를 처음 들었는데 마치 꿈결처럼 느껴졌다는 말도 덧붙였다. 대신 할아버지가 넘어진 것에 대해서는 입을 다물었다. 남들에게 알려지면 할아버지가 당황할 게 뻔했다. 아무튼 그 외에는 벤에게 모두 이야기했다.

벤에게 왜 그 모든 것을 밝혔는지 잘 모르겠다. 엄마 아빠에게는 할아버지와 바이올린에 대해 말을 못 꺼내고 있었다. 할아버지가 줄을 사러 간 것부터 시작해서 넘어진 것과 내가 도와드리러 간 것과 비밀로 지키기로 한 것까지 털어놓아야 했기 때문이다. 그런데 벤에게는 줄줄 이야기하고 말았다. 벤은 나와 마주 보며 한마디도 놓치지 않았다. 고개를 끄덕이면서 무척 관심 있어 했다. 아무래도 내 이야기 듣는 것을 좋아하는 눈치였다.

"전에는 할아버지 연주를 못 들었어?"

내가 말을 멈추자 벤이 물었다.

나는 고개를 저었다.

"못 들었어. 몇 주 전만 해도 할아버지가 바이올린을 연주할 줄은 누구도 상상을 못 했거든. 이제 막 과거를 끄집어내기 시작하신 거야. 이 일은 아무도 모르니까 제발 말조심해 줘."

벤은 생각에 잠겨 있었다.

"난 너네 할아버지가 정말 좋던데."

"할아버지도 선배를 좋아하실 거야."

"같이 앉아서 대화도 나누고 질문도 드릴 수 있을까?"

나는 잠깐 망설였다. 벤이 할아버지와 다시 만나는 것이 싫어서가 아니었다. 과거를 들먹이면 할아버지가 어떤 반응을 보일지 걱정되었기 때문이다.

내가 망설이자 벤이 말했다.

"네가 안 된다면 할 수 없고."

"그래. 우리 둘이라면 할아버지 집에 가도 될 거야. 내 말은…… 내가 따라가야 할 것 같아서."

얼굴이 달아올랐다.

"아, 그래. 같이 가 주면 훨씬 좋지. 할아버지께 괜찮으신지 여쭤봐 줄래?"

"그래, 여쭤볼게."

"알고 싶은 것이 아주 많아. 테비에 역 때문만이 아니야. 네 할아버지 팔에 새겨진 문신…… 문신 때문에 마음이 편치 않았어."

"누구나 문신을 보면 불편할 거야."

나는 벤이 그 이야기를 꺼내 줘서 기뻤다.

"우리 할아버지가 문신을 보여 줘서 깜짝 놀랐어. 원래 그런 분이 아니시거든."

"나에게 보여 주신 것은 좋은 뜻일까 나쁜 뜻일까?"

"좋은 뜻일 거야. 그러기를 바라고 있어. 선배를 데려가도 되는지 여쭤보면 답이 나오겠지."

내 말을 곱씹어 보고는 다시 덧붙였다.

"할아버지가 무척 곤란해하실지도 몰라. 내 말은 거절당하더라도 다른 이유가 있는 것은 아니니까…… 선배 탓으로 돌리지 않으면 좋겠어."

"무슨 말인지 알겠어."

램지 선생님이 앙상블 팀을 이끌고 강당으로 들어왔다.

"자, 얘들아! 다들 앞으로 나와!"

다들 벌떡 일어나 우르르 나아갔다.

"우리도 가자."

벤이 말하면서 자리에서 일어났다. 그리고 손을 내밀었다.

"연습할 기회는 날아간 것 같다."

벤의 손을 잡자 나를 일으켜 세웠다. 우리는 계단을 내려가 다른 아이들 사이로 끼어들었다. 벤은 내 손을 계속 잡고 있었다. 아이들의 시선이 우리에게 쏠렸다. 벤과 함께 출연자들 쪽으로 가면서 민디를 흘낏 보았는데 표정이 굳어 있었다. 나타샤는 활짝 웃으며 엄지손가락을 살짝 들었다. 벤이 못 보았기를 바랄 뿐이었다.

램지 선생님은 음악부와 무대 설치 팀에게 멈추라고 소리쳤다. 음악은 바로 그쳤고 몇 번 울리던 망치 소리도 완전히 사라졌다. 무대에 이르자 벤이 손을 놓았다. 나는 마음이 놓였고…… 살짝 실망스러웠다.

손에 땀이 배어서 바지에 살며시 닦았다.

"좋아, 애들아. 처음부터 할 거야. 1장. 모두 제자리로."

벤이 한숨을 크게 내쉬었다.

"행운을 빌어 줘, 골데."

"잘 해낼 거야, 테비에."

"정말 그러면 좋겠다."

벤은 무대로 향했고 나는 다른 쪽으로 갔다. 아버지들은 무대 왼쪽에서 어머니들은 무대 오른쪽에서 나오기 때문이다.

몇 발자국 떼기 전에 나타샤가 바로 곁으로 왔다.

"두 사람 친해 보이더라. 연습했니?"

"그냥 이야기 좀 했어."

"야, 뭔 소리야? 둘이서 갑자기 할 이야기가 많아졌다고?"

나타샤가 입을 벌려 뭔가 말하려고 해서 나는 한껏 째려보며 그만두라고 경고했다.

연기자들이 각자 제 위치에 서자 램지 선생님이 조용히 하라고 소리쳤다. 다들 눈치가 빠른 데다 겁이 나서 얼른 입을 다물었다. 램지 선생님은 나와 부딪친 뒤로 소리를 덜 질렀다. 물론 전에 비해 그렇다는 뜻이다. 대신 가장 크게 달라진 점을 꼽자면 버럭버럭 화를 낸 다음에 바로 사과를 했다.

내 뒤로 다른 어머니들과 마을 여자들이 있었다. 무대를 가로질러 왼쪽 구석에는 아버지들과 마을 남자들이 있었는데 객석에서는 보이지 않고 내 쪽에서만 보였다. 무대에는 단 두 사람뿐이었다. 테비에가 자기 집, 아니 우리 집 앞에 서 있었고 바이올린 연주자는 지붕 위에 앉아 있었다.

연극 제목이 '지붕 위의 바이올린'인데도 정작 바이올린 연주자는 대사 한마디 없다는 것이 신기할 따름이다! 연주자가 하는 일이라고는 지붕 위에 앉아서 바이올린을 켜는 것뿐이었다. 〈지붕 위의 바이올린〉의 어떤 공연은 지붕 위의 연기자는 시늉만 하고 무대 뒤에서 진짜 연주자가 연주한 적도 있었다. 우리 연극의 바이올린 연주자는 토머스 한 명뿐이었다. 토머스는 지붕 위에서 균형을 잡으며 악기까지 연주해야 해서 두 배로 어려웠다. 램지 선생님은 그렇게 해야 공연에 진정성이 더해진다고 설명했다.

램지 선생님이 소리쳤다.

"좋아, 조명 줄이고 음악 시작해."

무대가 어두워지고 조명으로 만든 달이 떠올랐다. 토머스가 연주를 시작했다. 첫 음이 흘러나오자 소름이 끼쳤다. 몹시 감동받아서가 아니었다. 공연의 첫 곡은 우수에 가득 차고 심금을 울려야 했다. 그러나 토머스의 연주를 듣고 있으니 손발이 오그라들었다.

램지 선생님이 소리 질렀다.

"거기는 더 잘해야지."

토머스가 안쓰러웠다. 저 높은 곳에 앉아서 제대로 연주하기란 쉬운 일이 아니었다.

연주는 계속 이어졌다. 토머스는 몇 군데 잘 넘어가긴 했지만 엉망진창인 곳이 워낙 많았다. 공연에 온 할아버지가 토머스의 삑사리 연주를 듣는 모습이 상상되었다. 바이올린 실력이 뛰어난 할아버지는 과연 어떻게 생각할까? 할아버지가 공연에 온다면 토머스의 실력은 반드시 나아져야 한다.

바이올린 소리가 사그라졌다. 무대 가운데에 놓아둔 수레에서 벤이 훌쩍 뛰어내리며 독백을 시작했다.

"지붕 위의 바이올린 연주자라……."

나는 숨을 꾹 참으며 벤이 잘하도록 응원을 보냈다. 그러나 오래 참을 수 없었다. 몇 마디 대사가 끝나면 무대 양쪽에서 모두 앞으로 뛰쳐나가며 노래를 불러야 한다!

17

"**이**번에도 너무했어!"
연습을 마친 뒤 나타샤는 학교 입구의 계단을 내려가며
투덜댔다.

"왜 네 꼬임에 넘어가 이 고통스러운 곳에 발을 들여놓았을까?"

"램지 선생님은 제대로 할 때까지 집에 안 보내겠다고 으름장
을 놓았을 뿐이야. 무대 동선을 못 외운 게 선생님 잘못은 아니
잖아."

"선생님 편들지 마. 너야 연습 시간이 길어져도 괜찮겠지. 네
가 좋아하는……."

"그만해."

나는 쉿 소리를 내고는 한마디 덧붙였다.

"누가 들으면 어쩌려고 그래."

주변을 둘러보니 출연진과 무대 설치 팀이 추위를 피하느라

학교 계단에 옹기종기 모여 있었다. 어둠은 이미 짙게 깔린 상태였다.

"우리 엄마 차 같이 안 타도 되겠어?"

나타샤가 그렇게 묻고는 시동을 걸어 둔 자동차의 운전자에게 손을 흔들었다.

"괜찮아. 아빠가 태우러 오고 있어. 같이 안 기다려 줘도 돼. 아, 저기 온다!"

아빠가 차를 인도 가까이 세웠다. 엄마도 같이 있었다!

나는 함께 공연하는 몇몇 친구들과 나타샤에게 작별 인사를 건넸다. 벤은 자기 아빠가 몰고 온 차를 타고 이미 떠났다.

"엄마 아빠 두 분 다 오실 줄 몰랐어요."

내가 자동차 뒷좌석에 앉자 차가 출발했다.

엄마가 말했다.

"그냥 따라 나왔어."

아빠가 거들었다.

"엄마가 지난 몇 주 동안 일 때문에 바빴거든. 그래서 우리 둘이 데이트하는 셈치고 나온 거야."

"내가 두 분의 데이트를 도와주는 거네요?"

"내가 보기에는 방해꾼 같구나. 그런데 우리만 바쁜 게 아닌가봐? 아빠랑 나랑 집에서 너 보기 힘들더라."

내가 물었다.

"이제부터 가족끼리 오붓하게 대화하는 시간으로 바뀌나요?"

아빠가 대꾸했다.

"기회가 있을 때 다 해 보는 거야."

엄마가 물었다.

"우리 딸, 오늘은 어떻게 보내셨나?"

"너무나 정신없이 보냈어요. 공연이 가까워질수록 더 심각해지고 있거든요."

아직 몇 주 남았는데도 우리는 시간에 쫓기고 있었다.

아빠가 말했다.

"연습 시간이 길어지고 늦어지는 걸 보니 생각만큼 제대로 진행되지 않나 보네. 문제가 있니?"

"엄청 많아요."

아빠가 물었다.

"우리가 도와줄 일은 없고?"

"무대 세트 만드는 거요."

엄마가 물었다.

"무대가 아직 완성이 안 됐어?"

"안 됐어요. 그 바람에 무대에서 연습할 시간이 부족해요. 무대에 못 서니까 동선을 짜기도 힘들고요. 아직 대본을 못 외운 출연자들도 좀 있어요."

엄마가 말했다.

"정말 심각하구나. 내가 뭐라도 도와주고 싶은데."

아빠와 나는 쿡 웃음을 터뜨렸다가 얼른 입을 다물었다.

"그래, 난 음악과 거리가 멀지."

나는 엄마를 달래 주려고 한마디 덧붙였다.

"엄마는 엄청나게 바쁘시잖아요."

"아빠는 음악에 관심이 많은데."

"아빠도 일하느라 바쁘시고요."

아빠가 어깨를 으쓱했다.

"올해 새로 들어온 직원들이 일을 엄청 잘하거든. 아주 유능해서 든든해."

"그래도 세금 신고 기간이 가까워지면 모두 나서서 거들어야 하잖아."

엄마가 지적했다.

"연주자들의 실력이 형편없는 것도 문제예요. 지붕 위의 바이올린 연주자도 그저 그래요. 할아버지가 훨씬 나아요."

엄마가 물었다.

"할아버지가 더 낫다고?"

말을 꺼낸 순간 실수했다는 것을 알았다. 그러나 이미 엎질러진 물이라 주워 담을 수 없었다.

아빠가 백미러로 나를 바라보았다.

"할아버지가 더 낫다는 것을 어떻게 알았어?"

내 머릿속이 돌아가기 시작했다. 할아버지는 어릴 때부터 돈을 받고 연주했으니 당연히 더 잘할 거라고 둘러댈 수 있었다. 그 정도면 누구나 믿을 만한 이야기였다. 그렇지만 차마 그렇게 말하지 못했다. 거짓말을 지어내기 싫었고 비밀을 지켜야 하는 것도 부담스러웠다.

나는 입을 열었다.

"할아버지 연주를 들었어요."

아빠가 놀라 물었다.

"할아버지가 바이올린 켜는 것을 들었다고?"

엄마와 아빠가 재빨리 눈길을 나누었다.

"요전 날 할아버지가 다락에서 찾아낸 바이올린을 켜고 계셨어요. 제가 온 줄도 모르시고요. 그래서 연주를 들을 수 있었어요. 할아버지는 저를 보자 연주를 멈추셨어요."

엄마가 말했다.

"그동안 우리에게 말 안 한 이유가……."

"솔직히 잘 모르겠어요."

왠지 둘러대는 것 같지만 나로서는 정직한 답이었다.

아빠가 물었다.

"연주를 잘하셨다고?"

"할아버지 실력은 엄청났어요. 정말로 엄청났어요."

"넌 또 얼마나 놀랐겠니?"

"완전 충격받았어요."

"나도 같이 들었으면 좋았을 텐데. 아버지가 나와 우리 가족을 위해 연주해 주실까?"

아빠의 목소리에서 간절함이 느껴졌다. 나는 대답할 말이 딱히 떠오르지 않았다. 엄마 아빠에게 말했다는 것을 알면 할아버지가 화를 낼까? 할아버지는 말하면 안 된다고 한 적은 없었다. 그러나 바이올린 줄을 사러 갔다가 사고가 일어난 뒤로 모든 것이 하나의 커다란 비밀이 되어 버렸다.

엄마가 말했다.

"잠깐만…… 바이올린…… 줄이 몇 개 끊어졌다고 하지 않았니? 그런 바이올린을 어떻게 연주하셨지?"

아니나 다를까, 감춰 둔 것이 하나씩 드러나기 시작했다. 내가 줄을 사다 드렸다거나 할아버지가 다락에 보관하고 있었다고 엄마 아빠에게 둘러댈 수 있지만 그건 거짓말이었다. 비밀을 지키는 것과 거짓말을 하는 것은 분명히 다르다. 거짓말을 안 하고 비밀을 지킬 수는 없는 걸까?

나는 털어놓았다.

"할아버지가 시내에 가서 바이올린 줄을 사 오셨어요."

"시내까지 갔다 오셨다고?"

"할아버지는 그럴 수밖에 없었어요. 특별한 줄이라서 딱 한 곳에서만 팔았거든요."

아빠는 의아해했다.

"왜 우리에게 사 달라고 부탁 안 하셨지?"

아빠의 걱정 어린 목소리에 서운함과 실망감이 묻어났다.

"내가 태워다 드릴 수도 있었는데."

"할아버지는 혼자서 해내고 싶으셨어요. 줄 바꾸는 것을 누구에게도 알려 주기 싫으셨대요. 바이올린을 연주할 수 있을지 자신이 없어서요."

"자전거도 안 타면 잊어버리거든. 할아버지가 워낙 어린 시절에 연주했으니 기억이 안 나실 수도 있겠구나."

"아니요. 할아버지는 연주하는 법을 잊었을까 봐 걱정한 게 아니에요. 연주를 차마 못 할까 봐 두려워하셨어요. 옛날 일에 대한 감정이 밀려와서요."

아빠가 고개를 끄덕였다.

"무슨 말인지 알 것 같구나. 할아버지에게는 무척 어려운 일이었겠다."

또 다른 사실을 말해야 하는데 그건 할아버지의 신뢰를 저버리는 짓이었다. 그러나 말하지 않으면 엄마 아빠의 신뢰를 잃게 된다. 말을 하거나 안 하거나 한쪽을 배신하는 셈이었다.

숨을 깊이 들이마셨다.

"할아버지는 시내에 혼자 가셨어요. 집에 갈 때는 제가 택시로…… 모셨어요."

잠깐 동안 침묵이 흘렀다. 자동차 엔진 소리와 차창을 스쳐 가는 바람 소리와 윙 울리는 히터 소리만 가득했다. 라디오에서 노래가 흘러나왔지만 소리가 약해서 어떤 곡인지 알 수 없었다. 나는 엉뚱한 생각에 사로잡혔다. 엄마 아빠에게 소리를 키워 달라고 한 뒤 다 함께 음악을 들으면서 아무 말도 안 한 척 넘어가면 안 될까?

이윽고 엄마가 입을 열었다.

"무슨 뜻인지 설명이 필요하구나. 응?"

"말하지 않겠다고 할아버지에게 약속했어요."

아빠가 말했다.

"이제는 그 약속을 못 지키겠구나. 무슨 일인지 말해 봐."

"할게요. 그런데 무얼 말하고 어디서 시작해야 할지 모르겠어요."

엄마가 말했다.

"처음부터 빠짐없이 말하면 돼."

엄마 말이 옳았다. 모든 것이 얽혀 있는 상황에서는 어떤 사실만 따로 떼어서 이야기하기란 불가능했다.

***

집으로 가는 동안은 물론이고 그 뒤로도 이야기가 이어졌다.

살짝 돌려서 말하거나 곤란한 부분은 대충 넘기려 했지만 뜻대로 되지 않았다. 할아버지가 넘어져서 바지가 찢어지고 머리에 혹이 난 부분은 빼려고 했다. 그렇다면 아미르 아저씨가 왜 나에게 전화를 걸었는지 둘러대야 했다. 할아버지가 바이올린 줄을 사느라 돈을 다 썼다는 부분도 넘어가고 싶었다. 그러면 할아버지가 왜 택시를 타지 않았는지 다른 핑계를 대야 했다. 그나마 엄마 아빠는 내가 알아서 이야기하도록 내버려 두었다. 그저 "어머나!" 또는 "맙소사"라는 말을 가끔 던졌으며 걱정스러운 표정을 짓거나 신중하게 고개를 끄덕일 뿐이었다.

이야기를 마치고 안도의 한숨을 길게 내쉬었다. 속에 있던 비밀을 모두 쏟아 냈더니 마음이 가벼워졌다.

엄마가 말했다.

"너 무척 괴로웠겠다."

엄마는 뜻밖에도 화를 내지 않고 나를 위로해 주었다.

아빠가 말했다.

"너에게 비밀을 지키도록 한 것은 할아버지 잘못이야."

"할아버지는 아빠를 걱정시키기 싫으셨던 거예요."

아빠가 대꾸했다.

"다른 이유가 더 있으시겠지."

나는 고개를 끄덕였다.

"다른 곳으로 모셔 갈까 봐 걱정하고 계셔요."

"그것 때문에라도 찾아뵙고 이야기를 해 봐야겠어. 오늘 저녁에 당장 가서……."

"안 돼요, 그러지 마세요!"

내가 펄쩍 뛰었다.

아빠는 눈살을 찌푸렸다.

"아빠에게 다 털어놓았다는 것을 할아버지가 아시면 안 돼요."

"아무 일도 없었던 것처럼 행동하란 말이냐?"

"네."

"미안하지만 그렇게는 못 하겠다."

엄마가 끼어들었다.

"어쩌면 셜리가 옳을 수도 있어. 당신은 그냥 모르는 척해."

엄마가 그렇게 말한 것은 상상 밖이었다. 아빠 표정을 보니 역시 상상을 못 했나 보다.

"한번 생각해 봐. 아버님이 도움을 받으시도록 당신이 설득할 수 있겠어?"

"그거야…… 아마 안 되겠지."

"아버님이 내켜하시지 않으면 당신은 절대 다른 곳으로 모셔 갈 수 없어."

"나도 아버지를 다른 곳으로 모셔 가고 싶지는 않아."

"아버님이 비록 연세가 많아서 동작이 느려졌지만 여전히 빈틈이 없고 생각도 확고하시잖아. 이 문제로 아버님과 바로 부딪치면 당신은 아무것도 못 얻고 다 잃어버릴 거야."

아빠가 이해가 안 된다는 표정을 지었다.

엄마가 설명했다.

"아버님은 이제 셜리를 못 믿겠다고 생각하시겠지. 그러면 상황이 더 나빠질 뿐이야."

나도 그런 생각까지는 못 했다.

"아버님이 우리 대신 셜리를 부른 이유는 믿을 수 있어서야. 만약 셜리도 못 믿으시면 혹시라도 사고가 또 일어났을 때 누구에게 전화하시겠어?"

아빠는 아무 대답을 못 했지만 대답한 거나 다름없었다.

엄마가 말을 이었다.

"모두 비밀을 지키는 거야. 우리가 알고 있다는 것을 아버님은 모르시게 해야 돼. 그리고 좀 더 자주 찾아뵙도록 하자."

나는 찬성했다.

"그럴게요. 할아버지에게 식료품도 갖다드리고 또 매주 그냥 찾아뵐게요."

공연 연습 때문에 시간이 빠듯하지만 어떻게든 해 볼 생각이었다.

엄마가 제안했다.

"아버님에게 일주일에 두 번 저녁 식사하러 오시라고 해. 우리 모두 눈을 크게 뜨고 지켜보자고. 물론 당신 아버지이니까 당연히 당신 생각을 따라야겠지만."

할아버지가 했던 말이 떠올랐다.

'남자가 한 가정의 머리라면 아내는 목이란다. 아내가 머리에게 어디를 보아야 할지 알려 준다는 뜻이지.'

엄마의 조금 전 태도가 바로 그런 것이었다.

엄마가 말했다.

"아버님이 전에는 이런 적이 없으셨잖아."

나도 한마디 보탰다.

"다시는 안 그러겠다고 약속하셨어요. 할아버지는 약속을 지키시거든요."

엄마가 덧붙였다.

"뭐든 아버님이 알아서 판단하시겠다는 뜻이야."

아빠가 말했다.

"내가 비밀이 싫어서 그래. 그렇지만…… 아버지를 위해서는 우리 셋이 비밀을 지키는 편이 낫겠어."

나는 '나를 위해서요'라고 생각했다.

엄마가 맞장구를 쳤다.

"아주 현명한 생각이야. 최근에 아버님이 이것저것 털어놓고 계시잖아. 과거에 무슨 일을 겪었는지 우리에게 말씀해 주신다고 해도 나는 그리 놀라지 않을 것 같아. 어쩌면 우리에게 바이올린을 연주해 주실지도 몰라."

"그렇게 생각해?"

아빠는 꿈꾸는 듯한 표정을 지었다. 할아버지의 연주를 얼마나 듣고 싶어 하는지 알 것 같았다. 나 역시 그런 날이 오기를 바랐다.

엄마가 말했다.

"요즘 네 아빠는 온통 놀랄 일뿐이구나. 그러니 또 모를 일이지…… 모를 일이야."

18

벤과 함께 주방 문을 열고 할아버지 집으로 들어갔을 때 TV 소리가 귓전을 때렸다. 나는 마음이 놓였다. 최근에 몇 번 들르는 동안 할아버지는 TV를 본체만체했다. 과거 이야기를 털어놓는 것과 바이올린에만 신경이 쏠려 있었다. 나에게 TV 소리는 할아버지가 예전의 평범한 때로 돌아갔다는 신호로 들렸다.

벤은 나와 함께 부츠와 재킷을 벗다가 물었다.

"레슬링이야?"

"말도 마. 우리 할아버지는 레슬링에 푹 빠져 있으셔."

"이야, 반가운 소식이네. 나도 레슬링 엄청 좋아하거든!"

거실로 들어갔더니 할아버지는 커다란 안락의자에 앉아서 TV를 뚫어져라 보고 있었다.

"할아버지, 저 왔어요."

TV 소리 때문에 나는 목소리를 한껏 높였다. 그리고 허리를 숙여 할아버지 볼에 입을 맞췄다.

"셜리! 어서 오거라."

"벤 선배예요. 기억하시죠?"

벤은 청바지 주머니에 어색하게 손을 찔러 넣은 채 주춤주춤 다가왔다. 그러다 얼른 손을 빼고는 할아버지에게 한 손을 내밀 었다.

"안녕하세요, 할아버지. 오라고 허락해 주셔서 감사합니다."

"벤 모건, 저번에 우리 만났을 때 충분히 배우지 않았니?"

할아버지는 숨을 길게 내쉬었으며 어쩐지 피곤해 보였다.

"많이 배웠어요. 그런데 좀 더 배우고 싶어서요."

꽤 재치 있는 대답이지만 할아버지 표정은 변화가 없었다. 할 아버지는 벤이 만나고 싶어 한다는 말을 들었을 때 반응이 시큰 둥했다.

"할아버지, 힘들면 말씀 안 하셔도 선배는 이해할 거예요."

할아버지는 내 말을 흘려듣는 것 같았다. 창밖으로 시선을 돌 린 채 샛길과 눈 덮인 관목들을 물끄러미 바라보고 있었다. 봄마 다 정원을 가꾸던 할머니를 떠올리고 있을까? 할아버지는 고개 를 돌려 단호한 눈빛으로 나를 보았다.

"내가 이 학생을 오라고 했잖니. 찾아온 손님과 당연히 이야기 를 나눠야지."

벤이 말했다.

"정말 감사합니다."

"자, 벤 모건, 우리 집에 온 걸 환영해. 앉아, 앉아. 우리 주스 한잔씩 마셔야겠다. 셜리야, 사과 주스 좀 가져오겠니?"

나는 안도의 한숨을 내쉬고서 고개를 끄덕인 뒤 TV 쪽으로 돌아섰다. 몇 주 전에 할아버지가 알려 주었던 레슬링 선수가 또 링에 있었다. 이름이 뭐더라? 스톤 콜드나 뭐 그런 것 아니었나? 아무튼 그 선수는 로프를 등진 가엾은 선수를 주먹으로 때리고 있었다.

벤이 큰 소리로 말했다.

"스톤 콜드는 헐크 호건이 아니지요. 그렇지만 누군가는 언더 테이커를 처리해야 하니까요."

뭐? 누가 언더테이커인데? 벤이 무슨 이야기를 하는 거야?

"네가 언더테이커를 알아?"

할아버지는 의자에 똑바로 앉아서 벤을 빤히 보았다.

"레슬링 선수 중에서 가장 거대하고 가장 고약하고 가장 사악한 인물이지요. 진짜 악당이라니까요."

할아버지는 호기심 어린 눈빛으로 바라보았다.

"레슬링에 대해 좀 안다고?"

"네, 할아버지. 지난 몇 년 동안 아빠랑 WWF 레슬링 프로그램을 쭉 지켜봤거든요. 파괴의 형제로 등장했던 언더테이커는 전설이에요. 세계 헤비급 챔피언십에서 세 번이나 승리를 거뒀잖아요."

할아버지와 벤은 레슬링 동작과 선수들이 각각 특기로 내세우는 잡기에 대해 의견을 나누기 시작했다. 내 귀에는 다른 나라의 언어로 들렸다. 나는 주스를 가지러 주방으로 갔다. 내가 찰랑거리는 주스 잔 세 개를 쟁반에 담아 돌아올 때까지 두 사람은 여전히 이야기에 빠져 있었다. 그렇게 생기 넘치는 할아버지는 참 오랜만이었다. 할아버지와 벤은 베이더나 엑스팩이나 더락으로 불리는 선수들의 기술에 대해 논쟁을 벌였다. 공상과학영화에 나오는 등장인물의 이름과 비슷하다는 생각이 들었다. 어쨌든 할아버지는 벤의 지식에 꽤 감동한 눈치였다. 그래서인지 두 눈을 반짝이며 안락의자 끄트머리에 걸터앉아 있었다. 그리고 엑스팩이 스톤 콜드보다 링에서 오래 버틸 수는 있지만 베이더가 훨씬 낫다면서 두 손을 사방팔방 휘저었다.

나는 소파에 앉아 식당을 힐끗 보았다. 바이올린 케이스가 찬장 위에 있었다. 할아버지가 바이올린을 감추지 않아서 다행이었다. 지난번에 바이올린을 두 번 다시 만지지 않겠다고 딱 잘라 말했기 때문이다. 어쩌면 마음이 바뀌었는지도 모른다.

거실 저편에 상자 몇 개가 놓여 있었다. 테이프로 포장되었고 위에는 글씨가 적혀 있었다. 내 자리에서는 무슨 글자인지 보이지 않지만 할아버지의 떨리는 손 글씨라는 것은 알 수 있었다. 도대체 무엇인지 궁금했다.

어느덧 레슬링에 대한 대화는 슬슬 끝나 가고 있었다.

벤이 말했다.

"저는 미식축구도 하고 있어요, 할아버지."

할아버지는 의자에 등을 기대고는 기특하다는 듯 고개를 끄덕였다.

"레슬링과 미식축구를 좋아하는데 노래까지 부르는구나."

"그중에 노래 실력이 제일 부족한 것 같아요."

내가 얼른 끼어들었다.

"겸손한 말이에요."

"지난번에 말씀드렸듯이 셜리는 재능이 있어요. 저는 간신히 따라가고 있고요."

할아버지는 다정하게 말했다.

"보아하니 노인네 비위를 맞춘 다음에 사실은 얼마나 잘하는지 보여 줄 셈이로구나. 내 손녀딸이랑 노래 한 곡 불러 보렴."

나는 잘못 들은 줄 알았다. 음악을 멀리하던 할아버지가 그런 말을 하다니! 벤과 나에게 노래를 불러 달라고 부탁한 게 맞나? 나는 입을 벌린 채 할아버지를 빤히 바라보았다. 그때 벤이 한 가지 의견을 딱 내놓았다.

"셜리가 할아버지는 뛰어난 바이올린 연주자라고 해서요."

나는 등골이 오싹했다. 지금 벤이 뭘 하는 거지?

"내 연주를 들었다고 우리 손녀딸이 너한테 말했어?"

내가 말을 퍼뜨렸다고 화내시려나? 혹시 또 다른 사람에게도 말했는지 물어보실까?

벤이 말했다.

"할아버지의 바이올린 솜씨가 엄청나다고 감탄했거든요."

할아버지가 느릿느릿 대답했다.

"그렇다고 할 수 있지."

"셜리와 제가 이번 작품의 노래를 부를 테니…… 아무 곡이든 연주해 주실 수 있을까요?"

그 말을 듣고 심장이 멎는 줄 알았다! 이건 약속과 다르잖아! 벤은 〈지붕 위의 바이올린〉에서 맡은 배역 때문에 할아버지에게 몇 가지를 질문하겠다고만 했다. 그런데 엉뚱한 말을 꺼내는 바람에 나는 화가 치밀었다. 벤은 할아버지에게 연주를 부탁할 입장이 아니었다. 내가 바이올린 이야기는 비밀로 해 달라고 신신당부했건만! 할아버지가 버럭 화를 내거나 입을 닫아 버린다면 벤을 결코 용서할 수 없다.

할아버지는 벤을 물끄러미 보다가 나에게 시선을 돌렸다. 할아버지의 표정을 읽을 수 없었다. 분노? 당혹스러움? 고통? 그러나 할아버지가 입을 열었을 때 무거운 목소리는 아니었다.

"레슬링 지식으로 날 감동시켰다고 생각하나 보군. 그래서 나와 손녀딸만의 비밀에 너도 끼워 달라는 거냐?"

할아버지는 속아 넘어갈 사람이 아니었다.

"할아버지, 안 하셔도……."

할아버지는 손을 들어 내 말을 막았다.

벤은 화들짝 놀랐다.

"할아버지를 속이려던 게 아니에요. 정말이에요. 무례하다고 여기실 줄은 몰랐습니다. 그냥 할아버지 연주를 듣고 싶었을 뿐이에요."

내 얼굴은 화끈거렸고 귓속에서는 쿵쾅거렸다.

할아버지가 말을 꺼냈다.

"좋아, 벤 모건. 노래를 불러 봐. 정 마음에 들면 고마움을 표시할 수도 있겠지."

시간이 흐를수록 믿기 어려운 일들이 계속 벌어지고 있었다!

벤을 바라보았다. 벤 역시 나와 눈을 맞췄다. 우리 두 사람은 할아버지 앞에서 노래를 부르기 시작했다. 굳이 의논하지 않았다. 무슨 노래를 불러야 할지 느낌으로 알았다. 극에서 골데와 테비에가 부르는 '선라이즈 선셋Sunrise Sunset'이었다. 두 사람의 큰딸인 차이텔이 남편으로 선택한 재단사 모틀과 결혼하는 장면에서 흘러나오는 아름다운 곡이었다.

애쓰지 않아도 우리 목소리는 저절로 어우러졌다. 완벽한 조화를 이루었다. 연습 때도 이렇게 잘된 적은 없었다. 마지막 음이 사라지자 우리는 가만히 할아버지를 바라보며 소감을 기다렸다.

1분이 다 지나도록 할아버지는 입을 열지 않았다. 내 인생에서 가장 긴 1분으로 느껴졌다. 기다리는 동안 벽시계의 초침만 커다 랗게 똑딱거렸다.

"자신을 과소평가했군, 벤 모건. 아주 훌륭한 목소리야."

할아버지의 목소리에서 감동이 느껴졌다.

나는 그제야 숨을 쉬었다!

"감사합니다, 할아버지. 제 목소리가 근사했던 것은 셜리 덕분 이에요."

할아버지는 고개를 갸웃거리며 우리 둘을 바라보았다.

"아니야, 내가 듣기에는 서로가 상대 목소리를 근사하게 만들 었단다. 두 사람이 참 잘 어울리는구나."

내 얼굴은 뜨겁게 달아올랐다. 어디든 숨고 싶었다. 사실 할아 버지의 말은 틀리지 않았다. 벤과 나는 정말 잘 어울렸다. 노래 를 염두에 둔 말이겠지만 나는 그 이상의 뜻이 담겼다고 믿고 싶 었다.

"음, 아까 말씀하셨잖아요?"

잠시 뒤에 벤이 다시 물었다.

"우리에게 한 곡 들려주실 수 있나요?"

할아버지는 우리 둘을 빤히 쳐다보다가 말했다.

"셜리야, 내 바이올린 좀 가져와라."

나는 꿈을 꾸는 기분으로 찬장 위의 바이올린 케이스를 가져 와 할아버지에게 건넸다. 할아버지는 안락의자에서 비틀비틀 일어나 잠금장치를 열고 바이올린과 활을 꺼냈다. 그리고 아무 말 없이 바이올린을 턱에 끼우고 활을 들어 연주를 시작했다. 연주 곡은 벤이랑 나랑 방금 불렀던 '선라이즈 선셋'이었다. 할아버지는 활로 현을 그으며 눈을 감고 상체를 살며시 흔들었다. 왼쪽 손가락들이 현 위에서 춤을 추는 동안 감미로운 선율이 거실을 가득 메웠다. 할아버지는 앞에 악보 한 장 없었지만 평소에 잘 아는 곡처럼 연주를 했다. 나는 숨을 죽였고 음이 오르내릴 때마 다 가슴이 떨려 왔다. 지난번 들었던 할아버지의 연주와 똑같았 다. 아니, 연습이라도 한 듯 훨씬 좋았다. 어쩌면 연습을 했는지 도 모른다.

나는 벤을 흘낏 바라보았다. 벤은 눈을 동그랗게 뜨고 할아버 지가 연주하는 음 하나하나에 완전히 빠져들었다.

연주가 끝나자 할아버지는 바이올린을 턱에서 내렸다.

"자, 어떠냐?"

나는 아무 말도 나오지 않았다.

벤이 입을 열었다.

"감사합니다, 할아버지. 셜리가 할아버지는 연주를 정말 잘하 신다고 말했거든요. 그런데 이 정도로 잘하실 줄은 상상도 못 했 어요."

할아버지는 고개를 끄덕이고는 허리를 숙여 바이올린을 케이 스에 넣었다.

그 뒤로 30분 정도 벤과 할아버지는 이야기를 주고받았다. 벤은 제2차세계대전 전에 동유럽의 모습과 유대인 대학살에 대해 질문을 쏟아 냈다. 그리고 〈지붕 위의 바이올린〉에 나오는 아나 테프카와 같은 마을에 대해서도 물었다. 할아버지는 그런 마을을 유대인 촌이라고 불렀다며 당시의 유대인 남자에 대해 설명했다. 유대인들이 어떤 직업을 가졌고 얼마나 신앙심이 깊었으며 어떤 마음으로 행동을 했는지, 또한 가족에 대한 책임감이 어땠는지 자세히 알려 주었다. 진지하게 듣던 벤이 몇 가지 더 질문하자 할아버지는 빠짐없이 대답해 주었다. 나는 말할 기회가 별로 없었다. 뒤로 물러앉아서 두 사람이 주고받는 이야기를 들었다.

눈앞에서 벌어진 여러 일로 아직도 가슴이 두근거렸다. 할아버지는 바이올린을 연주했고 나와 벤은 노래를 불렀다. 더구나 할아버지와 벤은 편안하게 대화를 나누고 있었다. 그보다 더 놀라운 일이 있었다. 내가 벤을 엄청 좋아한다는 사실을 완전히 인정하게 되었다. 벤은 자기만의 방식으로 우리 할아버지를 달라지게 만들었다. 그러니 벤이 더 좋아질 수밖에 없었다. 이제껏 좋아하는 감정을 억지로 외면했지만 앞으로도 그럴 수 있을까? 물론 그런 감정을 앞세워 내가 딱히 뭘 할 수 있는 것도 없었다. 우리는 공연을 잘 마쳐야 했다. 벤에 대한 감정 때문에 일이 복잡해지는 것은 싫었다. 더구나 벤은 최근에 여자친구와 헤어져

실연의 상처를 잊으려고 다른 사람을 빨리 만날 수도 있었다. 벤에게 그런 사람이 되고 싶지 않았다. 지금은 내 감정을 인정한 것으로 충분했다. 적당해질 때까지 내 감정을 꽁꽁 감춰 두기로 했다. 신기하게도 머리카락을 돌리고 싶은 마음이 들지 않았다. 조금도 초조하지 않다는 뜻이다! 그저 편안한 기분이었다.

할아버지가 바이올린 케이스를 닫았다. 벤과 내가 떠나야 할 시간이었다. 나는 할아버지에게 다가가 꼭 안아 주었다.

내가 속삭였다.

"할아버지는 정말 훌륭하세요."

"너에게 해 줄 이야기가 아직 많이 남았단다."

할아버지가 내 머리카락에 대고 조용히 말했다. 그러고는 몸을 세웠다.

"할아비 이야기 더 들으러 올 거지? 이제는 다 말할 수 있을 것 같구나."

나는 목이 잠겨서 고개를 다시 끄덕였다.

벤이 말했다.

"감사합니다, 할아버지. 얼마나 큰 도움이 되었는지 모르실 거예요."

"나도 즐거웠단다, 벤 모건. 아무 때나 다시 오거라."

할아버지는 빙긋 웃고서 나에게 윙크를 했다. 나는 몸 둘 바를 몰랐다. 할아버지가 무슨 말을 꺼내려는데 내 머릿속에서 번뜩 떠오르는 것이 있었다.

"할아버지, 저쪽에 있는 저것들은 뭐예요?"

나는 거실 한쪽에 놓여 있는 포장된 상자들을 가리켰다. 더는 할아버지 때문에 놀랄 일이 없을 줄 알았는데 내 착각이었다.

할아버지가 대답했다.

"네 할머니 물건을 정리하기 시작했어. 상자에 담아 둔 옷가지들을 가져가라고 중고품 가게에 전화했다. 마음의 준비가 된 것 같구나."

19

전체적으로 소란스러운 분위기였지만 나름대로 잘 돌아가고 있었다. 음악부는 연습을 했고 무대 설치 팀은 망치를 휘둘렀으며 앙상블 팀은 강당 뒤에서 노래를 불렀다. 벤은 무대 중앙에서 극의 딸들과 한 장면을 연습하고 있었다. 빠진 것이 있다면 램지 선생님이었다. 아침 7시에 시작해야 할 연습이 20분을 훌쩍 넘겼지만 램지 선생님이 아직 나타나지 않았다. 선생님은 시간을 칼같이 지키는 분이었다. 1분이라도 늦는다면 선생님에게 된통 혼나기 일쑤였다.

네바레즈 선생님은 피아노 앞에 앉아 있었다. 여느 때와 마찬가지로 꿀 먹은 벙어리가 되어 십자말풀이만 들여다보는 중이었다. 때로는 우리가 옆에 있다는 것도 깜박 잊어버리는 것 같았다. 그러니 램지 선생님이 왜 안 오는지 설명해 준다거나 대신 연습을 이끌어 줄 거라는 기대는 전혀 할 수 없었다.

결국 벤이 나서서 상황을 정리했다. 쿼터백의 자질이 드러나는 순간이다! 벤은 출연자들이 제 방향으로 움직이도록 했다. 민디도 연기자들을 삼삼오오 모아서 대사를 익히게 했다. 그러자 연출가가 없는데도 연습이 그럭저럭 진행되었다. 그 부분만큼은 민디를 크게 칭찬해 줘야 했다. 물론 민디가 지시하는 것을 좋아해서 그랬는지도 모른다. 아니다. 내가 좀 치사했다. 사실 민디는 상냥했으며 연습할 때도 극의 자매들을 기꺼이 도와주었다.

손목시계를 다시 보았다.

나타샤가 말했다.

"아마 늦잠을 주무셨겠지."

"그런 것 같아."

"셜리, 걱정하지 않아도 돼."

"나도 알아."

나타샤가 지적했다.

"너 계속 걱정하잖아."

"어쩔 수가 없어. 내 성격 알잖니. 그리고 허비할 시간이 없단 말이야."

"그래. 늦는 대신 램지 선생님은 연습을 분명히 더 시키실 거야. 걱정하지 마!"

그때 강당 뒷문이 살짝 열리기에 램지 선생님이 통로로 헐레벌떡 뛰어 들어오는 줄 알고 돌아보았다. 그런데 우리 학교 교장

인 제임스 선생님이었다. 교장 선생님은 이른 시간에도 늘 학교에 나와 있었지만 우리 연습을 보러 온 적은 한번도 없었다. 램지 선생님이 전화를 걸어 좀 늦는다며 우리를 대신 봐 달라고 부탁했나 보다.

교장 선생님은 통로를 천천히 내려오며 학생들에게 고개를 끄덕이고 몇 마디 이야기도 나누었다. 저 정도면 다정한 편이었다. 그런데 뭔가 미심쩍은 구석이 있었다. 교장 선생님은 평소와 다르게 왠지 불안해 보였다.

"다들 주목해 주겠니?"

교장 선생님이 계단으로 무대에 오르며 말했다.

가까이 있던 연기자들은 조용해졌지만 무대 뒤에서 일하는 단원들과 음을 맞추던 음악부는 교장 선생님의 소리를 듣지 못했다. 선생님이 더 큰 목소리로 외치자 시끄러운 소리가 차츰 잦아들다가 완전히 그쳤다.

"다들 이리로 다가오렴…… 좀 더 가까이…… 여러분에게 해 줄 말이 있어."

나타샤와 나는 걱정스러운 눈길을 주고받았다. 좋은 일은 아닌 듯했다. 우리는 무대 쪽으로 걸어갔다. 주변을 둘러보니 다들 걱정하는 눈치였다.

교장 선생님이 말했다.

"여러분에게 램지 선생님은 괜찮을 거라는 말을 먼저 해야겠구나.”

모하메드가 물었다.

“램지 선생님에게 무슨 일이 생겼나요?”

“그래. 어젯밤 늦게 자동차 사고를 당했어.”

너나없이 한꺼번에 입을 열었다. 교장 선생님이 조용히 하라며 손을 들었다.

민디가 물었다.

“램지 선생님은 괜찮을 거라고 말씀하셨잖아요?”

교장 선생님이 대답했다.

“심하게 다친 상태야. 팔이 부러졌어. 갈비뼈도 다섯 대 부러지고 머리에 뇌진탕 증세가 있어.”

그 자리에 모인 학생들이 한꺼번에 헉 소리를 냈다. 내 주변에는 자동차 사고를 당한 사람이 없었다. TV로 본 교통사고는 썩 좋은 모습이 아니었다. 그런데 나와 가까운 램지 선생님이 그렇게 되다니! 선생님이 겪은 상황을 상상하지 않을 수 없었다. 나는 부르르 떨며 두 눈을 꼭 감았다.

“이따가 좀 더 자세한 상황을 알려 줄게. 어쨌든 오늘 아침에는 연습을 그만해도 돼.”

벤이 물었다.

“무대 설치 팀은 남아서 계속 작업해도 되지 않나요?”

교장 선생님은 고개를 저었다.

"다들 그만두는 편이 낫겠어."

"무대 설치를 꼭 마쳐야 해서요. 그 일은 램지 선생님이 안 계셔도 상관없거든요."

벤이 주장을 굽히지 않았다.

교장 선생님은 한숨을 길게 내쉬었다.

"벤…… 그리고 여러분…… 램지 선생님은 심각한 상태야. 그래도 아까 말했듯이 괜찮아질 테고 건강을 회복할 거야. 문제는 회복하기까지 시간이 걸린다는 거지."

내가 물었다.

"얼마나요?"

교장 선생님은 한참 동안 우리를 물끄러미 바라보다가 대답했다.

"판단하기는 아직 이르지만 램지 선생님이 올해 말까지는 학교로 돌아오기 힘들 것 같아서 대책을 세우려고 해. 어쨌든 한 달 이상 걸리는 것은 확실해."

나타샤가 속삭이듯 말했다.

"공연 날짜는 5주밖에 안 남았잖아요."

"이런 말을 꺼내기가 어렵구나. 여러분이 지금까지 많은 노력을 기울인 것은 알지만……"

다들 그 말에 감춰진 뜻을 헤아리는 동안 강당에는 오로지 침묵만 감돌았다. 벤이 우리 모두가 생각하고 있는 질문을 던졌다.

"연극을 취소하겠다는 말씀이신가요?"

교장 선생님이 고개를 살짝 끄덕였다.

탄식이 흘러나왔고 곧이어 무거운 침묵이 내려앉았다.

"정말 미안하지만 램지 선생님이 없으면 연극 연습을 계속하기 힘들단다."

나는 도저히 믿기지 않았다. 이럴 수는 없었다.

민디가 물었다.

"다른 연출가를 찾는 것은 어떨까요?"

"그럴 만한 사람이 없어. 나도 찾아보고…… 부탁하겠지만 이번 사고가 나기 전에도 없었고 지금도 없구나. 정말 미안하다."

교장 선생님이 되풀이했다.

"정말 미안해."

20

할아버지 집의 주방으로 들어섰을 때 사방이 고요했다. 그런데 저만치서 나지막한 목소리가 두런두런 들려왔다. 둘 중 하나는 분명히 할아버지 목소리였다. 다행히 할아버지는 목소리가 밝았다. 다른 목소리는 귀에 익기는 했지만 누군지 생각나지 않았다.

들고 있던 식료품을 조리대에 내려놓은 뒤 코트를 벗고 식당 입구로 걸어갔다. 할아버지는 식탁에 앉아 차를 홀짝홀짝 마시고 있었다. 맞은편에는 최근에 친해진 아미르 아저씨가 앉아 있었다. 두 사람은 대화에 푹 빠져서 내가 온 것도 눈치채지 못했다.

벤과 함께 사흘 전에 들른 뒤 다시 할아버지를 만나러 온 것이었다. 엄마 아빠에게는 할아버지가 바이올린 줄을 사러 시내에 간 것과 아미르 아저씨의 가게 앞에서 넘어진 것까지 모두 이야기했다. 할아버지는 내가 약속을 어긴 줄 모르고 있었다. 좋은 뜻에서 비밀을 털어놓았는데도 왠지 죄책감이 들었다.

이 불편한 기분을 어떻게 떨쳐 낼 수 있을까? 아, 맞다. 엄청난 문제가 내 인생에 생기고 말았다. 연극이 정말로 취소되는 걸까? 절대 그럴 수는 없으니…… 램지 선생님은 틀림없이 괜찮아질 것이다. 내일이라도 팔에 깁스한 채 머리에 붕대를 칭칭 감고 뚜벅뚜벅 돌아온다면 공연은 아무 문제없다.

"셜리?"

할아버지는 고개를 들다가 입구에 서 있는 나를 발견했다.

"거기 왜 그러고 서 있니? 들어와라."

나는 깜짝 놀라며 우울한 생각에서 벗어났다.

"내 친구 아미르를 기억하지?"

나는 웃으면서 아미르 아저씨에게 인사했다. 아저씨는 내 쪽을 보고 살짝 고개를 숙였다.

"그날 도와준 게 고마워서 집으로 와 달라고 했단다."

"어르신이 차를 마시자며 친절하게도 초대해 주셨어. 그래서 둘이 쉴 새 없이 이야기를 나누고 있어."

"아미르가 9·11사건으로 조카를 잃었다지 뭐냐. 그 젊은이는 사우스타워의 금융 회사에서 근무하던 중이었어."

나는 할 말을 잃었다.

아미르 아저씨가 고개를 숙이며 말했다.

"훌륭한 청년이었지. 앞날에 수많은 가능성이 놓여 있었지만 모두 물거품이 되어 버렸어."

할아버지는 손을 뻗어 아미르 아저씨의 어깨를 잡았다.

"자네 아픔이 참으로 안타깝네. 무슨 말로 그 충격을 표현할 수 있겠나."

아미르 아저씨는 고개를 들고 할아버지를 보았다.

"지난 세월 동안 우리 둘 다 많은 사람을 잃었군요."

"그래서 서로를 잘 이해할 수 있는 거라네."

아미르 아저씨가 고개를 끄덕였다. 두 사람은 앉아서 잠시 침묵을 나누었다. 이윽고 아미르 아저씨가 웃으며 말했다.

"이제 가야겠어요."

내가 말했다.

"어머, 그렇게 서둘러 가지 않으셔도 돼요."

"아니, 가야 돼. 우리 딸이 가게를 지키고 있어. 오랫동안 혼자 두면 안 될 것 같아서. 얼마 전까지 이런저런 일들이 터졌거든."

아미르 아저씨는 할아버지에게 몸을 돌렸다.

"감사합니다, 토비어스 어르신. 아주 즐거운 오후를 보냈어요."

"다시 보세, 아미르. 빠를수록 좋겠네."

"택시 불러 드릴까요?"

진입로에는 차가 세워져 있지 않았고 아미르 아저씨네 가게까지는 상당히 먼 거리였다.

"아니야, 모퉁이를 돌면 버스 정류장이 나와. 슬슬 구경하며 갈게. 마음 써 줘서 고맙다."

아미르 아저씨는 나에게 다시 고개 숙여 인사한 뒤 할아버지와 현관으로 걸어갔다. 그리고 코트를 입은 뒤 할아버지와 악수를 나누고 떠났다.

"아미르는 좋은 사람이야."

할아버지는 식당으로 돌아오며 덧붙였다.

"우리가 이렇게 빨리 친해질 거라고 누가 상상이나 했겠냐?"

할아버지는 탄식하듯 말하고는 나를 바라보았다.

"식료품 가져왔어요."

할아버지가 손목시계를 보았다.

"식료품을 가져왔다니 좋구나. 그런데 왜 이렇게 일찍 온 거야? 지금쯤 연습해야 하는 시간 아니냐?"

나는 할아버지에게 털어놓고 싶었지만 어떤 말로 설명해야 할지 막막했다.

"네가 식료품만 가져온 게 아니구나. 우리 손녀딸, 복잡한 문제까지 갖고 왔어. 무슨 일이냐?"

나도 모르게 눈물이 터져 나왔다.

***

사과 주스를 한 모금 더 홀짝거렸다. 눈물을 흘리고 한숨을 쉬고 질문을 던지고 주스를 홀짝이면서 램지 선생님의 교통사고로 연극이 취소된 것을 할아버지에게 이야기했다.

"정말 안타깝구나."

"저도요."

"램지 선생님 대신 연극을 맡아 줄 사람은 없냐?"

"없나 봐요. 교장 선생님이 정 안 되면 다른 방법을 찾아보겠다고 말씀하셨어요."

"그럼 희망이 있구나."

"보나 마나 헛된 희망이겠죠."

할아버지에게 빠짐없이 다 털어놓으니 더욱 실감이 났다. 나의 간절한 바람과 달리 램지 선생님은 돌아오지 못할 것이다. 벤이 점심시간에 교장 선생님과 면담을 했다. 교장 선생님은 벤을 정말 좋아하지만 달라진 것은 전혀 없었다. 연극에 대해 기꺼이 도와주려는 선생님도 없었고 도움이 될 선생님도 찾지 못했다. 우리를 구해 줄 사람이 나타난다는 것은 기적이나 다름없었다.

"너와 벤 모건도 그렇고, 또 다른 사람들까지 이제껏 열심히 했잖니?"

"다 헛수고가 될 것 같아요."

"네가 무대에서 노래하는 모습을 보고 싶었다만."

"공연에 오실 생각이었어요? 제가 연기하는 거 보려고요?"

"불가능할 것 같지는 않더구나."

할아버지는 그 말과 함께 어깨를 으쓱했다.

속상하고도 살짝 기뻤다.

"이번 일이 잘 해결될 거라고 한번 믿어 보렴."

"어떻게요?"

할아버지도 이번에는 고개를 흔들었다.

"나야 모르지. 고약한 상황도 그냥 벌어지잖니."

"이보다 더 끔찍한 일은 없어요."

할아버지는 충격을 받은 듯 멍한 표정을 지었다. 그제야 내가 무슨 말을 했는지 알아차렸다. 얼굴이 확 달아올랐다.

"고작 공연에 불과하다는 것 알아요. 아미르 아저씨가 당한 일과 할아버지나 할아버지 가족분들이 겪은 일에 비하면 아무것도 아니죠."

할아버지는 손을 뻗어 내 손을 토닥였다.

"네 가족이 겪었던 일이란다."

그렇다. 내 가족이었다. 포스터에 나온 할아버지의 부모와 형제는 결국 내 가족이었다. 더 거슬러 올라가면 할아버지의 할머니와 어머니는 러시아에서 유대인 대학살을 겪어야 했다. 할아버지의 어머니는 어린 소녀였는데도 말이다. 그런 시절을 다룬 연극이 취소되었다고 나는 여기에서 화를 내고 있었다. 그분들은 끔찍한 고통의 시절을 살아 내야 했거나 또는 살아남지 못했다. 우리 할아버지의 어머니는 대학살을 피해 달아났지만 결국 홀로코스트 때도 계속 도망 다녀야 했다. 그 모든 순간에 정의가 있었을까? 단 한 순간이라도 정의는 있었을까?

"네 인생에서 가장 괴로운 일이 공연을 못 하는 것이라니 할아버지는 그저 감사할 뿐이다. 그건 축복이란다."

"아는데…… 저도 알아요. 그래서 화낸 것을 후회하고 있어요."

"괜찮아. 할아비는 이해한다. 우리는 각자의 장소와 시간을 살고 있으니까. 그러니 이 장소와 이 시간에 꼭 알아야겠다. 바나나 40개 가져왔니?"

이 와중에도 웃음이 새어 나왔다.

"아니요. 그렇지만 할아버지가 원하신다면 백만 개라도 갖다드릴 수 있어요."

"백만 개는 낭비란다. 쓸데없이 버리면 안 되지. 내가 필요한 것은 40개야."

"다음에 바나나를 더 갖다드리면 바이올린을 다시 연주해 주실 수 있나요?"

바이올린 케이스는 여전히 찬장 위에 놓여 있었다.

"혹시 연습하시는 거예요?"

"조금. 바이올린을 가까이하면 위로와 고통이 한꺼번에 밀려온다. 무슨 뜻인지 알겠니?"

"알 것 같아요. 다음번에 제가 오면 조금만 연주해 주실래요?"

"바나나를 더 많이 가져오고 노래도 불러 준다면 조금 연주해 줄 수도 있지."

21

우리 다섯 명은 모리슨 기념 병원의 계단을 터벅터벅 올라갔다. 얼마 전 나타샤에게 램지 선생님을 만나러 가고 싶지만 어떤 상태인지 몰라 두렵다고 말했다. 나타샤는 같이 가서 도와주겠다고 약속했다. 그러고는 모하메드에게 말하자 모하메드는 민디에게 전했다. 민디 역시 벤에게 그 이야기를 하는 바람에 모두 병원으로 오게 되었다. 여럿이서 한꺼번에 병문안을 해도 되는지 전혀 따져 보지 못했다. 그저 램지 선생님 얼굴이라도 보면서 괜찮은지 확인하고 싶었을 뿐이다.

아빠가 우리를 병원으로 데려다주었으며 나중에는 민디네 엄마가 태우러 온다고 했다. 차를 타고 병원으로 올 때 우리는 말이 없었다. 램지 선생님의 교통사고 이후 며칠 동안 다들 붕 떠 있는 기분이었다. 선생님을 걱정하면서도 공연 취소 소식을 받아들이지 못하고 있었다.

민디는 커다란 꽃다발을 병원으로 오는 내내 들고 있었다. 혼자 생각해 낸 것이었다. 정말 의젓하고 예의 바른 태도였다. 민디를 칭찬하지 않을 수 없었다. 나는 왜 그런 생각을 못 했을까!

민디가 말했다.

"우리가 함께 가져온 거라고 말하면 돼."

내가 대꾸했다.

"얼마인지 말해 줘."

민디는 고개를 저었다.

"아니, 신경 쓰지 마. 얼마 안 들었어. 이 꽃들로 램지 선생님의 하루가 환해지면 좋겠어."

병원 로비로 들어가 안내소를 찾았다. 우리 또래로 보이는 남자가 피곤한 표정으로 앉아서 컴퓨터 화면을 들여다보고 있었다. 한참을 기다린 뒤에야 남자가 고개를 들었다.

내가 말했다.

"램지 선생님을 만나러 왔어요. 교통사고로 이틀 전에 입원하셨어요."

그 말을 입 밖으로 내뱉고 나니 왠지 꿈처럼 느껴졌다.

남자가 물었다.

"이름은요?"

"저는 셜리예요. 아, 저기, 그걸 묻는 게 아니죠?"

나는 얼굴이 화끈거렸다. 램지 선생님의 정확한 이름이 뭐지?

갑자기 머릿속이 하얘졌다.

"에벌린이요."

어깨 뒤에서 민디의 목소리가 들렸다.

"성함이 에벌린 램지예요."

아니나 다를까, 민디가 알고 있었다. 책상 앞에 있던 남자는 컴퓨터 화면을 다시 살펴보았다.

"동쪽 병동 7층 732호요."

남자는 우리를 흘낏 바라보더니 무슨 말을 하려다가 이내 어깨를 으쓱 올리고는 엘리베이터 쪽을 가리켰다.

우리가 7층에 도착했을 때 간호사실에는 아무도 없었다. 환자들을 돌보느라 바쁜 것 같았다. 우리는 우왕좌왕하다가 마침내 732호실 앞에 이르렀다. 순간 공포심이 밀려왔다. 문을 열면 램지 선생님은 어떤 모습으로 우리를 맞이할까? 선생님은 의식이 돌아온 걸까? 말을 할 수 있을까? 우리를 알아볼까? 아니, 우리는 램지 선생님을 알아볼 수 있을까? 교장 선생님 말로는 상태가 심각하다고 했다. 그게 무슨 뜻일까? 무심코 손이 머리카락에 닿아서 마음을 가라앉히려고 머리카락을 빙빙 돌리기 시작했다.

"나는 병원에만 오면 토할 것 같아."

모하메드가 갑자기 말했다.

민디가 소리를 버럭 질렀다.

"그런 걸 지금 말하면 어떡해?"

"오고 싶었거든. 아무래도 잘못 왔나 봐."

벤이 조언했다.

"숨을 두어 번 깊이 들이쉬면 괜찮아질 거야."

민디가 주의를 주었다.

"문에 가까이 서 있어. 그러다 못 참겠으면 바로 뛰어가는 거야. 문제 일으키면 절대 안 돼."

그러고는 다 같이 램지 선생님 병실 문만 빤히 바라보았다.

마침내 나타샤가 물었다.

"여기 계속 서 있을 거야, 아니면 들어갈 거야?"

벤이 앞으로 나서서 문을 살짝 두드렸다.

잠시 뒤에 가냘픈 목소리가 흘러나왔다.

"들어오세요."

램지 선생님은 베개 여러 개를 기댄 채 푸른색 담요를 덮고 병실 침대에 누워 있었다. 한쪽 팔은 하얀 깁스를 했고 머리에는 붕대를 칭칭 감은 상태였다. 선홍빛 상처가 눈가의 관자놀이에서 뺨 아래까지 쭉 내려와 있었다. 팔에는 링거 주사기가 꽂혀 있었다. 선생님 얼굴은 백지장처럼 하얬다. 우리 다섯 명이 병실로 들어가 가까이 다가가자 선생님이 눈을 살며시 떴다.

"오, 세상에. 너희들이 올 줄은 생각도 못 했어."

램지 선생님 목소리는 기운이 하나도 없어서 연습 때 고함치던 것과 너무 달랐다. 선생님 눈을 보니 팔에 꽂힌 주사기로 진통제가 들어가는 게 틀림없었다.

내가 불쑥 입을 열었다.

"램지 선생님을 꼭 보고 싶었어요. 괜찮으신지 궁금했거든요. 좀 어떠세요?"

자칫하면 눈물이 터져 나올 뻔했다. 그렇지만 램지 선생님 앞에서, 더욱이 여럿이 모인 자리에서 그럴 수는 없었다.

램지 선생님은 고개를 천천히 끄덕이다가 얼굴을 찡그렸다.

"괜찮아. 정말이야."

램지 선생님은 우리 얼굴을 바라보며 덧붙였다.

"내 꼴이 아주 형편없을 거야. 그래도 운이 좋았어. 이보다 더 끔찍해질 수도 있었거든."

"선생님 드리려고 저희가 이걸 가져왔어요."

민디가 꽃다발을 내밀며 앞으로 몇 걸음 나갔다.

"모두 함께 준비한 거예요."

민디는 포장을 벗긴 뒤 창턱에 놓여 있던 빈 화병에 꽃다발을 꽂았다. 민디가 뒤로 물러서자 램지 선생님이 감탄을 금치 못했다.

"정말 예쁘구나! 뭐 하러 이런 것까지 가져왔어."

민디가 활짝 웃었다. 저런 선물을 내가 생각했더라면 얼마나 좋았을까?

벤이 말했다.

"교장 선생님이 아주 위험한 교통사고였다고 말씀하셨어요."

"고속도로에서 완전히 빙글 돌았거든. 갑자기 눈보라가 몰아쳐 빙판이 생겼는데 아무것도 모르고 그 위로 차를 몰았나 봐. 그 바람에 난간을 들이받았는데 그 뒤로는 잘 기억나지 않아. 다행히 주변에 차가 없어서 나 말고는 아무도 다치지 않았어."

램지 선생님은 말을 그치고 힘겹게 숨을 몰아쉬었다. 설명을 하느라 몸의 기운을 다 써 버린 것 같았다. 우리가 잔뜩 굳은 표정을 짓고 있자 선생님이 애써 웃음을 보였다.

"정말로 좋아질 거야. 의사 선생님들이 그렇게 말했어."

나는 신음 소리를 내듯 말했다.

"선생님 팔은……."

"부러졌어. 다른 곳도 몇 군데 부러졌고. 지금은 두통이 가장 심각해. 진통제를 맞아도 소용이 없구나."

그 말을 끝내자마자 램지 선생님은 얼른 덧붙였다.

"그래도 때가 되면 다 회복되겠지."

지금 상태로 봐서는 도저히 회복될 것 같지 않았다. 그래도 그 말이 사실이라고 믿는 수밖에 없었다. 램지 선생님 얼굴의 긁힌 자국은 화가의 성난 붓질처럼 또렷했다. 순간 죄송한 마음이 밀려왔다. 그동안 연극이 취소될까 봐 전전긍긍했을 뿐 선생님이 얼마나 고통스러울지 전혀 생각하지 못했다.

"그럼 학교에 언제 돌아오세요?"

이 질문을 던진 사람은 모하메드였다. 그때까지 모하메드는 벤 뒤에 몸을 반쯤 감춘 채 문 가까이에서 서성이고 있었다. 그런데 멈칫거리며 앞으로 나온 것이었다.

램지 선생님이 한숨을 쉬었다.

"아무래도 당장은 어려울 것 같아. 그것 때문에 너무 속상해. 교장 선생님이 너희들에게 다 설명해 주셨을 거야. 연극에 대해서 말이야."

민디가 말했다.

"걱정 마세요, 램지 선생님. 빨리 건강해지시는 것이 제일 중요해요."

선생님이 다치지 않은 한 쪽 팔을 들어 올렸다.

"잠깐만, 마저 말할게. 어떻게든 공연을 할 수만 있다면 좋겠어. 그렇지만 난 여기에 누워 있고 도와줄 사람이 학교에 아무도……."

램지 선생님은 말을 더 이상 끝맺지 못했다.

"선생님 마음 알아요."

나는 그 말을 하고서 침을 꿀꺽 삼켰다.

벤이 맞장구를 쳤다.

"맞아요. 그래서 선생님의 일을 맡아 줄 분을 생각 중인데……."

나타샤가 얼른 끼어들었다.

"아무도 선생님을 *대신하려고* 하지 않아요."

벤이 나타샤를 보며 얼굴을 찌푸렸다.

"그러니까 연극을 도와줄 사람을 찾고는 있지만 그 일을 해낼 만한 분이 없는 것 같아요."

램지 선생님이 말했다.

"정말 안타깝구나."

내가 말했다.

"저희도 그래요. 그렇지만 민디 선배가 말했듯이 선생님이 건강하게 퇴원하시는 게 더 중요해요."

"그리고 내년도 있잖아요."

모하메드가 그 말을 꺼내고는 얼른 입을 다물었다. 민디와 벤은 둘 다 내년에는 고등학교를 다니게 된다. 두 사람은 이번 연극이 중학교에서의 마지막 공연이었다. 나는 벤이 안쓰러웠다. 민디에게도 처음으로 안쓰러운 감정이 들었다.

"내가 뭐라도 할 수 있으면 좋겠는데……."

램지 선생님은 그 말을 내뱉고 눈을 감았다. 우리는 어떻게 해야 좋을지 몰라서 우두커니 서 있었다. 다음 말을 기다렸지만 선생님은 두 눈을 꼭 감은 채 아무 말도 하지 않았다.

나와 벤은 눈길을 주고받았다. 그리고 모두 문 쪽으로 고개를 끄덕였다. 막 돌아서려는데 병실 문이 열리더니 간호사가 들어왔다. 간호사는 램지 선생님 주위에 서 있던 우리를 보고 그 자리에 멈춰 섰다.

"간호사실에 있는 표지판 못 봤어요? 방문객은 최대 두 명!"

내가 말했다.

"죄송합니다, 못 봤어요. 저희 선생님이세요. 한번 뵙고 싶어서 왔어요."

그제야 램지 선생님이 기운을 차렸다.

"얘들은 제 제자들이에요."

간호사가 대답했다.

"네, 학생들이 말했어요. 이렇게 와 준 것은 기특하지만 이제는 돌아갈 시간이에요."

우리는 간호사가 지켜보는 가운데 램지 선생님에게 작별 인사를 했다.

"선생님, 빨리 건강해지세요."

그리고 병실을 나왔다.

다 같이 병원 문을 나와 계단을 내려가 도로로 향하는데 벤이 모두의 생각을 한마디로 정리했다.

"아, 정말 다 끝났나 보다."

22

램지 선생님을 문병하고 며칠 뒤에 할아버지를 보러 갔다. 집에 들어갔을 때 뭔가 없어졌다는 것을 바로 알아차렸다.

"할아버지! 거실에 놓아둔 상자들을 어떻게 하셨어요?"

"없앴어."

"그러니까요. 뭘 하셨는데요?"

"전화번호부에서 '두 번째 기회'라는 가게를 찾아냈지. 이름이 근사하지 않니? 두 번째 기회."

할아버지는 허공을 응시하며 그 단어를 되풀이했다.

그러고는 나에게 시선을 돌렸다.

"거기는 힘든 시간을 겪고서 다시 일어서려는 젊은 여성들에게 옷을 보내 준다는구나. 네 할머니가 좋아했을 거야."

젊은 여성들이 우리 할머니 옷을 입고 싶어 할지 의문이었지만 아무 말 하지 않았다. 누군가에게 도움을 준 것은 분명했다.

"할머니 물건을 보내고 나니 기분이 어떠세요?"

할아버지는 주저 없이 말했다.

"좋구나. 때로는 떠나보내는 것이 최선이더라. 오랜 시간이 흐르고서야 겨우 알게 되었어."

우리는 주방으로 갔다. 나는 할아버지의 식료품을 정리하고서 둘이 마실 차를 준비했다.

"지난주에 벤 선배를 오라고 허락해 주셔서 얼마나 감사한지 몰라요. 선배가 할아버지랑 이야기 나누는 것을 정말 좋아하더라고요."

할아버지 앞에 차 한 잔을 내려놓고 맞은편에 앉았다.

할아버지가 나를 보고 빙그레 웃었다.

"참 멋지더구나, 벤 모건은."

할아버지 시선에 내 얼굴이 살짝 달아올랐다.

"네가 벤을 좋아하는 것 같던데?"

나는 시선을 피했다.

"할아비는 못 속인다."

내 얼굴은 뜨겁게 달아올랐다.

"그건 하나도 안 중요해요, 할아버지. 벤 선배는 나를 그렇게 생각 안 하거든요."

"뭐라고? 그 녀석은 눈이 삐었냐?"

"할아버지……."

할아버지들은 자기 손녀딸들을 예쁘다고 생각하는 법이다.

"우리는 재미있게 이야기하고 함께 연습도 많이 했지만 연극이 끝나면 얼굴도 보기 힘들다고요."

그건 사실이었다. 램지 선생님을 문병한 이후로 벤과 딱 한 번 복도에서 마주쳤다. 벤이 민디와 나란히 걸어오고 있어서 나는 가다 말고 주춤했다. 도대체 어떤 상황인지 감이 안 왔다. 둘이 사귀기 시작한 건가? 아니면 둘이서 그냥 교실로 가는 길이었나? 아무튼 우리 셋은 복도 가운데에서 걸음을 멈췄다. 내가 벤과 짧고 어색한 대화를 나눌 때 민디는 가만히 서서 아무 말 없이 새치름한 표정을 짓고 있었다. 적어도 내 눈에는 그렇게 보였다. 그리고 우리는 가던 길을 갔다.

"벤 선배는 아무 감정이 없는 것 같아요."

나는 할아버지에게 하소연을 했다.

"넌 감정이 있다는 거냐?"

나는 끄덕거렸다.

"그렇지만 벤 선배를 다시 못 본다면 무슨 소용이 있겠어요?"

나는 고개를 저었다.

"혹시라도 벤 선배를 만나게 되면 아무 말 않겠다고 약속해 주세요. 그럴 일은 거의 없지만요. 어쨌든 약속해 주세요, 할아버지."

"할아비야 자물쇠나 다름없지."

할아버지는 입을 열쇠로 잠그는 시늉을 했다.

"이제부터 너의 자그마한 비밀을 꼭 지켜 주마."

내 마음속의 죄책감이 겉으로 드러날까 봐 염려되었다. 할아버지와 약속한 비밀을 제대로 지키지 못했기 때문이다.

"너랑 벤 모건은 함께 노래 부를 때 정말 아름다웠단다."

"고마워요. 저도 할아버지 앞에서 노래 부를 수 있어서 무척 좋았어요."

할아버지가 몸을 기울여 나를 뚫어지게 바라보았다.

"음악을 듣는 것이 나에게 왜 힘든 일이었는지 이해가 되니?"

나는 고개를 끄덕였다.

"조금요. 이해하려고 애쓰고 있어요. 음악을 들으면 할아버지는 가족이 생각나고 가족에게 일어난 일들이 떠오르잖아요."

"그래. 그렇지만 그게 다는 아니란다, 셜리."

할아버지는 주저했다.

"떠나보내는 것이 최선이라고 아까 말했잖니. 나는…… 나는 아주 오랫동안 끌어안고 있던 것을 떠나보낼 생각이란다. 아우슈비츠 강제수용소에서 무슨 일이 있었는지 좀 더 말해 주고 싶구나. 그 이야기를 들을 테냐?"

그 말을 듣는 순간 모든 게 달라질 거라는 생각이 들었다. 할아버지의 이번 이야기를 들을 준비가 되었을까? 나는 고개를 끄덕였다. 할아버지는 마치 기도하듯 두 손을 모아 입술에 갖다 댔다. 그리고 잠깐 감았던 눈을 뜨고 나를 바라보았다.

"너무 힘드시면 이야기 안 하셔도 돼요."

"그럴 수가 없단다. 셜리 너에게 꼭 말해야 할 것 같거든. 무슨 일이 있었는지 말해 주고 싶구나. 괜찮겠니?"

"그럼요, 할아버지. 듣고 싶어요."

할아버지는 심호흡을 한 뒤 이야기를 시작했다.

"기차에서 내렸다고 말했지?"

"거기까지 하고 그만두셨어요."

할아버지가 주억거렸다.

"기차에서 그 끔찍한 곳에 내리자마자 경비대가 우리를 한 줄로 세웠단다. 우리는 걸어서 어떤 장교 앞에 이르렀는데 장교의 군모 정면에는 두개골과 엇갈린 뼈가 새겨져 있더구나. 나는 그 휘장에서 눈을 뗄 수 없었어. 독일에서는 그것을 토텐코프 즉 해골이라고 불렀단다. 딱 맞는 이름이었지. 장교는 우리를 위아래로 훑어본 뒤 손을 이런 식으로 내저었어."

할아버지는 손으로 이쪽과 저쪽을 번갈아 가리켰다.

"그 장교의 지시에 따라 사람들은 왼쪽이나 오른쪽으로 움직였어. 우리 어머니는 왼쪽으로 가게 되었어. 아버지와 형들과 나는 오른쪽으로 갔지. 그때는 뭐가 뭔지 몰랐어. 나중에 알고 보니 왼쪽은 곧장 죽음으로 가는 길이었단다. 가스실이 있었거든."

할아버지는 다시 한번 눈을 질끈 감았다.

나는 아우슈비츠나 집단 처형장의 가스실에 대해서는 물론 알고 있었다. 몇 년에 걸쳐 수백만 명의 사람들을 콘크리트 건물에 집어넣고서 천장의 구멍으로 독가스를 살포했다. 사람들이 그런 식으로 죽어 갔다고 생각하자 온몸이 떨렸다.

할아버지가 눈을 떴을 때 눈가에는 눈물이 고여 있었다. 할아버지는 눈물을 닦아 내고서 말을 이었다.

"나는 여전히 바이올린을 갖고 있었어. 지금 식당에 놓여 있는 저 바이올린을 마치 살아 있는 생명처럼 가슴에 꼭 품고 있었단다. 어떤 장교가 바이올린을 보고는 나를 세웠어. 그리고 연주할 줄 아냐고 묻기에 고개를 끄덕였지. 장교는 나에게 오케스트라에서 연주하라고 지시를 내렸어. 나만 빼놓고 아버지와 형들은 어딘지 모를 곳으로 끌려갔지. 아주 무서웠는데도 조금 긴장이 풀리고 마음이 놓였단다. 음악이 있다면 그럭저럭 괜찮은 곳이라고 생각했거든. 그러나 얼마나 그릇된 생각인지 금세 알게 되었지. 아우슈비츠 오케스트라. 설리야, 우리가 뭘 했을지 짐작이 가니?"

나는 속삭였다.

"아니요."

"우리는 수감된 사람들이 일터로 나가고 돌아올 때 음악을 연주했어. 경비대의 지시에 따라 수감자들이 발맞춰 행진하도록 연주했던 거야."

할아버지는 북을 치듯 탁자를 두들겼다.

"수감자들이 서둘러 걸어가게끔 이처럼 빠른 속도로 연주해야만 했어. 한 발 한 발 내딛는 것조차 힘들 만큼 가엾은 사람들이 대부분이었지만 어쩔 수 없었어. 우리는 몇 주 동안 연주를 이어 갔지. 아버지와 형들은 어디로 보내졌는지 여전히 알 수가 없었단다. 나는 다른 연주자들과 막사에서 지냈거든. 아버지와 형들은 거기 연주자들보다 실력이 훨씬 뛰어났어. 그래서 오케스트라 담당자에게 그런 사실을 이야기했지만 아무 소용없었지. 우리 가족이 지나가는 모습을 볼 수 있기를 날마다 간절히 바랐어. 마침내 큰형인 아론을 보게 되었지. 처음에는 아론 형을 몰라볼 뻔했단다. 몇 주 만에 만난 형은 비쩍 마르고 허약해져서 해골처럼 보였거든. 형과 눈을 겨우 마주치고는 아버지와 레오 형은 어찌 되었냐며 눈썹을 치켜올렸지. 아론 형은 고개를 흔들며 걸음을 옮겼어. 어머니에 이어 아버지와 레오 형도 죽었다는 것을 알 수 있었어."

눈물이 할아버지 얼굴을 타고 줄줄 흘러내렸다. 나는 손을 뻗어 할아버지 팔을 붙잡았다. 가슴 아픈 이야기를 전하며 고통스러워하는 할아버지를 보고 있기가 힘들었다. 할아버지는 이미 충분히 고통받았기 때문이다.

할아버지는 내 손을 잡고 말을 이었다. 할아버지의 목이 메어 있었다.

"어느 날 오케스트라는 새로운 임무를 맡게 되었어. 나와 가족이 처음 발을 내디뎠던 승강장에서 날마다 연주를 들려주었던 거야. 우리더러 아우슈비츠에 새로 도착한 사람들을 환영하라고 했거든. 사실은 죽음으로 향하는 사람들에게 연주를 들려주는 것이었지. 몇몇 유대인들은 우리 앞을 지나가며 손을 흔들었어. 그들의 얼굴 표정을 보니 무슨 생각을 하는지 짐작이 되더구나. 오케스트라에서 연주하라는 말을 듣고 내가 처음에 떠올렸던 생각이었어. '음악이 있는데 여기가 그렇게 나쁘기야 하겠어?' 그들의 얼굴을 보지 않으려고 눈을 감았어. 어린아이들의 얼굴을 보는 것은 특히 견딜 수 없었단다. 아름답고 조그만 얼굴들은 순진무구했어. 아무 죄 없는 생명들이 너무 많이……."

할아버지는 진땀을 흘렸고 나도 마찬가지였다. 나는 할아버지의 팔을 꽉 붙잡았다.

"게다가 내가 아는 것을 그들은 모르고 있었어. 왼쪽으로 보내진 사람들은 죽은 목숨이었거든. 나는 죽으러 가는 사람들을 바라보며 음악을 연주했어."

가슴이 조여들어 숨쉬기가 힘들었다. 할아버지의 표정에서 한없는 슬픔과 커다란 고통이 느껴졌다.

내가 입을 열었다.

"할아버지. 전부 다 말씀 안 하셔도 돼요. 그만하고 숨을 한번 깊이 들이마시면……."

할아버지가 손을 들어 내 말을 막았다.

"지금 끝내지 않으면 앞으로 영영 못 할 것 같구나."

내 기운이 전해지기를 바라며 할아버지의 팔을 꽉 붙잡았다.

할아버지는 다시 이야기를 시작했다.

"오케스트라에 어떤 남자가 있었어. 이름이 요제프인데 우리 아버지처럼 클라리넷을 연주했지. 요제프와 나는 친해진 뒤로 무조건 서로 도우며 지냈단다. 빵 한 조각도 나누었고 서로 머리에서 이를 잡아 주었어. 그런 곳에서 의지할 사람이 있다는 것은 무척 중요했어. 둘 중 하나가 축 처져 있으면 다른 사람이 보살펴 주었거든. 그렇게 우리는 간신히 기운을 냈어. 아론 형이 작업 중에 총에 맞아 죽었다는 소식을 들었을 때도 요제프가 지켜 주었어. 그때 나에게는 요제프밖에 없었어. 요제프는 우리 마을과 가까운 곳에서 살았어. 아내와 아들은 숨어 있다고 넌지시 말해 주었단다. 요제프는 아내와 아들의 사진 한 장을 몰래 갖고 수용소로 들어왔어. 그러고는 클라리넷 케이스의 안감에 감춰 두었지. 밤이 되면 사진을 꺼내 보여 주며 가족이 무사하기를 기도했단다. 어느 날 우리는 승강장으로 가서 기차를 타고 도착한 유대인들에게 연주를 해 주고 있었어. 요제프는 여느 때처럼 내 옆에 서 있었지. 갑자기 요제프가 연주를 멈추더구나. 고개를 슬쩍 돌려 보니 요제프가 기차에서 시선을 떼지 못하고 있었어. 입이 쩍 벌어졌고 얼굴에서는 핏기가 사라졌어. 나는 요제프가 아픈 줄 알고 말을 건네려고 했지. 그런데 요제프가 비명을 지르지 뭐냐. 요제프의 시선을 따라가고서야 무엇을 보고 있는지 알았단다. 아내와 아들이 기차에서 내렸던 거야. 바로 사진에서 본 사람들이었지. 두 사람이 손짓에 따라 왼쪽으로 가는 것을 요제프와 나는 지켜보았어. 요제프는 아무 말이 없었어. 그러더니 어떻게 했는지 아니?"

나는 힘없이 고개를 내저었다.

"요제프는 손에 들고 있던 클라리넷을 바닥에 내려놓더구나. 그러고는 오케스트라를 빠져나와 승강장을 가로질러 갔단다."

할아버지는 내 눈을 지그시 쳐다보며 덧붙였다.

"요제프는 가스실로 향하는 아내와 아들을 따라갔던 거야."

나는 주방 탁자에 머리를 대고 흐느꼈다. 죽음을 당한 친척들을 떠올리며 눈물을 흘렸다. 전혀 몰랐던 요제프라는 불쌍한 남자의 이야기가 가슴에 사무쳐서 울었다. 그런 지옥을 겪다가 결국 살아남게 된 다정하고 친절한 할아버지 생각에 울음이 터져 나왔다.

할아버지는 나를 굳이 말리지 않았다. 그저 울도록 내버려 두었다. 이윽고 내가 고개를 늘었다.

"그 뒤로 나도 요제프처럼 악기를 내려놓고 죽음을 따라가고 싶은 마음이 수시로 들더구나. 그런데 무슨 이유였는지 그러지 않았어. 전쟁이 끝나고 아우슈비츠가 해방될 때까지 버텼던 거야. 내 가족, 아니 나와 너의 가족은 세상을 떠났지만 나는 살아

남았어. 그러나 수많은 사람들이 가스실로 걸어가던 모습은 잊을 수가 없더구나. 더구나 내 바이올린 소리에 맞춰서 모두 걸어 갔으니까. 전쟁이 끝날 때까지 나에게 음악은 죽음의 주제였어. 이해되니, 셜리? 지금까지 왜 할아비가 어디에서도 음악을 가까이할 수 없었는지 이해할 수 있겠어?"

나는 말없이 고개만 끄덕였다.

"내 바이올린 줄이 망가진 것처럼 나도 망가져 버렸어. 그리고 그대로 지내 왔어. 음악이 주는 즐거움을 까맣게 잊고 있었지. 너와 벤 모건의 노래를 듣고서야 다시 기억나더구나. 그래서 기뻤단다."

나는 할아버지와 함께 주방 탁자에서 한참 동안 앉아 있었다. 들리는 것이라고는 벽시계의 째깍째깍 초침 소리뿐이었다. 우리 둘 다 말이 없었다. 특별히 나눌 말도 없었다. 그저 할아버지 곁에 있고 싶었고 할아버지도 내가 가까이 있어 주기를 바라는 것 같았다.

마침내 집에 갈 시간이 되었다. 코트를 걸치며 할아버지에게 램지 선생님을 만나러 병원에 갔던 일을 이야기했다.

"선생님은 괜찮을 거래요. 그렇지만 학교로 돌아오시기까지는 시간이 오래 걸린대요."

"그럼 완전히 끝난 거냐? 연극이?"

"완전히 끝난 거죠."

할아버지가 한숨을 쉬었다.

"내년을 기대해야지."

그건 너무너무 먼 얘기였다. 그동안 어떤 일이 벌어질지 누가 알겠는가?

내가 대답했다.

"내년을 기대해야죠."

할아버지를 오랫동안 껴안았다. 그러고는 물었다.

"이제 좀 괜찮으세요? 모두 이야기하셨는데 어떠실까 해서요."

"할아비야 잘 지내겠지. 저기 말이다, 셜리. 한 가지 더 말해 주고 싶구나."

또 뭘까?

"벤 모건을 포기하지 마라. 바라는 것이 있으면 끝까지 가 봐야지. 그러겠다고 약속해 다오."

나는 배시시 웃으며 끄덕였다.

"저녁에 전화드릴게요."

그렇게 말하고는 문밖으로 나갔다.

23

밤에 잠을 설쳤다. 할아버지가 해 준 이야기가 머릿속에서 계속 맴돌았다. 끔찍한 순간들과 소름 끼치는 장면들이 자꾸 되살아나서 마치 그곳에 머물다 온 것 같았다. 아침이 밝았을 때 머리가 무지근해서 들고 있기도 힘들었다.

아침 식사를 할 때 한마디도 안 했다. 다행히도 엄마 아빠는 아무것도 묻지 않았다. 할아버지가 꺼낸 이야기를 엄마 아빠에게 전할 수 없었다. 할아버지의 안전이나 건강과 관련된 일이 아니었기 때문이다. 엄마 아빠에게 과거를 밝힐지 말지는 할아버지가 결정할 일이었다.

집을 나와 학교로 가게 되어서 다행이었다. 학교에서 친구들과 어울리다 보면 그 생각을 떨쳐 버릴 수 있기 때문이다.

점심시간에 나타샤가 내 접시의 감자튀김을 다시 몇 개 집어 입에 쏙 넣었다. 자기 감자튀김을 다 먹은 뒤 내 것까지 거의 해

치우고 있었다.

내가 말했다.

"그렇게 많이 먹는다는 게 난 믿기지 않아."

나타샤가 대꾸했다.

"연극이 끝났다는 게 난 믿기지 않거든."

"그래, 실감이 안 나기는 해."

나타샤가 물었다.

"오히려 잘된 것 아니야?"

"누구 약 올려?"

"자, 솔직히 생각해 봐. 시간에 쫓기지도 않고 부담도 없어졌어. 게다가 수백 명의 사람들 앞에서 망신당할 일도 전혀 없을 테고."

"나타샤 넌 잘 해냈을 거야. 우리 모두 마찬가지였겠지. 정말 특별한 순간으로 남았을 텐데."

"연극이 그렇다는 거야, 아니면 너와 벤 선배의 관계가 그렇다는 거야?"

"우선 나와 벤 선배는 그냥 *친구 사이야.* 그리고 우리는 며칠 동안 말도 못 해 봤어."

"아, 그건 내가 해결해 줄게."

나타샤가 그렇게 말하고 내가 말리기도 전에 벌떡 일어났다.

나타샤는 힘껏 소리쳤다.

"벤 선배!"

나타샤가 바라보는 쪽으로 내 눈길이 따라갔다. 벤이 미식축구부 선수 여러 명과 식당을 걸어가고 있었다. 벤은 손을 흔들고 싱긋 웃었다. 나도 살짝 손을 흔들었다. 벤은 친구들에게 돌아서서 뭔가 이야기했다. 혹시 "연극이 끝났는데도 쟤들은 우리가 여전히 친구라고 생각한다는 게 믿어지니?"라고 말하는 건 아닐까?

벤은 한 친구의 어깨를 툭 치고는 우리 쪽으로 걸어왔다.

나타샤가 내 감자튀김을 몇 개 더 손에 들고 말했다.

"어서 와."

"안녕, 나타샤. 골데, 우리가 헤어진 뒤로 어떻게 지냈어?"

"힘들었어. 그래도 나타샤 덕분에 그럭저럭 지내는 중이야."

벤은 식판을 내려놓고 내 옆에 앉았다. 나타샤가 손을 뻗어 벤의 감자튀김을 하나 집었다.

벤이 식판을 내 쪽으로 밀었다.

"너도 좀 먹을래?"

나는 두세 개 집었다.

"선배 걸로 배를 채워야겠다. 나타샤가 내 감자튀김을 거의 다 먹어 치웠거든. 고마워."

"천만에. 연습 그만두고서 그동안 어떻게 지냈어? 혹시 후유증 같은 것 없었어?"

나는 어깨를 으쓱했다.

"괜찮은 것 같아. 선배는?"

"그 어수룩한 바이올린 연주자의 연주를 밤새 듣다가 결국 깨어난다니까."

내가 말했다.

"정말 고역이겠다."

"셜리 네 할아버지가 오셔서 대신 자장가를 연주해 주시면 안 될까?"

나타샤가 소리쳤다.

"말도 안 돼! 난 선배보다 훨씬 오래전부터 셜리랑 친구였다고. 그런데도 할아버지 연주를 들어 본 적이 없단 말이야."

내가 알려 주었다.

"할아버지 연주는 나랑 벤 선배밖에 못 들었어. 엄마 아빠한테도 아직 연주를 안 들려주셨거든."

벤이 물었다.

"정말?"

나는 끄덕였다.

"악보도 없이 연주하신다는 것이 너무 놀랍더라."

"할아버지는 노래를 한 번만 들으면 그대로 연주할 수 있대."

"네 할아버지는 여러 사람들 앞에서 꼭 연주를 하셔야 돼."

내가 대꾸했다.

"전에 하셨어. 그래서 문제가 된 것 같아."

"그래? 무대 공포증이 있으신 거야?"

나는 솔직히 말하고 싶었지만 뭔가 께름칙했다.

나타샤가 재촉했다.

"어서, 셜리. 무슨 사연인데? 말해 줘!"

할아버지를 배신해도 될까? 할아버지의 이야기는 언제나 부담스러웠다. 그래서 다른 것을 생각할 겨를이 없었다.

벤이 말했다.

"하고 싶을 때 해."

부모님에게 말하지 않는 것은 간단했다. 그런데 친구들에게는 말해도 될까? 나타샤는 내 고민을 모두 들어주는 사람이다. 그리고 벤은…… 어, 믿을 수 있는 사람이다.

나타샤가 말했다.

"우리에게 말해도 절대 새 나가지 않을 거야."

벤이 맞장구를 쳤다.

"그래. 여기에서 들은 이야기는 무조건 비밀을 지킬게."

"정말로 *아무한테도* 말하면 안 돼."

그러고서 나는 목소리를 낮췄다.

"우리 부모님은 물론이고 할아버지한테도 말하지 마."

나는 벤을 노려보았다. 비밀에 관해서 실수를 저질렀기 때문이다.

나타샤가 대답했다.

"약속할게."

"나도. 꼭 지킬게."

벤의 다짐에 나는 숨을 깊이 들이마시고 시작했다.

"둘 다 우리 할아버지의 지난 일에 대해서는 알고 있잖아."

나타샤가 말했다.

"정말 소름 끼치는 일을 겪으셨지."

벤이 덧붙였다.

"이 세상에 그런 악랄한 일이 벌어졌다니 이해가 안 돼."

"할아버지 가족, 아니 *내* 가족분들이 다 돌아가신 것도 알지?"

두 사람은 굳은 표정으로 끄덕였다.

"그분들은 붙잡혔을 때 강제수용소로 짐짝처럼 실려 갔어."

"짐짝? 그렇게 말하니까 택배 트럭에 차곡차곡 쌓아 둔 물건이 떠오르잖아."

나타샤는 그 말을 끝내고서 후회하는 표정을 지었다.

"미안해…… 그런 끔찍한 일을 농담거리로 삼을 생각은 없었어."

"나도 일아. 때로는 농남을 해야 그 끔찍한 일들이 조금은 현실이 아닌 것처럼 느껴져."

나는 나타샤의 손을 가만히 토닥거렸다.

"할아버지와 가족은 엄청나게 많은 유대인들과 함께 가축용

열차에 빼곡하게 실린 채 수용소로 보내졌어. 바로 아우슈비츠 강제수용소였어.”

벤이 한마디 했다.

“사람이 다른 사람에게 절대 해서는 안 될 짓이었지.”

내가 끄덕였다.

“그래, 정확히 맞았어.”

벤이 대꾸했다.

“9·11사건 때도 그런 생각이 들었어. 물론 두 사건의 결과는 차이가 있지만.”

쌍둥이 빌딩이 무너지는 모습이 생생히 떠올랐다. 그 장면은 내 머릿속에 언제까지 남아 있을까? 할아버지는 두 눈으로 본 모습들을 어떻게 지웠을까?

벤이 힘주어 말했다.

“아우슈비츠. 어마어마한 사람들의 목숨을 빼앗은 악명 높은 곳이었어. 네 할아버지와 이야기를 나누고서 거기에 관해 읽어 보았거든. 좀 더 알아보고 싶어서.”

“역사상 가장 많은 숫자의 살인이 일어난 곳이었지.”

내 대답에 벤이 덧붙였다.

“백만 명이 넘었으니까.”

나타샤가 물었다.

“그럼 거기에 갔던 사람들은 모두 목숨을 잃었어?”

내가 설명했다.

"고된 일을 떠맡기도 했지. 그 사람들은 바로 죽지는 않았어. 우리 할아버지도 운 좋게 살아남으셨어. 바이올린 덕분에."

벤이 물었다.

"바이올린이 할아버지를 구했다고?"

"선배가 보았던 바이올린이야. 할아버지가 어렸을 때 연주하시던 바이올린이지. 할아버지는 그걸 수용소로 가져가셨어. 그리고 그 바이올린 덕분에 오케스트라 단원이 되었던 거야."

갑자기 가슴이 조여들었다. 할아버지에게서 이야기를 들을 때와 똑같은 느낌이었다. 과연 끝까지 말할 수 있을지 자신이 없었다. 그렇다고 멈출 자신도 없었다. 나는 심호흡을 했다.

나타샤가 물었다.

"아우슈비츠에 오케스트라가 있었어?"

나는 할아버지의 이야기를 두 사람에게 들려주었다. 이야기는 막힘없이 흘러나왔다. 드디어 요제프에 대한 이야기까지 이르렀다. 클라리넷을 내려놓고 아내와 아들을 따라 죽음으로 걸어갔다고 알려 주었다.

나타샤는 눈물을 흘렸고 벤도 눈가가 촉촉했다. 아무래도 내 마음을 가볍게 하려고 두 사람에게 무거운 이야기를 옮겨 놓았나 보다.

내가 마침내 입을 열었다.

"이야기를 괜히 했나 봐."

벤이 말했다.

"난 고맙게 생각하고 있어. 할아버지가 바이올린을 연주하지 않으려던 이유는 음악을 들으면 그때 일이 모두 떠올랐기 때문이지?"

"응, 할아버지도 그렇게 말씀하셨어. 자신의 음악이 죽음의 주제가로 느껴지셨대."

"과연…… 어느 누가…… 할아버지처럼 용감하고 씩씩하게 버틸 수 있었을까?"

내가 대답했다.

"난 그렇게 꿋꿋하게 못 버텼을 거야."

벤이 덧붙였다.

"더구나 할아버지는 용기 있게 바이올린을 다시 연주하셨잖아."

나타샤가 물었다.

"그 긴 세월 동안 잠자코 계시다가 왜 갑자기 마음이 바뀌셨어?"

"할아버지 말씀으로는 나와 벤 선배 때문이래."

"우리 때문이라고?"

"우리 노래를 들으며 음악이 주는 즐거움을 다시 깨달으셨대."

벤의 눈이 왕방울처럼 커졌다.

"우리를 믿고 이야기해 줘서 고마워. 무조건 비밀을 지킬게.

그렇지 나타샤?"

나타샤는 뭔가 말하려다 입을 다물었다. 그리고 고개를 끄덕였다.

벤이 말했다.

"할아버지를 다시 만나러 가도 되는지 여쭤봐 줄래?"

"내가 한 이야기는 절대 꺼내면 안 돼."

"당연하지. 그냥 할아버지랑 이야기하고 싶어서 그래."

종이 울렸다. 크고 길고 요란했다. 주변에서 다들 물건을 서둘러 챙긴 뒤 교실로 향했다. 우리 세 사람도 일어났지만 걸음을 떼지 못하고 그 자리에 서 있었다. 누군가 움직이기를 기다리거나 자리를 어떻게 떠나야 할지 모르는 것 같았다.

벤이 침묵을 깨고 말했다.

"나 이번 수업에 늦으면 안 되거든."

내가 말했다.

"그래, 우리 어서 가야 해."

그러나 아무도 움직이지 않았다. 그저 가만히 서 있었다.

이윽고 벤이 한쪽 팔은 나에게 다른 쪽 팔은 나타샤에게 둘렀다. 사람들이 줄 시어 지나가는 동안 우리는 그렇게 거기에 서 있었다.

24

이 삼일 뒤에 〈지붕 위의 바이올린〉 출연진과 제작진이 강당에서 열리는 회의에 참석하게 되었다. 연기자들과 무대 설치 팀과 음악부가 빠짐없이 자리했다. 심지어 늘 침묵을 지키며 피아노 앞에 앉아 있던 네바레즈 선생님도 강당 뒤쪽에 자리를 잡았다. 그 자리에 올 수 없는 램지 선생님만 빠진 상태였다.

다시 모이자 스스럼없고 소란스러워서 마치 4일 전에 졸업한 고등학교 동창 모임처럼 보였다. 그래, 졸업이라는 표현은 맞지 않다. 우리는 낙제생들이었다. 마지막 과제를 마치지 못했기 때문이다.

나타샤가 물었다.

"얼마나 기다려야 돼?"

벤이 시계를 보았다.

"지금 3시 38분이니까 겨우 몇 분 지났어. 금방 나타나실 거야."

다들 오늘 회의를 소집한 교장 선생님을 기다리는 중이었다.

모하메드가 말했다.

"교장 선생님이 왜 우리를 만나려고 하시는지 정말 궁금하다."

민디가 끼어들었다.

"연극이 취소되었다는 것을 공식적으로 발표하시려나 봐."

나도 한마디 했다.

"지난번에 램지 선생님에 대해 이야기하면서 간단히 말씀하셨잖아."

벤이 말했다.

"아니야. 교장 선생님은 연극 문제를 해결하려고 사람을 찾고 계셔. 나에게 그렇게 말씀하셨어."

내가 물었다.

"그럼 누구를 찾아내셨나?"

벤이 고개를 흔들었다.

"희망적이지는 않아. 어쨌든 교장 선생님이 열심히 알아보고 계시거든. 이번 일로 속상하신가 봐."

민디가 말했다.

"우리만큼 속상하시지는 않겠지. 우리끼리 공연하겠다고 하면 허락해 주실까?"

벤이 대답했다.

"벌써 여쭤봤어. 교장 선생님은 우리 연극을 맡아 줄 분과 업

무를 진행할 교직원이 반드시 필요하다고 하셨어."

"저분은 어떨까?"

내가 네바레즈 선생님 쪽을 슬쩍 가리켰다.

"교장 선생님이 맡아 줄 수 있는지 여쭤봤대. 네바레즈 선생님은 피아노만 치겠다며 사양하셨어."

민디가 말했다.

"차라리 잘된 것 같아. 네바레즈 선생님은 연출과 거리가 멀어."

나타샤가 말했다.

"우리를 도와줄 선생님이 학교에 없다는 것이 믿어지지 않아."

내가 말했다.

"솔직히 나이 든 선생님이 와서 우리를 지켜보기만 한다면 무슨 소용 있겠어. 우리에게는 실력과 경험이 풍부한 선생님이 필요해. 램지 선생님도 힘겨워하셨잖아. 그러니까 수학 선생님이나 미식축구부 코치님이 발 벗고 나선다고 해도 연극에 별로 도움이 안 돼."

나타샤가 농담을 했다.

"미식축구부의 모리슨 코치님이 오신다면 정말 웃기겠다. 코치님의 고함 소리가 들리는 것 같아. '음이 엉망진창이군, 그걸 춤이라고 추는 거야? 다들 엎드려서 팔굽혀펴기 20회 실시!'"

갑자기 뒷문이 열리고 교장 선생님이 들어왔다. 말소리는 순식간에 잦아들었다. 얼마나 잠잠한지 교장 선생님이 통로를 걸어가는 소리가 뚜벅뚜벅 들릴 정도였다. 궁금해서 교장 선생님의 표정을 주의 깊게 살폈다. 어쩐지 심각해 보였다. 그런데 다시 생각해 보니 교장 선생님은 항상 심각한 표정이었다.

교장 선생님이 무대 앞에서 걸음을 멈췄다.

"기다리게 해서 미안하구나. 왜 모이라고 했는지 다들 궁금할 거야."

모두 고개를 끄덕이거나 조그맣게 대답했다.

교장 선생님이 말을 이었다.

"다들 얼마나 힘들지 잘 알고 있단다. 설레는 마음으로 열심히 노력했는데 공연이 연기된다니 무척 속상하겠지."

나타샤가 나에게 속삭였다.

"방금 '연기'라고 말씀하신 거 맞지? 무슨 뜻일까?"

나는 고개를 저었다. 그건 우리의 희망 사항일 뿐이었다.

교장 선생님의 말은 계속되었다.

"공연 준비를 거의 끝냈다고 해서 더 안타까웠어. 벤과 면담하며 듣자니 65퍼센트에서 70퍼센트 정도 이뤄졌다던데."

무대 설치 팀의 팀장인 케빈이 나섰다.

"무대 세트는 95퍼센트 완성되었습니다."

"그래, 결승선까지 거의 다 와서 취소되었다는 말을 들으면 누구라도 속상할 거야."

'취소'라는 말이 나왔다. 결국 그 이야기를 하려고 마련한 자리였다. 차라리 교장 선생님한테 직접 듣는 게 더 나았다. 그래야 우리도 속이 후련할 테니까. 이제 위로의 말이 나올 차례였다.

교장 선생님은 손목시계를 내려다보았다. 어디 가시려는 건가? 아니면 나쁜 소식을 전하기가 힘들어서 시간을 끄는 걸까? 어쨌든 이번 일은 교장 선생님이 처리해야 할 가장 중요한 임무 아닌가?

교장 선생님이 말했다.

"연극 공연은 4월 23일부터 4월 27일까지 열릴 예정이었어."

벤이 물었다.

"5월 말로 연기하면 램지 선생님이 돌아오시지 않을까요?"

교장 선생님이 대답했다.

"그러기가 어려워. 공연을 5월로 미루면 학교의 다른 행사와 겹치게 돼. 게다가 램지 선생님의 부상이 심각해서 가을 학기 중에나 퇴원하실 것 같아. 그러면 여러 학생들이 졸업하고 없을 때야(우리나라와 달리 미국은 8월이나 9월에 1학기인 가을 학기를 시작하고 6월쯤 졸업을 한다.—옮긴이)."

교장 선생님은 손목시계를 다시 흘끔거리고는 문을 바라보았다.

교장 선생님의 말이 이어졌다.

"다들 알겠지만 봄마다 열리는 연극 공연은 20년 넘게 우리 학교의 대표적인 행사가 되었어. 연극에 참여하려고 우리 학교에 들어온 학생들도 있을 거야.”

내가 이 학교에 입학한 이유 중 하나도 바로 연극 공연이었다.

“학교 전통을 이어 가기 위해 여러 선생님들에게 몇 번이나 부탁해 보았어. 그런데 시간이 여유가 있고 연출 실력을 갖춘 선생님은 찾지 못했단다.”

자, 이제 결론이 나올 차례다.

“실력이 부족한 교사들 목록에서는 내 이름이 가장 위에……, 아니 여러분이 보기에는 가장 아래에 있다고 해야겠지.”

교장 선생님은 다시 시계를 보았다.

“그래서 내 발표가 무척 놀라울 거야. 자, 이번 연극의 진행을 맡게 된 새로운 선생님을 소개하마. 바로 나야.”

“교장 선생님이요?”

나도 모르게 큰 소리로 불쑥 내뱉은 뒤 손으로 입을 막았다. 충격을 받은 것은 나뿐만이 아니었다.

벤이 물었다.

“공연을 다시 한다는 말씀이신가요?”

“그렇지!”

그 자리에 모인 학생들은 어리둥절해서 잠시 침묵하다가 별안간 환호성을 지르면서 서로 껴안고 난리 법석을 떨었다.

축하의 분위기가 잠시 이어진 뒤 교장 선생님이 다들 조용히 하라며 두 손을 들었다.

"몇 가지가 달라질 거야. 우선 첫 공연을 미루려고 해. 4월 30일을 공연 시작 날로 잡았어."

"좋아요. 앞으로 4주 남았잖아요. 그 정도 시간이면 우리에게도 충분해요."

민디의 말에 다들 맞장구를 치며 고개를 끄덕였다.

"5월 4일 토요일의 마지막 회까지 총 다섯 번을 공연하는 거지."

"교장 선생님이 아니었으면 다섯 번의 공연은 꿈도 못 꿨을 거예요. 제가 대표로 감사드립니다."

벤이 기쁨에 겨워 소리쳤다.

민디가 말했다.

"한 가지 질문이 있는데요."

"궁금한 게 엄청 많겠지. 민디야, 어서 물어봐라."

"음, 죄송하지만 교장 선생님은 연출 경험이 없으신데 저희를 어떻게 가르치실 건가요?"

교장 선생님은 고개를 흔들었다.

"아, 난 여러분을 가르치지는 않아. 그저 공연 관련 업무를 처리할 뿐이야. 절차상 교직원이 없으면 일이 진행될 수 없거든. 연출을 맡을 분은 외부에서 오실 거야. 그분의 뮤지컬 경력은 정식으로 공부를 한 램지 선생님과 다소 다른 편이란다."

나는 엉뚱한 생각이 들었다. 혹시 아빠가 한번 해보겠다고 결심했나?

"여러분에게 오늘 소개하려고 했는데 아무래도 늦으시나 보다. 내일 아침 연습 때 만나야겠구나."

인기척이 느껴져서 문 쪽으로 고개를 돌렸다. 웬 남자가 정장과 모자 차림으로 걸어오는데⋯⋯.

벤이 물었다.

"셜리, 너네 할아버지 아니셔?"

벤이 그 말을 꺼내기 전에 이미 알고 있었다. 심장이 철렁 내려앉았다. 엄마 아빠에게 무슨 일이 생겼나? 그래서 할아버지가 온 걸까? 혹시⋯⋯?

교장 선생님이 입을 열었다.

"시간을 딱 맞춰서 오셨군요. 우리의 새로운 연출가를 뜨거운 박수로 맞이합시다!"

25

귓 속이 쿵쾅거리고 머릿속이 어지럽게 빙빙 돌았다. 교장 선생님이 우리 할아버지를 〈지붕 위의 바이올린〉의 새로운 연출가라고 소개한 게 맞나? 우리 할아버지를? 내 기억에 라디오를 듣거나 CD를 틀거나 공연장에 앉아 본 적이 없는 분을? 음악이 커다란 고통일 수밖에 없었던 끔찍한 이유를 얼마 전에야 털어놓으신 분을? 그런 분이 갑자기 나서서 우리 연극 작품을 도와주신다고? 생각이 꼬리를 물고 이어졌다. 어쩐지 이상야릇하고 황당했으며 어처구니가 없었다. 무엇보다 이 상황이 눈곱만큼도 맘에 들지 않았다!

정신을 차리려고 내 앞의 좌석을 꽉 붙들었다. 강당에 모인 출연자 친구들은 놀라고 당황한 채 왜소한 노인이 방문객 배지를 달고 주름 가득히 웃으며 통로를 내려오는 모습을 지켜보았다. 할아버지는 넥타이를 매만진 뒤 중절모를 벗고 우리에게 다가왔다.

교장 선생님이 목청을 가다듬었다.

"여러분의 새로운 연출가인 토비어스 버먼 선생님을 소개합니다."

다들 주저하며 느릿느릿 박수를 쳤다. 뜨거운 박수는 아니었지만 깍듯하고 정중했다. 가장 열렬하게 박수를 친 사람은 벤뿐이었다. 벤은 마치 미식축구 시합에서 승리한 듯 소리를 지르고 환호를 보냈다. 다른 출연자들은 그 모습이 이상했는지 웅성거리며 벤을 바라보았다.

처음에는 주변의 소곤대는 이야기가 들리지 않았다. 귀에서 심장박동 소리만 울릴 뿐이었다. 얼굴은 뜨겁게 달아올랐다.

할아버지는 강당 앞으로 와서 교장 선생님과 악수를 나누었다.

"택시 운전사가 착하기는 한데 길을 전혀 모르더군요. 나도 뾰족한 수가 없었고요. 여기를 찾아온 것이 기적 같습니다."

교장 선생님이 웃음을 터뜨렸다.

"찾아오셨으니 다행입니다. 학생들에게 선생님께서 친절하고 너그럽게도 이번 작품을 맡아 주기로 하셨다고 설명하던 참입니다. 시간은 딱 맞춰서 오신 겁니다."

교장 선생님은 우리 쪽으로 몸을 돌렸다.

"버먼 선생님은 셜리의 할아버지란다. 아는 사람이 별로 없을 거야."

뜨겁게 달아오르던 얼굴은 이제 활활 타오르고 있었다. 목뒤에 땀방울이 맺혔으며 이마에서도 땀이 솟아났다. 나도 할아버지에게 환영 인사나 긴장을 덜어 주는 말을 건네고 싶었다. 그리고 할아버지가 이 자리에 와 주어서 얼마나 자랑스러운지 말하고 싶었다! 그렇지만 내 얼굴은 고작 가짜 웃음을 띠고 있을 뿐이었다. 겉으로는 웃지만 속으로는 엄청 당황해서 몸 둘 바를 몰랐다.

나를 보는 할아버지의 눈빛에는 걱정스러운 기색이 역력했다. 뭔가 잘못되었다는 생각이 드는지 머뭇거렸다. 나는 다른 사람을 속일 수는 있었다. 그러나 할아버지는 나를 너무 잘 알고 있었다. 할아버지는 어색한 듯 그 자리에 서서 모자를 다른 손으로 바꿔 들었다. 교장 선생님이 뭔가 말을 하려고 자세를 취했다. 그런데 벤이 먼저 강당 앞으로 나아갔다.

"버먼 선생님!"

벤은 소리치면서 할아버지의 손을 잡고 위아래로 흔들었다.

"여기서 뵙게 되어 너무 기뻐요."

할아버지가 대답했다.

"벤 모건, 나도 기쁘구나. 내가 저 문으로 걸어 들어올 줄은 상상도 못 했겠지."

벤은 웃음을 터뜨리고는 출연자들 쪽으로 돌아섰다.

"다들 이분을 잘 모를 거야. 버먼 선생님은 그야말로 훌륭한 음악가이셔."

그 말 한마디에 출연진과 제작진이 우르르 몰려가서 할아버지를 에워쌌다. 그러고는 질문을 쏟아 냈다.

"〈지붕 위의 바이올린〉을 잘 알고 계시나요?"

"전에도 연출을 맡으신 적이 있나요?"

"노래를 부르시나요?"

"춤을 추세요?"

"악기를 연주하세요?"

질문이 바닷가의 파도처럼 계속 밀려들었다. 나는 할아버지에게 어떤 태도를 보여야 할지 여전히 고민하고 있었다. 아울러 할아버지 때문에 곤란해하는 내 자신이 당황스러워서 물러나 있었다. 할아버지가 살짝 놀란 기색을 비치자 교장 선생님이 손을 들어 학생들을 진정시켰다.

"버먼 선생님은 여러분 질문들을 얼마든지 대답해 주실 거야. 그러니 순서를 지키도록 하자. 각자 자신의 이름과 극에서 맡은 배역을 먼저 말씀드리렴."

할아버지가 고개를 끄덕이자 출연진과 제작진이 한 명씩 나와서 자기소개를 했다. 민디가 손을 내밀어 할아버지와 악수할 때 나는 바짝 얼었다. 우리가 라이벌이라고 할아버지에게 말했던가? 기억이 니질 않았다. 생각나는 내도 북북 내뱉기 일쑤인 할아버지가 무슨 말을 할까 봐 겁이 났다. 할아버지는 민디에게 그냥 웃어 주었다.

모하메드 차례가 되자 또 걱정이 앞섰다.

"이름이 뭐지?"

할아버지는 실눈을 뜨며 손을 오므려 귀에 대고 물었다.

"모하메드입니다. 극에서 선생님 손녀딸의 사위인 퍼치크를 맡고 있습니다."

모하메드는 아이스크림을 손에 든 아이처럼 웃고 있었다. 어쩐지 어색하고 초조해 보이는 웃음이었다.

할아버지가 잠시 망설이기에 슬슬 걱정되기 시작했다. 모하메드 이름의 학생은 유대인 역에 어울리지 않는다고 말하려나? 나는 머리카락을 빙빙 돌리기 시작했다. 할아버지는 그저 고개를 끄덕이며 "흥미롭군"이라고만 중얼거렸다. 그리고 다음 사람으로 넘어갔다. *신이시여, 감사합니다!*

할아버지는 전체 출연진과 제작진을 일일이 만나고는 사람들 앞에 섰다.

"여러분 이름을 모두 외우려면 시간이 좀 걸리겠어. 내 나이가 되면 이름이 가물가물하거든. 다들 따듯하게 맞아 주어서 고맙구나."

내가 착각한 걸까? 할아버지가 마지막에 나를 똑바로 바라본 것 같았다.

"다들 내가 〈지붕 위의 바이올린〉 뮤지컬을 얼마나 잘 아는지 궁금할 거야. 사실은 몇 주 전에야 처음으로 이 연극 대본을 읽었단다."

강당 곳곳이 술렁거렸다.

할아버지가 빙긋 웃었다.

"그래, 맞아. 고작 몇 주 전이었어. 이 연극을 아냐고? 난 여러분에게 아주 중요한 것을 알려 줄 생각이란다. 가슴으로 이 연극을 느끼고 있거든."

할아버지는 한 손으로 가슴을 툭툭 쳤다.

"작품에 등장한 인물들을 속속들이 잘 알아. 심지어 이해할 수도 있어. 여러분에게 많은 것을 말해 주겠지만 우선 음악으로 시작해 보자. 바이올린 좀 빌릴 수 있나?"

극에서 바이올린 연주자를 맡은 토머스가 부리나케 달려 나가 바이올린 케이스를 가져와 할아버지에게 건넸다.

"네 악기를 연주하게 해 줘서 고맙구나."

"학교 거예요."

"어쨌든 네가 맡고 있잖니. 고맙다."

할아버지는 자리에 앉아 느릿느릿 케이스를 열고 바이올린과 활을 꺼냈다. 손가락으로 줄을 쓰윽 만져 보고 활을 살폈다. 그리고 가장자리를 어루만지다가 줄을 팅겨 보았다. 그렇게 악기를 확인하는 동안 다들 조용히 서서 지켜보기만 했다. 할아버지가 바이올린을 턱까지 들어 올렸다. 그러고는 활을 쥐고 줄을 그으며 잠시 조율을 했다. 이윽고 심호흡을 한 뒤 눈을 감고 〈지붕 위의 바이올린〉의 첫 곡을 연주하기 시작했다. 마치 몇 달 동안 연습한 것 같았다. 손가락은 줄 위로 날아다녔으며 음악에 취한 듯 몸을 좌우로 흔들었다.

침묵하고 있던 뮤지컬 단원들은 환호를 지르고 박수를 쳤다. 내 손은 움직이지 않고 그대로 있었다.

나타샤가 몸을 기울여 내 귀에 속삭였다.

"왜 그래? 할아버지가 와서 도와주는 게 별로야?"

나는 힘없이 웃었다. 썩 유쾌하지 않다는 것을 나타샤에게 어떻게 설명할 수 있을까? 아직도 내 자신을 이해하려고 애쓰는 중이었다.

이윽고 할아버지가 바이올린을 턱에서 내린 뒤 눈을 뜨고 출연진을 바라보았다.

"이제 시작해 볼까?"

26

연습이 끝난 뒤 나는 입을 꾹 다문 채 할아버지와 나란히 학교 복도에 앉아 있었다. 다른 사람들은 이미 떠난 뒤였다. 보안 요원만 복도의 저쪽 끝을 순찰하며 할아버지와 내가 아직도 그대로 있는지 가끔 살펴보았다. 나는 할아버지를 집까지 모셔다 드릴 참이었다. 그래서 택시를 불러 놓고 올 때까지 학교 정문 옆 창문 너머로 지켜보고 있었다.

머릿속은 지난 몇 시간 동안 일어난 일로 여전히 복잡했다. 할아버지가 강당으로 들어와 새로운 연출가로 소개되다니! 너무 엄청난 일이라서 아직도 실감이 안 났다. 솔직히 말해서 할아버지는 첫 연습을 상당히 매끄럽게 이끌었다. 연극 앞부분의 몇 장면에서는 출연자들의 목소리를 가만히 듣다가 곡이 아름다워지려면 음색과 음량을 어떻게 조절해야 할지 꽤 유익한 피드백을 해 주었다. 심지어 네바레즈 선생님까지 몇 번 웃게 만들었다. 그런데도 느닷없이 공연을 도와주러 온 할아버지가 썩 반갑지 않았다.

할아버지가 무겁게 내려앉은 침묵을 깼다.

"내가 이 일로 널 화나게 만든 거냐, 셜리?"

나는 한숨을 크게 내쉬었다.

"아니에요, 할아버지. 절 화나게 하신 것은 아니에요. 그냥 너무 혼란스러워서 그래요. 며칠 전, 저를 보러 공연에 올 수도 있다고 말씀하신 것만으로도 놀랄 일이었어요. 그런데 이제는 제 연출가가 되셨다고요?"

"네가 기뻐할 줄 알았지. 이번 연극을 계속하고 싶어 했잖니?"

"물론 그랬죠. 기쁘기는 해요. 그렇지만 뭐랄까…… 매복 습격 당한 기분이에요."

"그게 무슨 뜻이냐?"

"매복 습격. 느닷없이 공격 같은 것을 당했다고요."

할아버지의 눈이 휘둥그레졌다.

"공격?"

"할아버지가 절 공격했다는 뜻이 아니라요!"

대화가 점점 고약하게 흘러갔다.

"이런 일을 전혀 예상 못 했거든요."

할아버지가 고개를 흔들었다.

"내가 다 망쳐 놓았구나, 그렇지?"

나는 울음이 터질 것 같았다.

"아니요! 그게 아니라요. 제게 정리할 시간 좀 주세요. 금방 괜찮아질 거예요. 정말이에요."

침묵이 다시 한번 복도에 내려앉았다.

이윽고 내가 물었다.

"이런 일을 왜 미리 말씀 안 하셨어요?"

"네가 지난번에 와서 연극이 끝났다며 무척 속상해했잖니. 그래서 깜짝 선물을 해 줘야겠다고 생각했지."

할아버지가 힘없이 덧붙였다.

"좋은 깜짝 선물."

내가 깜짝 선물을 얼마나 질색하는지 할아버지가 몰랐다고? 깜짝 선물은 비밀만큼이나 싫었다.

"한다고 말해 놓고 혹시 못 하겠다고 물러서면 네가 실망할 수도 있으니까."

할아버지는 다시 말을 이었다.

"아까 택시 운전사 때문에 늦은 게 아니었단다. 여기에 제시간에 도착했어. 학교 밖에 서서 과연 문으로 걸어 들어갈 수 있을지 그리고 연극 연출을 해낼 수 있을지 고민했던 거야."

나는 다시 숨을 깊이 들이마셨다.

"저 알 것 같아요. 할아버지 혼자서 바이올린 줄을 사러 가셨던 것이랑 비슷하네요."

할아버지가 빙그레 웃었다.

"내 마음을 잘 아는구나."

도대체…… 무엇 때문에 나는 불편했을까? 공연을 다시 하게
되고 벤과 연습을 계속할 수 있어서 기쁘기 짝이 없었다. 그럼
뭐가 문제지? 나는 곧 깨달았다.

할아버지가 학교에 나타나자 배신감이 들었던 거다. 할아버지
는 음악에 다시 첫발을 디뎠을 때 오직 나랑…… 그러니까 나랑
벤과 함께했다. 할아버지가 마음을 털어놓은 상대도 다른 사람
이나 부모님이 아닌 바로 나였다. 그런데 우리 학교 사람들 앞에
갑자기 나타날 줄이야! 뿐만 아니라 연주까지 해 주었다. 내가
질투하고 있다는 생각이 번쩍 들었다. 할아버지뿐만 아니라 우
리 둘만의 특별한 관계까지 출연자 모두와 나눠야 할 판이었다.

그런 생각이 들자 스스로 어처구니가 없었다. 어떤 상황에서
도 무조건 내 할아버지였다. 어린 시절의 간식처럼 친구들과 굳
이 나눌 필요가 없었다.

내가 물었다.

"연극 연습할 때 집과 학교를 어떻게 오가실 건데요?"

할아버지가 새벽에 버스를 타고 왔다가 돌아가는 모습이 떠올
랐다. 그건 말도 안 되는 일이었다.

"혹시 걸어 다닌다거나 버스를 타겠다는 말씀은 하지 마세요.
절대 안 돼요!"

"너네 제임스 교장 선생님이 택시를 매번 준비하겠다고 하더

라. 마음씨가 곱기도 하지. 걱정하지 마라. 나도 조심하마."

교장 선생님을 마음씨 곱다고 칭찬하는 경우는 처음이었다. 나도 모르게 소리 내어 웃을 뻔했다.

"연습 때문에 지치시면 어떡해요? 공연이 가까워질수록 시간도 많이 뺏기실 텐데요."

할아버지가 나에게 얼굴을 돌렸다.

"셜리, 우리 사랑스러운 손녀딸아, 할아비가 지금 얼마나 젊어진 기분인지 아니? 네 할머니가 떠난 뒤로는 그저 TV를 보거나 너와 네 부모와 애덤이 오기를 기다리며 허구한 날 집에 앉아 있었잖니. 오늘은 간만에 내가 아직 쓸모 있다는 기분이 들더구나."

나는 정말 바보였다! 얼마나 이기적인지 내 입장만 생각했다. 나는 숨을 길게 들이마셨다.

"알았어요, 할아버지."

마침 택시가 학교 진입로로 들어오고 있었다.

"우리 연극을 도와주려고 애쓰셨는데 속상하게 해서 죄송해요. 이번 일은 정말 감사해요. 대신 한 가지 약속해 주세요."

나는 할아버지를 바라보며 덧붙였다.

"엄마 아빠에게 나 말씀드리는 좋겠어요. 두 분에게 더는 김추고 싶지 않아요."

할아버지는 전혀 모르지만 지난번에 넘어졌던 사고를 엄마 아빠에게 이미 털어놓은 상태였다. 그래서 이번 연출 이야기는 제대로 밝히는 것이 중요했다.

할아버지가 천천히 고개를 끄덕였다.

"이번에는 워낙 대형 사건이라 감출 수도 없단다. 비밀로 하는 것은 그만두자. 그래, 네 부모에게 다 이야기해야겠다."

"전부요?"

할아버지가 고개를 끄덕였다.

"그래, 전부 다."

"이제는 깜짝 선물도 없어야 돼요."

나는 할아버지에게 택시 문을 열어 주며 덧붙였다.

"제발요!"

마침내 할아버지가 웃었다.

"약속하마."

***

엄마 아빠는 할아버지가 연극 연출을 맡았다는 소식을 듣고 놀라워했으나 금세 차분해졌다.

엄마가 말했다.

"네가 할아버지를 가까이서 지켜볼 수 있으니까 잘됐네. 무리하시지 않게 잘 살펴야 돼."

"시범 삼아 춤추시는 일은 절대 없을 거예요!"

할아버지가 더는 감추지 않고 엄마 아빠에게 모두 밝히기로 약속한 것까지 알려 주었다.

엄마가 말했다.

"이제는 지난번의 일을 숨기지 않아도 된다니 다행이다. 시내에서 넘어지신 것도 이야기해 봐야겠어."

내가 아무 대꾸가 없자 엄마는 다 털어놓으라는 눈빛으로 빤히 바라보았다.

"좋아, 어서 해 봐. 우리에게 못다 한 말이 있지?"

나는 모조리 이야기했다. 할아버지가 강당에 나타났을 때 얼마나 어색하고 속상했는지 엄마 아빠에게 털어놓았다. 엄마 아빠는 내 솔직한 심정을 가만히 들어주었다.

"너무 터무니없죠? 연극을 다시 한다는 사실만으로도 기뻐서 환호성을 질러야 했어요. 그런데 할아버지를 다른 사람들에게 뺏길까 봐 걱정했다니까요. 마치 다섯 살짜리처럼 말이에요."

아빠가 말했다.

"아니야, 이해가 된다. 네 할아버지가 바이올린을 셜리 너에게만 들려주고 자식에게 못 했던 과거 이야기까지 털어놓아서 살짝 질투하고 있었거든. 어쨌든 난 아들이잖니!"

아빠가 그렇게 생각할 줄 전혀 몰랐다! 이제 보니 충분히 그럴 만했다.

"할아버지는 아빠를 그저 지켜 주려고 하셨어요."

"나도 그 정도는 알아. 그래도 손녀딸인 너에게만 말을 해 줘서 질투가 났어."

엄마가 끼어들었다.

"당신이 무슨 말 하는지 알겠어. 어쨌든 당신 몫의 아버님은 늘 충분하다는 것을 잊지 마."

나는 까르르 웃었다.

"엄마 말을 들으니까 할아버지가 그릇에 담긴 감자튀김 같아요."

엄마가 덧붙였다.

"넌 언제나 할아버지의 오직 하나뿐인 손녀딸이고."

나는 잠자코 있었다. 그러다 갑자기 떠올랐다.

"이 말을 듣고 웃으실지도 몰라요. 혹시 아빠가 연출가로 오시는 게 아닐까 생각했다니까요."

엄마 아빠는 웃지 않았다. 서로 눈길만 주고받았다.

아빠가 입을 열었다.

"감쪽같이 속이는 데는 소질이 없나 보다."

"무슨 뜻이에요?"

엄마가 말했다.

"널 도와주려고 아빠가 회사 일을 열심히 조정했거든."

아빠가 어깨를 으쓱했다.

"그런데 뜻대로 안 되더라고."

나는 아빠를 두 팔로 안았다.

"신경 써 주셔서 감사해요."

"내가 하고 싶었어. 우리 딸에게만 음악가의 피가 흐르는 것은 아니거든. 자, 이제는 다 잘된 거야?"

나는 한숨을 쉬었다.

"그럼요. 대신 할아버지가 당황스러운 말을 툭툭 내뱉지만 않으시면 좋겠어요."

아빠가 말했다.

"마음 내키는 대로 말하시는 네 할아버지? 셜리, 아무래도 단단히 각오해야 할 것 같다."

엄마가 거들었다.

"아빠 말이 맞아. 그저 너무 심하지 않기만을 바라야지."

27

새로운 연출가와 만나서 연습을 일곱 번 하고 나니 공연까지 3주가 남았다. 연습은 아주 순조롭게 이뤄졌다. 할아버지는 배역과 노래를 두루두루 꿰고 있었으며 무엇보다 출연진과 제작진을 빠짐없이 알아보았다.

오늘은 처음으로 연극 전체를 총연습하는 날이었다. 할아버지는 객석 맨 앞줄의 한가운데 앉아서 무대를 보며 검은색 수첩에 틈틈이 메모를 남겼다. 장면이 끝날 때마다 할아버지는 무대로 다가와 출연자들에게 감상평을 들려주었다. 가끔 좋은 평도 있었다. "대단했다", "눈물날 뻔했다", "아름다운 목소리"라고 칭찬했다. 별로 좋지 않은 평도 있었다. "내가 전에 했던 말을 벌써 잊었구나!", "좀 더 감정을 느낄 수는 없니?", "아니, 아니, 억양이 틀렸어"라고 지적했다. 또는 애매모호하고 엉뚱한 평가를 내릴 때도 있었다. "벤, 유대인처럼 생각할 필요가 있어", "셜리,

나이든 유대인 여자가 어떻게 말하는지 알잖아"라고 말이다. 어쨌든 할아버지는 내가 손녀딸인데도 전혀 봐주지 않았다.

　연습을 할 때마다 조마조마했다. 할아버지의 지적은 늘 예상을 빗나갔다. 할아버지 때문에 당황하게 될 거라는 엄마 아빠의 말이 자꾸 떠올랐다. 할아버지가 우리 학교의 사람들에게 무슨 말을 할지 전혀 감이 잡히지 않았다.

　민디가 멋진 노래를 모하메드와 힘차게 부르는 동안 나는 한쪽에 서 있었다. 모하메드는 긴장하고 있었다. 반면에 민디는 훌륭했다. 워낙 성량이 풍부해서 힘이 넘쳤다. 무대를 휘어잡는 민디에게서 눈을 뗄 수 없었다.

　장면이 끝난 뒤 각자 제자리에 서서 평가를 기다렸다. 할아버지는 벌떡 일어나 박수를 쳤다.

　할아버지가 물었다.

　"얘들아, 저 정도면 박수를 받을 만하지 않니?"

　나를 포함해서 모두가 간단히 박수쳤다.

　"민디야, 네 목소리는…… 정말 타고났구나! 너는 무대에 꼭 서야 한다는 생각이…… 저절로 들지 뭐냐."

　민디는 입이 귀에 걸릴 정도로 활짝 웃었다.

　할아버지는 말을 이었다.

　"한 가지 바라는 게 있단다. 목소리를 조금 줄여 주면 좋겠구나. 네 목소리 때문에 감정이 묻히면 안 되잖니. '넘치느니 모자란 게 낫다' 이런 속담을 들어 본 적 있지?"

민디가 고개를 끄덕였다.

"그런 것 같아요."

민디는 웃음기가 싹 사라진 채 불안해했으며 살짝 당황한 기색이었다.

"때로는 속삭임이 고함보다 낫거든. 네가 자신감을 가지면 목이 터져라 부르지 않아도 관객을 감동시킬 수 있어."

몇몇 아이들이 킥킥거렸다. 민디는 침울해 보였다.

"기억해라, 넌 운동선수가 아니라 예술가야. 무조건 크고 높고 길게 부를 필요는 없어."

할아버지가 말을 그쳤다. 민디는 긴장을 푸는 듯했다. 그러나 아직은 아니었다. 할아버지 표정을 보면 알 수 있었다. 민디에게 이야기를 다 마친 것이 아니라 생각하는 중이었다.

할아버지가 문득 물었다.

"셜리는 어디 있지?"

등골이 오싹했다.

할아버지가 다시 물었다.

"셜리야, 너 무대 뒤에 있나?"

할아버지가 볼 수 있도록 무대 가장자리로 걸어가서 손을 들었다. 두려움이 스멀스멀 기어 올라왔다. 설마 나더러 노래를 불러서 민디에게 시범을 보이라는 건 아니겠지?

"그래. 셜리 너도 내 말을 듣는 게 좋겠다. 내 손녀딸이 기막힌 목소리를 가진 것은 굳이 말하지 않아도 알 거야. 다들 그렇게 생각하지 않니?"

오, 제발 그만하세요, 제발 아무 말도 하지 마세요, 제발!

할아버지는 몸을 돌려 민디를 보았다.

"그렇지만 민디야, 네 목소리는 셜리보다 아주 조금 낫단다."

지금 내가 뭘 들은 거야? 어이가 없어서 입이 다물어지지 않았다.

할아버지는 엄지와 검지를 살짝 벌렸다.

"차이가 크지는 않고 이 정도쯤 될 거야. 그러니 아름다운 목소리를 가진 민디야, 우리가 더 큰 감동을 받을 수 있도록 목소리를 줄여 보겠니?"

"노력할게요."

민디는 웃음을 되찾았다.

"좋구나. 그런데 노력하지 않아야 성공할 수 있어. 넌 참으로 착한 아이야. 그리고 진정한 연기자란다."

할아버지는 방향을 틀어 모하메드에게 가까이 오라는 손짓을 했다. 두 사람은 무대의 계단에서 마주했다.

"넌 조금 불안해 보이더구나. 맞니?"

"네, 선생님. 불안했어요…… 아니 불안해요."

"그런 것 같더라. 네가 유대인 역할을 맡아서 불안한 거냐?"

맙소사! 심장이 다시 튀어 올랐다.

할아버지가 물었다.

"넌 이슬람교를 믿지?"

이번에는 심장이 멎는 것 같았다.

"네, 선생님."

"그럴 줄 알았지. 모하메드라는 이름이 모든 것을 말해 주거든."

나는 무슨 말이라도 해야 할 것 같았다. 그렇지만 뭐라고 하지?

"내 이름이 토비어스 버먼이라는 것을 듣고 유대인일 거라고 너도 짐작했을 거야. 그렇지? 그런데 이슬람교도가 무대에서 유대인을 연기한다고?"

"음, 네, 선생님."

나는 하릴없이 나타샤를 바라보았다.

나타샤가 속삭였다.

"어떻게 좀 해 봐."

나는 고개를 끄덕이고 앞으로 나섰다.

"할아버지!"

"셜리야, 잠깐만, 모하메드와 아직 할 말이 남았단다. 잠깐 기다려. 그래, 모하메드, 이슬람교도가 유대인 역할을 맡는 것에 대해 내가 어떻게 생각할 것 같니? 짐작이 되니?"

강당 곳곳에서 탄식이 새어 나왔다. 나는 허무맹랑한 상상에 빠지기 시작했다. 벤이 뭔가 말을 꺼내서 곤란한 상황을 벗어나게 할지도 몰라. 아니면 내가 마법처럼 다른 세계로 순간 이동하는 거야.

"아뇨, 선생님. 어떤 기분이실지 모르겠습니다."

모하메드가 가까스로 대답했다.

나는 바짝 긴장한 채 할아버지의 반응을 기다렸다.

"난 무척 기뻤어."

뭐라고 말씀하신 거지?

할아버지는 좀 더 큰 목소리로 되풀이했다.

"난 무척 기뻤단다. 너도 알겠지만 유대인과 기독교인과 이슬람교도는 모두 아브라함의 자손이거든. 물론 이슬람교도는 이브라힘이라고 부르겠지. 그렇지?"

"네, 선생님. 그렇습니다."

할아버지가 빙긋 웃었다.

"모하메드 넌 무척 예의가 바르구나. 우리 어머니는 힘든 시기를 보낼 때도 나이 드신 분들을 '선생님'이나 '부인'으로 불러야 한다고 늘 가르치셨어. 너는 저녁에 집에 가면 부모님 덕분에 아주 예의 바른 소년으로 자라났다고 말씀드려야 한다. 알았지?"

"어, 네…… 아차, 선생님."

다들 까르르 웃었다. 그러자 강당 안에 흘렀던 긴장감이 스르르 사라졌다.

"자, 무슨 뜻인지 알겠니? 넌 이슬람교도이지만 유대인과 같은 혈통이라는 것을 염두에 두고 연기를 하면 돼. 말하자면 유대인을 연기할 자격이 충분하다는 뜻이야. 무대에서 너는 전도유망하고 혈기 왕성한 유대인 청년이야. 맞지? 그러니 먼저 자신감을 기르도록 해."

"노력하겠습니다, 선생님."

"민디처럼 너도 노력하지 말고 그냥 해 봐. 잘될 거야. 분명히."

할아버지는 말을 멈추고 가만히 있었다. 뭔가를 생각하는 듯했다.

"모하메드야, 뭐 하나 물어봐도 되니?"

"물론입니다, 선생님. 뭐든 물어보세요."

"이건 뭐랄까, 약간 예민한 질문일 수도 있어. 너무 기분 나빠하지 않았으면 좋겠구나."

으악! 할아버지가 예민하다고 표현할 정도면 거의 폭탄급 질문일 것이다.

"지난해 9월에 쌍둥이 빌딩이 그렇게 되자 너와 네 가족은 힘들어졌니?"

모하메드가 왠지 씁쓸해 보이는 웃음을 짓더니, 고개를 숙이며 *끄덕*였다.

"무슨 일이 있었어?"

모하메드가 다시 *끄덕*였다.

"사람들이 막…… 엄마한테 테러리스트라고 부르고…… 학교

애들도 저에게 그렇게 부르고…… 제 친구들은 두들겨 맞기도 하고…… 우리 이슬람 사원 모스크는 협박을 당했어요."

모하메드의 목소리가 떨렸다.

할아버지는 계단으로 무대에 오른 뒤 오른쪽에 놓인 의자 두 개 중 하나에 앉으며 말했다.

"모하메드야, 이리 와 앉아라."

모하메드가 할아버지 옆 의자에 앉았다.

할아버지가 소리쳤다.

"모두 무대 가까이 오너라! 이야기 좀 하게 이리 모여 봐라."

무대 뒤와 객석에 있던 기술 팀과 무대 설치 팀과 출연진이 쭈뼛거리며 무대 쪽으로 나왔다. 할아버지는 모하메드의 두 손을 꽉 잡아 주었다가 놓았다.

다들 조용해지자 할아버지가 입을 열었다.

"내가 친구 하나를 새로 사귀었어. 이름은 아미르인데 가족과 인도에서 왔단다. 이제 아미르는 미국인이야. 모하메드 너도 미국인이지?"

"네, 뉴어크에서 태어났어요."

"말투에서 살짝 뉴어크 억양이 느껴지더구나. 내 친구 가게에 못된 짓을 저지른 자들이 있었어. 벽에 '테러리스트'니 '이슬람 무장 단체'니 따위의 글을 써 놓았거든. 아미르는 인도 사람이고 힌두교 신자야. 이슬람교도가 아니란다. 설령 아미르가 이슬람교도라고 해도 그런 행동은 정말 몹쓸 짓이거든. 이 불한당들은 정말이지 똥멍청이들이라니까."

할아버지의 말에 우리 모두 웃음을 터뜨렸다.

"비행기가 쌍둥이 빌딩과 부딪쳤을 때 다들 어디에 있었는지 기억하니?"

너나없이 손이 올라갔다.

"내가 바보 같은 질문을 했구나. 당연히 기억하고 있겠지. 그때 어떤 *기분*이었는지는 기억하니?"

몇 명이 주저하듯 손을 들었다. 곧 이어 몇 명이 더 들더니 마침내 모두 손을 들었다. 모든 시선이 할아버지에게 쏠려 있었다.

"나는 무섭고 혼란스럽고 화나고 슬픈 감정이 한꺼번에 밀려오더구나."

할아버지는 잠시 말을 멈췄다.

"그날 우리 모두 그런 감정에 휩싸였고 지금도 때때로 떠오를 거야."

할아버지는 돌아서서 누군가를 찾는 듯 출연자들을 둘러보았다. 그러다 바이올린 연주자인 토머스에게 눈길이 멈췄다.

할아버지가 물었다.

"토머스, 네 바이올린 좀 빌릴 수 있니?"

토머스는 앞으로 나와서 바이올린과 활을 할아버지에게 내밀었다.

"이번 연극에서는 한 남자가 지붕 위에 앉아서 바이올린을 연주한단다."

할아버지는 연극에서 제일 처음 나오는 곳을 잠깐 연주하다가 바이올린을 턱에 댄 채 멈췄다.

"여러분이 연기하는 사람들. 그들은 당시에 어떤 기분이었을까? 여러분이 9·11사건 때 느꼈던 기분과 똑같았어. 세상이 완전히 뒤집히고 말았거든. 자신의 목숨과 자식들의 목숨과 미래가 불안하고 위태로워진 거야."

할아버지는 다시 연주를 시작했다. 바이올린 선율은 너무 순수하고 맑았으며 감동적이었다. 내 눈가는 어느새 촉촉했으며 여기저기서 훌쩍이는 소리가 들려왔다.

할아버지가 연주를 멈췄다.

"이 작품은 단순한 연극이 아니야. 예전에 살았던 사람들에 대한 이야기지. 내 어머니가 살았던 삶. 대사를 전달하거나 음악을 연주하거나 노래를 부를 때 우리는 그것을 기억하면 돼."

할아버지가 다시 바이올린을 켰다.

벤이 내 옆에 서 있었는데 손을 뻗어 내 손을 잡았다. 나는 화들짝 놀랐다. 알고 보니 벤은 모하메드와도 손을 잡고 있었다. 나는 나타샤에게 손을 뻗었다. 결국 우리 모두 손에 손을 잡고서 하나의 커다란 고리를 만들었다.

우리는 지붕 위에 오른 바이올린 연주자의 연주를 듣고 있었다.

28

교장 선생님이 손목시계를 다시 들여다보았다. 할아버지가 아직 오지 않았기 때문이다. 교장 선생님은 어딘가 가야 할 곳이 있는 듯했다. 그렇지만 우리만 그냥 두고 떠날 분은 절대 아니었다. 할아버지는 택시를 타고 오느라 도착 시간이 들쭉날쭉했으므로 나는 크게 걱정하지 않았다. 그래도 강당 뒷문이 열리고 할아버지가 나타나자 마음이 놓였다. 뒤에는 아미르 아저씨가 따라오고 있었다.

교장 선생님은 통로를 따라 걸어가서 할아버지와 중간에 만나 악수를 나눈 뒤 몇 마디 말을 주고받았다. 그리고 걸음을 옮겨 문밖으로 나갔다.

나는 할아버지와 아미르 아저씨에게 다가갔다.

"셜리야, 내 친구 아미르 기억하지?"

할아버지와 마찬가지로 아미르 아저씨 역시 재킷에 방문객 배지를 달고 있었다. 교직원과 학생을 제외하고는 학교에 들어오려면 사무실에서 확인 절차를 거쳐야 했다. 9·11사건으로 인해 빚어진 새로운 모습이었다.

"그럼요, 안녕하세요."

나는 아미르 아저씨가 온 이유는 모르지만 얼굴을 보니 반가웠다.

"다시 만나서 기쁘구나, 셜리."

"아미르가 나를 여기까지 차로 데려다주었어. 그러지 않았다면 훨씬 더 늦었을 거야."

아미르 아저씨가 말했다.

"어르신이 절 도와주다 보니 늦으신 거죠."

그 말을 들으니 궁금증이 더 커졌다.

"셜리야, 아미르에게 이번 연극 이야기를 했거든. 아미르는 〈지붕 위의 바이올린〉을 전혀 모르더구나."

아미르 아저씨가 맞장구를 쳤다.

"아예 몰랐어. 공연 첫날에 아내와 아이들 둘을 데리고 올 생각이야."

"정말 잘됐네요!"

"셜리야, 아미르는 연습하는 것도 보고 싶다는구나. 다들 상관없겠지?"

대답을 망설이는데 할아버지는 나와 아미르 아저씨만 남겨 둔 채 무대 쪽으로 가서 소도구 놓을 자리를 지시했다.

아미르 아저씨가 말을 꺼냈다.

"뒤에 앉아서 조용히 지켜보려고 해. 연극 연습은 본 적이 없어서."

"네, 그러세요. 편히 계시면 돼요."

그 상황에서 안 된다고 말하는 것은 무례한 짓이다!

할아버지는 벤이 나오는 장면부터 연습을 시작했다. 내가 등장하는 장면이 아니라서 아미르 아저씨와 함께 앉아 있는 게 나을 것 같았다. 아저씨가 궁금해하는 장면을 설명해 줄 생각이었다. 아울러 아저씨가 할아버지를 왜 차로 데려다주었고 두 사람이 왜 늦었으며 할아버지에게 어떤 도움을 받은 건지 물어보고 싶었다.

통로를 따라 걸음을 옮겼다.

"제가 같이 앉아도 될까요?"

"그럼, 물론이지."

아미르 아저씨가 일어났다.

내가 옆자리에 앉자 아저씨도 다시 앉았다.

"할아버지를 태워다 주시다니 정말 친절하세요."

"어르신이 나 때문에 늦어졌으니 이 정도는 아무것도 아니지. 내 장부를 정리해 주셨거든."

"아저씨 장부요?"

"가게 장부. 받을 돈과 지불할 돈을 어떻게 기록하면 좋을지 자세히 알려 주셨어. 아주 잘하시더군."

"할아버지는 공인 회계사이시거든요. 여태껏 그 일만 하셨어요."

"맞아. 어르신이 말씀하셨어. 실력이 대단하시더구나. 일처리가 수월해지고 돈도 절약되게끔 몇 가지를 싹 바꿔 주셨거든. 어르신이 애써 주셨으니 조금이라도 수고비를 받으시면 좋겠다."

"할아버지는 친구나 가족에게 돈을 요구하신 적이 없었어요."

"어르신과 친구가 되어 나는 너무 감사하구나."

그때 연기를 시작한다며 다들 조용히 하라는 소리가 들려왔다.

"2막의 첫 장면이에요."

내가 몸을 기울여 속삭였다.

"저기 벤이 주인공인 테비에를 연기하는 거예요."

벤은 집 앞 벤치에 앉아 혼잣말을 늘어놓다가 하늘을 올려다보며 하느님에게 이야기를 했다. 대사를 다 마치고는 왼쪽 무대로 퇴장했다. 그러자 무대 오른쪽 구석에서 기다리던 민디와 모하메드가 가운데로 걸어 나왔다. 내가 아저씨에게 설명했다.

"저 여자애가 호델이에요. 테비에와 저의 여러 딸 중 한 명이고요. 저기 모하메드는 호델의 남편이 되는 퍼치그 억을 맡고 있어요."

아미르 아저씨가 소곤거렸다.

"모하메드 저 아이는 이슬람교도로 보이는구나. 생김새가 파

키스탄 사람 같은데."

"네, 이슬람교도예요. 가족이 어디에서 왔는지는 모르겠는데, 뉴저지에서 태어났으니 미국인이에요."

"내 어린 두 아이도 여기에서 태어났으니 미국인이란다."

우리는 두 사람이 연기하는 장면을 눈과 귀로 감상했다. 퍼치크를 맡은 모하메드가 자신은 혁명에 참여하고자 마을을 떠나 키예프로 가서 살려고 한다며 호델에게 청혼했다.

민디가 대사를 읊기 시작하자 나도 조용히 따라 했다. 나는 민디의 대사와 노래를 빠짐없이 외우고 있었다. 왠지 오늘은 민디가 평소와 조금 달라 보였다. 대사는 완벽했지만 지나치게 말을 많이 한 듯 목소리에서 피곤함이 느껴졌다. 우리 출연자들은 반드시 지켜야만 하는 규칙이 있었다. 밤에 잠을 충분히 자고 연습 외에는 목소리를 혹사하면 안 된다는 규칙이었다. 민디는 평소보다 한 옥타브 낮게 노래를 부르고 있었다. 또한 전에 없이 귀에 거슬리는 목소리가 들렸다. 마치 자동차 바퀴가 자갈길을 굴러가는 소리 같았다. 그런데 다음 노래를 부르자마자 잠이 부족하거나 말을 많이 한 상태가 아니라는 것을 알 수 있었다. 목에 이상이 생긴 듯했다. 할아버지가 민디의 장면을 서둘러 끝내기에 나는 아미르 아저씨에게 양해를 구하고 무대로 갔다.

할아버지는 민디와 심각한 대화를 나누고 있었다.

"자, 오늘 이 장면에서는 목을 무리하게 사용하지 말고 쉬는 거야. 어때?"

민디는 울음이 곧 터질 듯한 표정이었다.

"저는 정말 괜찮아요, 버먼 선생님. 쉬지 않아도 돼요."

"물론 너는 괜찮아. 내가 너더러 괜찮지 않다고 말했니? 넌 훌륭해. 그래도 오늘은 조금만 쉬자. 그래야 훨씬 더 좋아질 테니까. 알겠지?"

민디는 뭔가 더 말하고 싶은 눈치였다. 그때 다른 출연자들이 무슨 일인지 궁금해하며 하나둘 모여들었다. 민디는 어쩔 수 없이 고개를 끄덕이고는 무대 뒤로 뛰어갔다.

나는 별별 생각을 떠올리며 민디를 따라갔다. 민디는 몸이 좋지 않았다. 그건 틀림없었다. 만약 민디가 아프다면 내가 민디의 역할을 차지할 가능성이 컸다. 호텔의 아름다운 독창은 완벽한 목소리로 불러야 하기 때문이다.

소품이 자리 잡은 모퉁이 쪽으로 갔더니 민디가 무대의상들로 반쯤 가려진 상태로 앉아 있었다. 민디는 고개를 숙인 채 옷소매에 얼굴을 묻고 흐느끼고 있었다. 가까이 다가가자 민디가 눈물로 범벅인 얼굴을 들었다.

민디가 대뜸 물었다.

"이제 기분이 좋니? 넌 이렇게 되기를 바랐잖아. 그치?"

고개를 저었다. 민디의 말에 조금 놀랐고 살짝 마음이 아팠다. 우리는 라이벌이 되지 않을 거라고 생각한 적도 있었기 때문이다.

나는 잠시 머뭇거렸다. 물론 이번 작품에서 호델을 맡고 싶었다. 우리가 〈지붕 위의 바이올린〉을 공연한다는 것을 알게 된 순간부터 호델을 원했다. 그렇다고 다른 사람의 불행을 딛고 그 자리를 꼭 차지해야 할까? 아무리 라이벌이라고 해도?

나는 민디 옆에 구부리고 앉았다.

"선배가 괜찮은지 보러 온 것뿐이야."

민디가 고개를 저었다.

"망할 놈의 감기!"

"언제부터 안 좋았는데?"

"며칠 전 저녁부터. 목구멍이 간질거렸거든. 그런데 점점 안 좋아지더니 이제는 모래가 쫙 깔려 있는 느낌이야. 왜, 도대체 왜, 이제 와서 이런 일이 생기는 거야?"

그러더니 또다시 눈물을 쏟아 냈다.

뭐, 민디가 야단법석을 떠는 것일 수도 있다. 그러나 누구보다 나는 민디의 절망과 기막힌 심정을 이해할 수 있었다.

"이해해. 공연을 앞두고 목소리가 상했으니 끔찍한 기분일 거야."

민디는 다시 고개를 들고 눈을 커다랗게 떴다.

"전에는 이런 적이 한 번도 없었단 말이야."

순간 내 귀를 의심했다.

"정말이야? 공연을 앞두고 목소리가 잠기거나 감기에 걸린 적이 한 번도 없었어?"

나는 그런 경우가 손발을 다 셀 정도로 많았다.

민디는 고개를 저었다.

"이번이 처음이야."

나는 한숨을 길게 푹 내쉬었다.

"그렇다면 선배는 지금까지 엄청 운이 좋았던 거야. 아직 시간이 있잖아. 공연까지 2주나 남았어. 그때가 되면 많이 좋아질 거야."

내가 어쩌다 민디에게 용기를 북돋아 주고 있는 거지?

"그리고 이 정도 상태는 좋아질 수 있는 방법이 엄청 많아."

민디는 내 말을 못 믿는 눈치였다.

"어떤 건데?"

그때 나타샤가 모퉁이를 돌며 모습을 드러냈다. 그리고 내가 민디와 나란히 앉아 있는 것을 보고 멈춰 섰다. 나타샤는 무슨 일이 생겼다는 것을 바로 알아차렸다.

나타샤가 물었다.

"여기 별일 없는 거지?"

민디가 시선을 피했다. 나는 고개를 끄덕였다.

"아무 일 없어."

"네 할아버지가 첫 장면부터 다시 시작하시겠대."

나는 당장 무대로 나가야 했다. 그렇지만 민디를 이대로 두고 갈 수는 없었다.

"살짝 문제가 생겼다고 할아버지에게 전해 줘. 심각한 것은 아니야."

그리고 한마디 덧붙였다.

"선배랑 나랑 몇 분 뒤에 같이 나갈게."

나타샤는 잠시 머뭇거리다가 고개를 끄덕이고는 우리만 두고 갔다.

나는 민디에게 고개를 돌렸다.

"선배, 감기와 목감기에 대해 내가 아는 가정 요법을 모두 알려 줄게."

나는 목감기용 사탕부터 증기 요법과 레몬꿀차까지 쭉 설명했다. 길고도 자세하게 알려 주었다. 이야기를 마칠 때쯤 민디의 눈물은 말라 있었다.

할아버지가 출연자들을 무대로 부르고 있었다. 이제는 나가야 할 시간이었다. 나는 일어나서 민디에게 손을 내밀었다. 민디는 내 손을 잡고 일어선 뒤 입을 열었다.

"고마워."

그리고 잠시 머뭇거리다가 몇 마디 덧붙였다.

"정말 고마워. 문제가 생기면 내 역할을 셜리 네가 맡을 수도 있는 거잖아. 그래서 더욱 그런 마음이 들어."

민디의 역할을 내가 맡을 수도 있다는 말이 웬일인지 별로 기쁘지 않았다.

내가 말했다.

"아직 일어나지도 않은 일이니까 벌써부터 걱정하지 않아도
돼."

29

며칠 뒤에 나는 한 가지 결심을 했다. 누구보다 먼저 학교에 가기로 마음먹었던 것이다. 다른 출연자들보다 빨리 도착해서 목도 풀고 대사도 읽으면서 미리 준비할 생각이었다. 할아버지에게 좋든 나쁘든 지적을 당하는 것은 영 질색이었다.

그렇지만 벤에게 지고 말았다! 어두컴컴한 복도를 걸어가는데 '내가 부자라면'을 힘차게 부르는 벤의 낯익은 목소리가 들려왔다. 학교에는 우리 말고 두 명이 더 있었다. 보안 요원이 고개를 끄덕이며 인사를 했고 관리인인 밀러 아저씨는 차분하고 꼼꼼하게 바닥을 쓸면서 두어 시간 뒤에 우르르 몰려올 학생들을 맞이할 준비를 하고 있었다. 이렇게 날마다 바닥을 반질반질 닦아 놓아도 학생들은 밀러 아저씨의 노고는 아랑곳하지 않고 발자국을 잔뜩 남겨 놓기 일쑤였다. 밀러 아저씨는 그런 모습을 보면서 무슨 생각을 할까? 어쩌면 매일 반복하는 일이 지겨울지도 모른다.

또는 지저분한 발자국을 날마다 치우며 뿌듯해할 수도 있다. 밀러 아저씨는 나와 마주치자 웃음을 보이고는 강당 안으로 들어가도록 문을 살짝 열어 주었다.

벤은 수많은 관객을 앞에 둔 것처럼 무대를 한껏 가로지르며 두 팔을 위로 쭉 뻗고 노래를 불렀다. 자신감 넘치는 모습으로 무대에 서 있는 벤은 꽤 괜찮아 보였다. 아니 솔직히 멋져 보였다. 연습이 거듭될수록 목소리에서 힘과 여유가 느껴졌다. 나는 마음이 쓰라렸다. 공연이 끝나도 우리는 이야기를 계속 나눌 수 있을까? 벤은 동작을 하며 마지막 음까지 쭉 뻗어 나갔다. 나는 강당 뒤쪽에서 박수를 치고 환호성을 질렀다. 그리고 통로를 따라 벤에게 다가갔다.

"보고 있다고 말해 주지 그랬어."

벤은 무대에서 훌쩍 뛰어내려 내 쪽으로 걸어왔다.

"그렇게 사람 주변을 살금살금 돌아다니면 곤란합니다."

나는 깔깔 웃었다.

"내가 스토커라는 거야?"

강당 앞에 이르기 전에 벤과 마주했다. 둘이서 거기에 그냥 서 있으려니 어색하면서도 좋았다.

"제대로 해서 네 할아버지를 기쁘게 해 드리고 싶어. 정말 대단하시지 않니? 이 연극을 완전히 이해하시잖아."

나는 고개를 끄덕였다.

"그 시대와 가까운 분이라서 이해하기 쉬우신가 봐."

"맞아. 시대만 이해하시는 게 아니야. 음악에 대해서도 상당히 많이 알고 계시거든."

벤이 한마디 덧붙였다.

"어쨌든 네 할아버지가 와 주셔서 우린 얼마나 다행인지 몰라."

나는 다시 고개를 끄덕였다. 그동안 누구에게도 말하지 않았지만 할아버지가 단원들과 어울릴 때마다 영 유쾌하지 않았다. 그런데 벤의 말이 맞았다. 할아버지는 맡은 일을 정확히 알고 있었다. 단원들은 모두 할아버지를 존경하며 지시를 따랐다. 궁금한 점을 물었고 썰렁한 농담에도 웃음을 터뜨렸다. 한마디로 할아버지를 무척 좋아했다.

벤이 물었다.

"좀 전의 노래 들을 만했어?"

"선배는 멋졌어!"

나는 불쑥 내뱉고는 다시 더듬거렸다.

"내 말은…… 그 장면, 그 장면이 멋졌다는 거야."

얼굴이 점점 달아오르고 있었다. 왜 벤 옆에만 서면 이럴까? 벤은 내 얼굴이 붉어진 것을 모르는 눈치였다. 아니면 예의상 말하지 않는 것일 수도 있다.

"그동안 가장 좋았던 게 뭔지 알아?"

벤이 한 걸음 다가서서 물었다. 벤의 숨결이 느껴질 정도였다.

"너랑 매일 연습하는 것. 너를 매일 볼 수 있는 것."

심장이 쿵쾅거리기 시작했다. 나는 침을 꿀꺽 삼켰다.

"어, 그건 나도 엄청 좋아."

어머나, 세상에, 그런 말을 하면 안 되는데…… 그냥 좋다고만 할 걸…… 왜 엄청 좋다고 말했을까?

벤이 한 발자국 더 내딛자 우리 사이는 훨씬 가까워졌다.

벤이 입을 열었다.

"셜리."

그때 강당 문이 활짝 열리며 출연자들이 줄줄이 들어왔다. 맨 앞에는 할아버지가 웃으면서 동화 속 피리 부는 사나이처럼 단원들을 이끌고 있었다.

벤은 순간 멈칫했다. 그리고 고개를 흔들더니 한 걸음 물러섰다.

"우리는 대화를 제대로 끝낼 수가 없구나. 그치?"

벤은 그 말을 남긴 채 내 곁을 지나 다른 사람들 쪽으로 갔다. 나는 너무 놀라서 그대로 굳어 버렸다.

나타샤가 동상처럼 서 있는 나를 보고 물었다.

"왜 그래? 누구한테 전기 충격을 받은 것처럼."

그 말이 얼마나 사실과 가까운지 나타샤는 짐작도 못 할 것이다. 벤은 무슨 말을 하려고 했을까? 아니 무엇을 하려고 했지? 온갖 생각을 떠올리느라 머릿속이 터질 것 같았다. 벤은 나를 자주 만나고 싶었던 거야. 벤은 나를 별로 만나고 싶지 않았던 거야. 내가 벤에게 느끼는 감정을 벤도 똑같이 느끼고 있는 거야. 아니 벤은 그런 감정이 없는 거야. 내가 착각하고 있나? 벤이 몸을 기울여 나에게 키스하려고 했는데…… *으악, 드라마 좀 그만 찍어!* 소리라도 버럭 지르고 싶었다.

그러나 나타샤를 돌아보며 말했다.

"아무 일 아니야. 아침에 커피를 마셨는데 아무래도 나한테 안 맞나 봐."

나타샤는 내 말을 믿는 눈치였다. 다들 할아버지가 서 있는 무대 앞으로 모여들었다. 우리도 얼른 끼어들었다. 벤과 주고받은 이야기에 정신이 팔려서 할아버지가 바이올린 케이스를 가져온 것도 처음에는 몰랐다. 내가 다락에서 찾아낸 뒤 할아버지 집에 있던 바이올린이었다. 나만의 할아버지였다는 아쉬움이 다시 밀려들었다. 할아버지는 바이올린을 나와 벤에게만 보여 주었다. 지금은 케이스를 열어 그 소중한 악기를 꺼내더니 강당에 모인 사람들이 볼 수 있도록 바이올린을 높이 치켜들었다. 나는 완전히 충격받았다.

"자, 여러분. 나에게 아주 특별한 것을 보여 줄게."

우리는 바짝 다가섰다.

할아버지가 말했다.

"나무판에 새겨진 다윗의 별(육각형의 별 모양으로 유대인의 상징이다. 나치는 유대인에게 다윗의 별을 달도록 강요했다. ─옮긴이)이 보일 거야. 앞면에 네 개가 있어."

곧 이어 바이올린을 뒤집었다.

"뒤에도 이렇게 하나가 있단다."

할아버지는 유대인 음악가의 민속 악기는 이런 표시가 주로 새겨져 있다고 설명했다. 할아버지가 덧붙였다.

"지금은 거의 남아 있지 않아. 홀로코스트를 겪으며 거의 다 사라져 버렸거든."

할아버지는 잠시 말을 멈췄다.

"제2차세계대전에 대해 아는 사람이 있나?"

주저하는 학생들도 몇 명 있었지만 거의 다 손을 들었다.

할아버지가 끄덕였다.

"사랑하는 내 어머니와 같은 유대인들이 이번 연극의 배경인 유대인 대학살 시기에 어떤 일을 겪었는지도 배웠겠구나. 그런데 내 인생과 경험을 여러분에게 좀 더 알려 주는 것이 필요하다는 생각이 들었단다. 연극 속의 인물들이 나에게 왜 중요하며 여러분은 그들을 왜 중요하게 생각해야 하는지 이해하게 될 거야."

할아버지는 이야기를 시작했다. 제2차세계대전이 일어나기 전에 폴란드에서 보낸 어린 시절과 가족 악단에서 바이올린을 연주하던 것부터 들려주었다. 그러다가 살고 있던 나라에 유대인의 자유를 빼앗는 법이 생기면서 모든 것이 달라져 버렸다. 부모님과 형제와 숲속에서 숨어 지냈으나 결국 붙잡혀서 아우슈비츠로 가게 되었다. 친하게 지내던 요제프와 오케스트라에서 연주할 때는 심지어 죽음을 향해 걸어가는 사람들을 셀 수 없이 지켜봐야 했다. 그리고 마지막으로, 전쟁은 끝났으나 음악을 결코 듣고 싶지 않았다고 털어놓았다. 할아버지의 이야기는 한 시간 넘게 이어진 듯했다. 아무도 입을 열지 않았으며 움직임조차 없었다.

주변을 둘러보니 다들 눈을 크게 뜬 채 못 미더워하거나 충격을 받았거나 안타까워하는 표정을 짓고 있었다. 내가 느낀 모든 감정이 출연자들의 얼굴에 고스란히 드러났다. 할아버지 이야기는 이번에도 처음처럼 듣기 힘들었다. 여러 사람들 앞에서 말해서인지 훨씬 생생하게 다가왔다. 할아버지가 얼마나 큰 용기를 냈는지 나만은 분명히 알 수 있었다.

할아버지가 덧붙였다.

"그저 연극에 등장하는 인물로 여겨서는 안 된다. 모두 살아 있는 사람들이니까. 여러분이 그들을 진짜 사람으로 대하고 생명을 불어넣어 주면 좋겠구나."

할아버지의 삶에 대한 이야기가 우리에게 왜 필요한지 이해가 되었다. 우리는 그 이야기를 통해 각자 자신의 배역과 상황을 분명하게 깨달을 수 있었다. 할아버지는 우리의 연기가 달라지도록 역사 수업을 해 준 셈이었다.

할아버지가 강당을 둘러보았다.

"벤 모건, 테비에를 연기할 때 내 아버지를 생각해 주렴. 셜리,

골데를 연기할 때 내 어머니를 생각해야 한다. 모하메드와 민디를 비롯한 그 밖의 사람들은 무대에 섰을 때 내 형제들과 요제프를 생각해 다오. 다들 그렇게 해 줄 수 있니?"

침묵이 흐르는 가운데 다들 알겠다는 듯이 고개를 끄덕였다.

할아버지가 말했다.

"좋아, 내 손녀딸에게도 아직 못 했던 이야기가 하나 남았구나."

나는 전혀 짐작이 되지 않았다. 할아버지는 바이올린을 다시 들어 올렸다.

"공연에서 바이올린을 연주할 연기자에게 해 줄 이야기란다."

할아버지의 시선은 사람들을 쭉 지나서 토머스에게 멈췄다. 무대에 서 있던 할아버지는 토머스에게 옆으로 오라고 손짓했다.

"요제프 말고는 이 바이올린이 아우슈비츠에서 내 유일한 친구였어."

할아버지는 토머스를 똑바로 쳐다보았다.

"남들이 잠든 뒤 이 바이올린을 껴안고서 수많은 밤을 내 두려움과 소망을 속삭였지. 그때 내가 무슨 생각을 했는지 이 바이올린은 다 알고 있단다. 모든 꿈과 모든 기도까지도."

토머스는 눈조차 깜박이지 않았다. 그저 할아버지의 이야기에 푹 빠져 있었다.

"자, 이 아름다운 작품에서 연주할 때 바이올린을 네 친구처럼 여겨 주면 좋겠구나. 아주 친한 친구 말이다. 그럴 수 있겠니?"

토머스는 여전히 아무 소리도 내지 않고 고개만 끄덕였다. 그러자 할아버지는 도저히 믿기지 않는 모습을 보여 주었다. 그렇게 아끼던 바이올린을 토머스의 손에 쥐어 주며 공연 첫 곡을 연주해 달라고 부탁했다. 토머스는 할아버지의 바이올린을 깨지기 쉬운 유리잔처럼 들고 있었다. 얼굴이 어찌나 창백한지 곧 쓰러질 것처럼 보였다. 마침내 숨을 두어 번 깊이 들이마시더니 바이올린을 턱에 대고 연주를 시작했다. 토머스가 만들어 내는 소리는 달콤하고 깨끗했다.

나타샤가 나에게 속삭였다.

"전에는 저렇게 잘하지 못했는데."

나는 고개를 끄덕였다.

"그러게."

"네 할아버지는 어떻게 저런 일을 해내시지?"

나는 대답을 못 했다.

토머스는 바이올린을 내리면서 할아버지가 기뻐한다는 것을 알아차렸다.

할아버지가 말했다.

"토머스, 정말 아름다운 연주였어."

다들 고개를 끄덕이며 동의했다. 토머스는 함박웃음으로 대답을 대신했다. 그리고 바이올린을 할아버지에게 돌려주었다.

"아니야, 제대로 이해를 못 했구나. 이번 공연에 네가 이 바이올린을 사용하는 거야.”

토머스는 충격을 받은 듯했다.

“선생님 바이올린을 저에게 주신다고요?”

“빌려주는 거야. 공연이 끝날 때까지 잘 간수하도록 해라.”

토머스의 눈이 어마어마하게 커졌다.

“제가 안전하게 지킬게요. 약속드려요.”

“물론 그러겠지. 넌 착한 아이니까.”

할아버지가 우리 쪽으로 고개를 돌렸다.

“과거를 끄집어내는 것이 얼마나 중요한지 최근에야 비로소 깨달았단다. 그 어려운 교훈을 알게 해 준 사람이 우리 손녀딸이었어.”

모두의 시선이 나에게 쏠렸다.

“손녀딸 덕분에 나는 목소리를 찾을 수 있었지. 이제는 토머스가 내 소중한 바이올린이 다시 말할 수 있도록 도와줄 거야.”

나는 심장이 터질 것 같았다.

할아버지가 말을 이었다.

“자, 내 이야기를 들어주어서 고맙다. 이제는 연습을 시작해야겠구나.”

무대에서 각자 제자리를 찾는 동안 할아버지는 훌륭한 분일 뿐만 아니라 내가 만난 최고의 연출가라는 생각이 들었다.

30

우리는 그 뒤로 열흘 동안 아침에 일어나 잠들 때까지 연습하고 수업하고 또 연습하고 숙제하는 생활을 되풀이했다. 시간은 느린 것 같으나 어김없이 흘러가서 어느덧 공연을 하루 앞두게 되었다.

할아버지가 소리쳤다.

"객석에 불 좀 켜 주겠니. 다들 한 사람도 빠짐없이 무대에 올라가거라."

불이 켜지자 객석에 있던 두 사람이 보였다. 할아버지와 교장 선생님이었다. 거의 아무 소리도 내지 않고 단원들이 모여들었다. 무대의상을 입은 우리 출연진 말고도 무대 설치 팀과 음악부와 조명 및 음향을 담당하는 기술 팀까지 모두 모였다.

토머스가 자기 바이올린이자 할아버지의 바이올린을 들고 있는 모습이 보였다. 토머스는 연습 때뿐만이 아니라 수업 시간에도 손에서 바이올린을 내려놓지 않았다. 케이스에 담긴 바이올린을 교실마다 들고 다녔다. 그러면서 바이올린이 '너무 귀중하기' 때문에 사물함이나 음악실조차 믿을 수 없다고 설명했다. 토머스의 연주하는 모습에서 엄청나게 연습했다는 것을 느낄 수 있었다. 토머스는 연출가의 뿌듯해하는 얼굴을 보기 위해 노력하고 있었다. 그건 우리 모두 마찬가지였다.

드디어 단원 모두 무대 위에 서 있거나 가장자리에 걸터앉았다. 다들 잠잠했지만 에너지는 부글부글 넘쳐 나고 있었다. 마지막으로 남은 힘까지 몽땅 쏟다 보니 모두 녹초가 되었다. 그렇지만 달콤함과 아드레날린과 꿈과 희망과 두려움으로 한껏 흥분된 상태이기도 했다.

할아버지가 말했다.

"모두 아주 멋지다. 심지어 무대 담당 팀까지…… 아니 무대 담당 팀이 특히 멋지구나."

할아버지는 옷을 제대로 갖춰 입고 마지막 연습에 임해 줄 것을 모두에게 신신당부했다. 제작을 맡은 단원들은 넥타이를 매고 재킷을 걸치거나 치마를 입었다. 할아버지의 주장에 따르면 우리 모습도 전문가처럼 보여야 한다는 것이었다. 할아버지와 교장 선생님도 양복과 넥타이를 갖춰 입기는 했지만 두 분은 늘 그런 차림이었다. 대신 교장 선생님은 우리 할아버지가 선물해 준 중절모를 며칠 전부터 학교에 쓰고 오기 시작했다.

교장 선생님이 맞장구를 쳤다.

"버먼 선생님 말이 맞아. 모두 아주 근사해 보이는구나. 우리 학교도 교복을 입어야 할까 보다."

모두에게서 탄식이 터져 나왔다.

"농담이야, 농담."

마지막 총연습은 의상과 분장을 갖춘 드레스 리허설이라서 출연자들은 당연히 무대의상을 입고 있었다. 할아버지 다락에서 찾아낸 할아버지 옷이나 할머니 옷을 걸치고 있는 출연자들이 보였다. 할아버지는 저 옷들을 알아봤을까? 혹시 내가 할머니의 앞치마를 두르고 있다는 것을 눈치챘을까? 꽃무늬가 들어간 밝은색 앞치마를 입고 있으니 할머니가 더욱 생각났다. 아, 할머니가 여기 있다면 얼마나 좋을까.

앞치마에 가려진 치맛자락을 한 손으로 슬쩍 쥐고는 만지작거렸다. 머리카락을 빙빙 돌리지 않으려는 나만의 방법이었다.

할아버지가 말했다.

"이제 마지막 연습이구나. 긴장되는 사람?"

몇 명이 손을 천천히 올리자 바로 몇 명이 따라 하더니 마침내 할아버지와 교장 선생님까지 손을 드는 바람에 다들 큰 소리로 웃고 말았다.

"긴장은 좋은 거야. 그리고 긴장하는 게 정상이야. 최악의 사건이라면 뭐가 있을까? 대사 한 줄 놓치는 거?"

누군가 뒤에서 소리쳤다.

"무대에서 떨어지는 거요."

살짝 초조해하는 웃음소리가 들려왔다.

"그러면 누군가 분명히 다리가 부러지겠구나. 내가 듣자니 극장에서는 그게 행운을 비는 말이라던데."

교장 선생님이 끼어들었다.

"다리 부러지는 것은 안 된다. 보험 처리가 좀 어렵거든."

"우리 손녀딸 셜리의 말로는 드레스 리허설을 엉망진창으로 하면 첫 공연을 아주 멋지게 해낸다고 하더구나. 그러니 모두 *최악의 연기*를 보여 주면 고맙겠다."

부담감이 덜어진 듯 좀 더 자연스러운 웃음이 새어 나왔다.

할아버지가 설명했다.

"자, 의논한 결과 마지막 연습에서 한 가지가 달라질 거야. 민디가 연기와 대사를 하고 노래는 셜리가 무대 구석에서 부르기로 했어. 민디야, 목소리는 어떠냐?"

"어제보다 좋아졌어요."

"다행이구나."

민디는 지난 며칠 동안 목소리가 몇 번이나 제대로 나오지 않았다. 그러나 쉬거나 멈추지 않고 더 열심히 불렀다. 내가 알려 준 가정 요법에도 불구하고 민디의 목소리는 자칫 안 나올 정도로 심각해졌다. 얼마 전부터 할아버지는 나더러 노래를 대신 부르라고 했다.

나는 호텔이 되고 싶었으니 민디의 목소리가 나오지 않기를 간절히 바라야만 했다. 그러나 민디가 가여웠다. 우리는 친구라고 하기는 뭐하지만 꽤 친해졌으며…… 서로를 존중하게 되었다. 심지어 함께 시간을 내서 대사를 맞춰 보고 등장인물의 성격에 대한 이야기도 나누었다. 나는 민디가 무대에서 멋진 순간을 즐길 수 있기를 바랐다. 민디는 열심히 노력했으므로 그 자리에 있을 만한 자격이 충분했다.

민디가 말했다.

"오늘은 제가 불러 봐도 될 것 같아요."

할아버지가 단호하게 말했다.

"아니야. 마지막 연습보다는 공연에서 노래 부르는 게 더 낫단다. 여기에 있는 사람들은 네가 얼마나 멋진 목소리를 갖고 있는지 이미 알고 있잖니."

할아버지가 다시 말을 이었다.

"민디야, 넌 아무도 실망시키지 않을 거야."

민디의 표정에서 불안감이 느껴졌다.

"우리는 서로 도와주는 가족이야. 민디야, 오늘 저녁에는 쉬고 내일은 여느 때처럼 멋진 모습을 보여 주는 거야. 알겠지?"

민디가 고개를 끄덕였다.

"알겠어요."

"좋아. 연습 시작하기에 앞서 이것부터 먼저 해야겠구나."

할아버지는 양복 단추를 풀고 안에서 편지 한 통을 꺼냈다.

"램지 선생님이 보내신 거란다. 나더러 편지를 읽어 달라고 했는데…… 내 안경이 어디 있더라?"

할아버지는 주머니를 만져 보았다. 안경은 할아버지 머리에 얹혀 있었다. 모두 안경을 보았지만 짐짓 아무 말도 하지 않았다.

"잠깐만, 잠깐만."

할아버지는 손을 뻗어 안경을 찾은 뒤 머리에서 내렸다.

"바보 같은 할아비를 이해해 다오."

그러고는 편지를 소리 내어 읽기 시작했다.

"나의 사랑하는 제자들인 배우들과 음악부원들과 무대 담당 팀원들에게. 연극이 만들어지는 동안 여러분과 함께하지 못해서 얼마나 아쉬운지 모른단다. 버먼 선생님은 여러분이 작품에 심장과 마음과 영혼을 불어넣는다고 말씀하시더구나."

할아버지는 작품을 맡은 뒤로 램지 선생님과 꾸준히 대화를 나누고 있다고 우리에게 이미 알려 주었다. 심지어 병원에도 찾아갔으며 램지 선생님이 퇴원한 뒤에도 두어 번 만났다고 한다.

"그 말을 들으니 유능하고 뛰어난 연출가에게 여러분을 맡겼다는 것을 바로 알 수 있었어."

할아버지는 편지에서 눈을 떼고 안경 너머로 우리를 바라보았다.

"램지 선생님이 쓴 글을 빠짐없이 읽어 주고 싶구나."

할아버지는 잠시 말을 멈췄다.

"선생님이 나를 늙은 브래드 피트 같다고 써 놓았는데 다들 믿을 수 있겠니?"

모두 큰 소리로 웃었다.

"한 사람도 없다는 뜻이군. 편지를 마저 읽어 주마."

할아버지는 안경을 콧등 위로 다시 올렸다.

"이번 연극은 어마어마한 성공을 거둘 거라 확신하고 있어. 여러분 모두 다리가 부러지면 좋겠구나. 왜냐면 한쪽 팔과 갈비뼈 다섯 대가 부러지는 것보다 낫거든! 엄청난 사랑과 경의를 담아서, 에벌린 램지."

곳곳에서 박수갈채가 쏟아졌다.

"에벌린은 정말 멋진 여성이라…… 연극 때문에 만나서 대화를 나눌 때면 무척 즐거웠단다."

할아버지는 잠시 뜸을 들였다.

"내가 20년만 젊어진다면……."

맙소사, 이야기가 어디로 흘러가는 거야?

"그래 봤자 아버지뻘이겠구나."

할아버지가 킥킥 소리 내어 웃었다.

"그 정도로 늙어 빠진 할아비가 능력 많은 램지 선생님을 대신해서 여러분이 너무 실망하지 않았는지 모르겠다."

벤이 앞으로 나서며 말했다.

"아니에요, 선생님. 우리는 램지 선생님이 그립기는 하지만 버먼 선생님이 연출가로 와 주셔서 얼마나 감사한지 모릅니다."

모하메드도 앞으로 나섰다.

"맞아요. 버먼 선생님이 해 주신 모든 것에 감사드려요!"

토머스가 소리쳤다.

"선생님이 최고예요!"

다 같이 힘찬 박수를 보냈다. 할아버지는 어깨를 으쓱하고는 눈길을 피했다. 그리고 살짝 고개를 숙였다가 두 팔을 들자 모두 조용해졌다.

"오히려 내가 할 소리 같구나. 여러분 모두에게 감사의 말을 꼭 전해야겠다. 이 늙은이가 여러분의 삶에 끼어들어 몇 마디 조언하도록 허락해 주어서 참 고맙구나. 여러분 덕분에 이 늙은이는 세상에 뭔가 나눠 주는 것처럼 행세할 수 있었어."

내 주변에 있던 단원들이 모두 아니라고 입을 모았다. 할아버지는 조용히 해 달라며 다시 손을 들었다.

"내가 가진 것을 여러분에게 나눠 주었어. 여러분은 관심과 에너지와 사랑과…… 가장 중요한 것까지 나에게 주었지. 바로 음악을 돌려주었거든. 그것만으로도 얼마나 고마운지 모르겠구나."

다들 할아버지의 말을 이해할 수 있었다. 할아버지는 소중히 여기던 음악을 오랫동안 외면해 왔다.

할아버지의 목소리는 잠겨 있었다.

"최근 몇 주 동안 진짜 살아 있다는 기분을 느꼈거든."

할아버지는 이내 목소리를 가다듬고 말을 이었다.

"여러분 모두에게 꼭 해 주고 싶은 말이 있단다. 여러분은 어리니까 그만두겠다는 생각은 별로 안 하겠지. 혹시 그럴 때가 오거든 내 말을 기억하렴. 안 돼! 절대 그만두지 마. 여러분이 꼭하고 싶은 것을 찾아낸 뒤 큰 꿈을 꾸면서 앞만 바라보고 나아가는 거야. 여러분도 내게 앞으로 나아가도록 도와줬잖니. 자, 이제는 공연을 시작할 때야. 다들 자기 자리로."

공연을 시작하는 위치로 다들 움직이고 있는데 누군가 내 어깨를 잡았다. 민디였다.

"고맙다는 말을 하고 싶어서."

"왜?"

"뒤에서 수고하니까."

"대역이 원래 그런 거잖아. 그리고 연습인데 뭐. 선배가 오늘저녁에 목소리를 아끼면 실제 공연할 때 잘할 수 있을 거야."

"그래."

민디는 다시 말을 이었다.

"램지 선생님이 네 할아버지인 버먼 선생님에게 어떤 느낌을 갖는지 알 것 같아. 나도 네가 대신해 줘서 너무 고맙거든. 너는 노래를 잘하니까 나 대신 무대에 서더라도 아무도 실망시키지 않을 거야."

"고마워. 그 말을 들으니 기분 좋다."

민디는 걸음을 옮기려다가 돌아섰다.

"널 좋아하더라."

할아버지 이야기를 하는 건가?

"벤 말이야. 네가 곁에 있을 때 벤의 얼굴을 보고 알아차렸어."

내 양쪽 볼이 확 달아오르는 게 느껴졌다.

"벤은 사귀어 볼 만하지."

민디는 그렇게 말하고는 무대의 자기 자리를 찾아갔다.

31

커튼 한쪽으로 살그머니 내다보았다. 커튼이 올라가기 15분 전이었다. 관객들은 이미 자리에 앉아 있었다. 빈 좌석은 하나도 없는 것 같았다. 모든 공연의 표가 거의 다 팔렸다고 들었다.

우리 가족은 앞줄 가운데에 앉아 있었다. 엄마와 아빠, 오빠는 물론이고 이모들과 외삼촌들과 외사촌들이 보였다. 나를 보러 온 동시에 할아버지를 축하하기 위해 모인 것이었다. 아미르 아저씨는 아내와 아이들을 데리고 우리 부모님 곁에 앉아서 친구인 토비어스가 무척 자랑스러운지 함박웃음을 짓고 있었다.

"너도 보여?"

벤이 별안간 옆으로 와서 내 어깨 너머로 내다보았다. 바로 우리의 깜짝 손님인 램지 선생님을 보았냐는 뜻이었다.

"선생님은 세 번째 줄의 왼쪽 끝에 계셔."

램지 선생님은 팔에 삼각건을 걸고 있었지만 얼굴의 상처는 희미해졌고 무엇보다 건강해 보였다. 교장 선생님은 램지 선생님이 아직도 뇌진탕 증세를 겪고 있어서 충분한 수면이 필요하다며 빛을 보면 눈이 피곤해지고 집중력이 떨어진 상태라고 알려 주었다. 그래도 선생님이 점차 호전되고 있다는 것만은 분명했다.

벤은 커튼 사이로 내다보면서 나에게 몸을 기댔다. 순간 온몸에 전기가 흐르는 것 같았다.

내가 커튼을 놓자 벤이 말했다.

"거의 포기했던 공연이었잖아. 램지 선생님이 크게 교통사고를 당한 상황에서 더 좋은 연극이 만들어질 거라고 누가 상상이나 했겠어?"

내가 물었다.

"정말로 연극이 더 좋아졌어?"

"당연하지. 네 할아버지 덕분에 특별해졌어."

그 점은 인정할 수밖에 없었다. 할아버지는 이번 연극을 특별하게 만들어 주었다. 나뿐만 아니라 모두에게.

"토머스를 생각해 봐, 셜리. 어제저녁에 첫 장면을 어떻게 연주하는지 들었어?"

"끝내줬지. 등골이 오싹했다니까."

"네 할아버지와 바이올린 덕분이야. 그 바이올린은 이 연극에 참가한 모든 단원과 토머스에게 주는 선물이었어. 어쩌면 사랑의 표현이었을 거야."

벤의 '사랑'이라는 말이 이상하게 들렸지만 그건 틀림없는 사실이었다. 할아버지는 잘 알지도 못하는 토머스라는 아이에게 자신의 가족과 과거로 연결해 주는 단 하나의 소중한 물건인 바이올린을 믿고 맡겼다.

벤이 물었다.

"민디는 준비가 된 거야?"

"물론이지. 목소리 상태가 아주 좋아."

"호텔의 노래를 못 불러서 실망스럽지 않아?"

실망스럽다고 대답할 수는 없었다. 그러나 거짓말도 내키지 않았다.

"살짝 그렇기는 해. 그래도 민디 선배를 생각하면 다행이야."

벤이 말했다.

"네가 민디에게 해 준 것을 들었어. 큰 도움이 되었나 보더라."

나는 어깨를 으쓱했다.

"별거 아니야. 이런저런 차하고 목에 뿌리는 약 같은 거야."

"민디가 아이들에게 말한 것은 달랐어. 네가 아니었으면 오늘 저녁 무대에 못 올랐을 거라던데."

"고맙긴 한데 솔직히 그 정도는 아니야."

나는 잠시 생각하다가 덧붙였다.

"민디 선배는…… 내가 생각했던 거와 다르더라고."

"그러게. 네 할아버지부터 시작해서 놀랄 일이 참 많았어. 네 할아버지가 무척 보고 싶을 거야."

"선배는 아무 때나 찾아가도 할아버지가 기뻐하시지."

"그래도 날마다 뵙는 것과 똑같지는 않으니까."

"할아버지는 이 모든 일을 무척…… 그리워하실 거야. 선배도 그리워하실 테고. 선배가 무척 좋다고 말씀하셨거든."

"나도 할아버지 좋아해."

벤이 다시 말을 이었다.

"네 가족 중 몇 명을 좋아하고 있어."

나는 벤을 바라보았다.

"우리 엄마 아빠는 정말 착하신 분들이지."

"그래, 맞아. 그런데 난 다른 가족을 말하는 거야."

"아, 우리 오빠는 좀 가까워지면 은근히 까다롭다는 걸 알게 될 거야."

"그건 네 집안 식구들의 특징인가 보다."

벤이 내 양쪽 어깨에 손을 올렸다. 벤의 손길에 온몸의 기운이 빠지는 느낌이었다.

"너랑 함께 보낸 순간을 그리워할 거야. 그리고 너를 그리워하겠지, 셜리 버먼."

"나도 그리울 거야, 벤 모건. 우리 서로 이름만 불러도 되는 사이 아니었나?"

"내가 다닐 고등학교는 그리 멀지 않아. 2년쯤 뒤에는 운전 면허증을 따려고 해."

"잘됐다. 여기로 자주 찾아올 수 있겠네. 선배의 코치님들이 반가워하실 거야."

벤이 물었다.

"너는? 너도 반가워할까?"

"음, 학교의 슈퍼스타가 찾아오면 나야 늘 반갑지."

"지금 일부러 까다롭게 구는 거지?"

"아까 우리 집안 식구들의 특징이라며?"

벤은 고개를 살짝 저으며 웃었다.

무대 담당자가 소리쳤다.

"다들 제자리로!"

무대 담당자 목소리는 무대 왼쪽 구석에서 들려왔다.

벤은 잠깐 동안 나를 지그시 바라보았다. 그러고는 허리를 숙여 부드럽고 확실하게 내 입술에 입을 맞췄다. 눈을 감고 살짝 기울인 순간 온몸이 녹아드는 것 같았다. 내가 늘 꿈꿔 왔던 느낌이었다. 벤과 키스할 때 떨리면서도 자연스러워서 너무나 완벽했다. 우리는 입술을 맞댄 채 서로를 잠시 꼭 끌어안았다. 이윽고 벤은 뒤로 물러서며 내 어깨를 놓아주었다. 그리고 나를 보며 웃었다.

"공연할 시간이군. 곧 만납시다, 부인."

벤은 그 말을 남기고 돌아서서 걸어갔다.

좀 전의 사건으로 가슴이 쿵쾅거려서 나는 그대로 서 있었다. 벤이 나에게 키스를 했다. 이상하게도 그 상황이 전혀 혼란스럽지 않았다. 마음은 놀라울 정도로 차분했다. 마치 지난 몇 달 동안 연극이나 할아버지에게 벌어진 일과 마찬가지로 키스 역시 당연하게 여겨졌다.

무대 담당자가 내 곁을 스치듯 달려가며 한껏 소리쳤다.

"어서 제자리로!"

그제야 나는 숨을 깊이 들이마셨다. 우리는 공연을 진행해야 했다. 지금 가장 중요한 것은 연극이었다. 벤과 셜리에 대한 생각에 빠져 있을 때가 아니었다. 그것은 나중 일이었다. 당장은 테비에와 골데만 있을 뿐이었다.

32

2막이 시작될 참이었다. 오늘 저녁이 우리의 마지막 공연이었다. 이번 장면은 테비에의 집 앞에서 펼쳐질 것이다. 무대는 단원들이 이미 완벽하게 준비해 둔 상태였다. 양쪽 구석의 출연자들은 객석보다 시끄러워질까 봐 주의하며 이리저리 서성거렸다. 관객들이 자리로 다시 돌아오고 있었다.

공연 첫날에는 너무 떨려서 아쉽게도 무대를 즐기지 못했다. 세 번째 공연을 하면서 완전히 편해졌다. 아니 완전히 편하다고 할 수는 없지만 마음에 여유가 생긴 것은 사실이었다. 그렇지만 대사를 잊거나 노래를 망치는 사람이 *내가* 될까 봐 늘 조마조마했다. 어쨌든 지금까지는 그럭저럭 괜찮았다. 사실 앞의 공연이 아무리 좋더라도 가장 중요한 것은 오늘 공연이었다. 공연 첫날보다 마지막 날이 더 부담스러울 수밖에 없었다. 첫날은 우리가 실수를 해도 기회가 네 번 남아 있었다. 그러나 이제는 만회할 기회가 아예 없었다.

할아버지가 얼핏 보였다. 단원들이 긴장하지 않도록 격려와 조언을 건네며 여느 때처럼 분주하게 돌아다녔다. 공연이 거듭될수록 할아버지가 멋있어져서 기분이 좋았다. 다들 긴장하고 불안해할 때도 할아버지는 기운이 넘쳤다. 믿기지 않겠지만 더 젊어진 것 같았다. 사실 할아버지가 겪은 삶에 비하면 연극 대사 한 줄 빼먹는 것쯤은 별일 아니었다.

할아버지는 나를 보자 손을 한번 흔들고 활짝 웃으며 무대 오른쪽 구석으로 갔다. 첫날 공연이 끝난 뒤 할아버지는 내 연기에서 어머니의 목소리를 느꼈다며 나를 무척 자랑스러워하셨을 거라고 칭찬했다.

벤이 옆으로 와서 내 손을 슬쩍 잡았다.

"기분이 어때?"

"날 알잖아. 공연이 끝날 때까지 떨릴 거야. 선배는?"

"미식축구 시합 때는 끝까지 초조하거든. 신기하게도 여기서는 왠지 편안하더라고."

나는 고개를 설레설레 흔들었다.

"어떻게 그렇게 침착할 수 있는지 도저히 모르겠어."

"쿼터백은 한번 손에 들어온 공은 결코 놓치지 않거든. 그러니 머릿속에 들어온 대사도 놓칠 리가 없잖아."

나는 까르르 웃었다.

"그런 건 몰랐네. 어쨌든 둘 중 한 명이라도 숨을 제대로 쉬고 있다니 다행이야."

나는 손가락으로 머리카락을 빙빙 돌리지 않으려고 이를 악물고 참고 있었다.

"전혀 안 떨려. 다음 주 토요일 저녁이 기대되지 않니?"

"엄청 기대되지. 도대체 어떻게 티켓을 구한 거야?"

"우리 아빠가 발이 넓으시거든."

다음 주 토요일에 벤의 가족을 따라 뉴욕시에서 연극을 보기로 했다. 우리가 보려는 브로드웨이 연극은 티켓을 구하기 어렵다는 〈더 프로듀서〉였다! 그것만 생각하면 웃음이 절로 나왔다. 벤의 가족과 함께한다고 해도 벤과 나의 데이트나 다름없었다. 그동안 우리는 길모퉁이의 커피숍에 두어 번 갔고 이번 주에는 점심을 매일 같이 먹었다. 이야기도 늘 주고받았다. 그래도 이번 데이트는 좀 다를 것 같았다.

무대 담당자가 소리쳤다.

"모두 제자리로."

"슬슬 나가야겠다."

벤이 다시 한번 내 손을 꼭 쥐고는 자기 집 앞, 아니 우리 집 앞의 벤치에 앉으러 무대로 나갔다.

벤이 나간 뒤에 나는 무대의 왼쪽 구석에 서 있던 민디와 모하메드에게 다가갔다. 벤이 독백을 마치면 다음 장면에서 두 사람이 등장하게 된다.

내가 민디에게 말했다.

"목소리가 여전히 완벽하네."

"아직까지 괜찮아. 다시 한번 고마워."

"선배도 나에게 똑같이 했을 거야."

이제 거의 막바지에 이르렀다. 민디는 내가 알려 준 차와 목감기용 사탕 덕분에 공연마다 노래를 부를 수 있었다. 목소리 문제는 민디에게 오히려 유리하게 작용했다. "소리를 줄이면 더 큰 감동을 줄 수 있다"는 할아버지의 조언에 따라 민디는 목소리를 조절하며 노래를 불렀다. 민디의 그런 모습에 나는 기뻤다. 민디는 무척 노력했으니 날마다 박수갈채를 받는 것이 당연했다.

내 경우는 노래에 신경 쓸 필요가 없어서 진정한 골데로 *거듭날 수 있었다.* 영혼 깊이 골데가 느껴졌다. 골데는 내가 되었고 나는 골데가 되었다. 골데를 통해 내 과거와 내 뿌리와 내 가족과 내 존재가 연결되는 느낌이었다. 골데라는 배역이 나에게 주어진 게 무척 감사했다. 어느 누가 이렇게 될 줄 상상이나 했을까?

무대 담당자가 단원들에게 조용히 하라고 지시했다. 커튼이 싸악 오르고 2막이 시작되면…… 공연은 끝을 향해 달려갈 것이다. 앞으로 우리는 출연자도 아니고 단원도 아니다. 다들 일상으로 돌아갈 테고 이번 학년은 바로 끝난다. 민디나 벤과 같은 3학년은 이 학교를 졸업하게 된다. 그리고 곧 고등학교로 떠날 것이다. 그러나 벤과 나에게는 아직 끝이 아니었다. 너무 먼 미래는 생각하지 않기로 했다. 내년에 무슨 일이 일어날지 누가 알겠는 가? 아직 오늘 밤이 지나지 않았으며 다음 주 토요일과 남은 학교생활이 기다리고 있었다.

객석의 불이 꺼지자 무대 뒤는 잠잠해졌고 바로 커튼이 올라 갔다. 오케스트라는 아주 인상적인 선율을 연주하기 시작했다. 먼저 클라리넷 소리가 울려 퍼지자 여러 바이올린이 그 뒤를 따랐는데 특히 토머스의 연주가 돋보였다. 클라리넷 소리를 들을 때마다 증조할아버지가 떠오르겠지? 바이올린 연주를 들으면 할아버지가 생각나겠지?

오케스트라가 연주를 마치자 관객이 힘껏 박수를 보냈다. 곧이어 무대 조명이 서서히 밝아지면서 벤치에 앉아 있는 벤이 모습을 드러냈다. 벤은 하늘을 쳐다보며 차이텔과 모틀의 결혼식에 대해 하느님에게 이야기하기 시작했다.

민디가 모하메드에게 속삭였다.

"준비됐니?"

"당연하지."

벤이 일어나서 우유 수레를 끌고 퇴장했다. 관객은 한 차례 박수를 쳤다. 벤이 무대를 떠난 뒤 박수가 잦아들자 민디가 성큼성큼 걸어 나갔고 모하메드가 재빨리 뒤를 쫓아갔다.

모하메드가 소리쳤다.

"제발 화내지 마, 호델!"

2막 1장이 시작되었다.

***

커튼이 내려오자 관객들은 너나없이 한꺼번에 벌떡 일어났다. 귀청이 터질 듯이 고함을 외치고 환호성을 질렀다. 무대 뒤에는 전 출연자들이 모여 있었다. 나타샤가 보이기에 나는 얼른 가서 껴안았다.

나타샤는 환호 소리에 질세라 고래고래 소리쳤다.

"셜리 대단했어! 네가 바로 골데였다고."

"너도 앙상블에서 근사했어."

나타샤는 내 칭찬에 손사래를 쳤다.

"너랑 이걸 하니까 재밌다. 내년에 또 하자."

내 귀를 의심했다. 이번 공연의 오디션 때 덜덜 떨던 애가 맞나? 나는 까르르 웃으며 고개를 끄덕이고는 벤을 이리저리 찾아보았다. 벤은 무대 저쪽에서 다른 출연자들에게 둘러싸여 있었다. 잠시 뒤 고개를 들다가 나와 눈이 마주쳤다. 우리는 서로에게 웃음을 보냈는데 순간 다른 단원들은 모두 사라진 기분이 들었다. 잠시 뒤 무대 담당자가 출연자들 사이로 들어와서 각자 무대 인사를 하는 위치로 가라고 소리쳤다. 벤은 나를 다시 한번 보고는 자기 자리로 갔다.

커튼이 오르자 우레 같은 박수 소리가 터져 나왔으며 오케스트라는 '전통' 노래의 일부를 연주하기 시작했다. 출연자들이 앞으로 나올 때마다 관객들은 음악에 맞춰 박수를 쳤다. 처음에는 앙상블 단원이 나왔는데 나타샤가 활짝 웃고 있었다. 모하메드는 당연히 커다란 박수를 받았고 뒤따라 나온 민디에게는 박수가 더 길고 크게 이어졌다. 민디는 제자리로 돌아가다가 나와 눈이 마주쳤다. 우리는 서로 활짝 웃었다. 내가 무대 앞으로 나가자 관객들의 환호가 쏟아졌으며 그중에서도 오빠와 부모님의 소리가 또렷하게 들렸다. 엄마 아빠는 날마다 저녁 공연을 보러 왔다. 그리고 지금은 우리 가족이 객석 한 줄을 모두 차지하고 있었다. 나는 그쪽을 흘낏 보면서 인사한 다음에 물러났다.

마침내 벤의 차례였다. 벤이 무대를 깡충깡충 뛰어나오자 박수 소리는 더욱 커졌다. 벤은 인사를 하고 잠시 서 있다가 나에게 돌아왔다. 눈은 반짝거렸고 입이 활짝 웃고 있었다. 벤은 내 손을 잡고 앞으로 이끌었다. 그리고 두 팔을 높이 들자 관객들이 조용해졌다.

벤이 테비에의 목소리로 말했다.

"제발, 제발 자리에 앉아 주시오. 마차를 끄는 말이 아니더라도 두 다리는 힘들 수 있다오."

관객들은 웃음을 터뜨리며 자리에 앉았다.

벤은 원래의 목소리로 말을 이었다.

"아시다시피 이 연극이 말하고자 하는 것은 단 하나…… 전통입니다."

무대에 있던 출연자들이 노래를 부르기 시작하자 오케스트라가 거기에 맞춰서 다시 한번 '전통'을 연주했다. 우리가 1절에 이어 2절을 부르며 함께 손을 잡고 마지막 인사를 하자 관객들이 다시 한번 벌떡 일어나 엄청 큰 소리로 환호했다.

벤이 조용히 해 달라며 다시 두 팔을 들었다.

"극장에는 한 가지 전통이 있다고 들었습니다. 미식축구 선수들이 승리를 거둘 때 코치에게 스포츠 음료를 쏟아붓는 것과 비슷하다고 하는데…… 1905년 러시아에 살던 유대인은 미식축구나 스포츠 음료에 대해 아는 바가 전혀 없을 테니……."

벤의 농담에 출연진과 객석에서 웃음이 터져 나왔다.

"우리의 코치이자 연출가님들을 그냥 앞으로 모시겠습니다. 교장 선생님과 버먼 선생님과 램지 선생님까지 뜨거운 박수로 맞아 주십시오!"

교장 선생님이 무대 한쪽 구석에서 나오자 출연진과 관객이 환호하며 맞이했다. 램지 선생님은 객석에서 천천히 일어나 지팡이를 짚고 무대 계단 앞까지 이른 뒤 한 걸음씩 올라왔다. 나는 할아버지를 찾으려고 둘러보았지만 아무 데도 보이지 않았다.

벤 역시 눈치를 챘나 보다.

"내가 모셔 올게."

무대 뒤로 달려간 벤은 할아버지의 팔을 잡고 돌아왔다. 세 명의 연출가들이 무대 중앙에서 만나 서로를 안아 주었다.

모하메드가 꽃다발을 세 개 들고 나타나 하나는 벤에게, 또 하나는 민디에게, 나머지는 나에게 주었다. 벤이 뚜벅뚜벅 걸어가 꽃다발을 교장 선생님에게 드렸다. 민디는 꽃다발을 램지 선생님에게 드렸다. 순간 램지 선생님이 얼마나 행복해하던지 나는 눈물을 흘릴 뻔했다. 남은 사람은 할아버지뿐이었다. 모두 옆으로 비켜나서 할아버지 혼자 무대 중앙에 서 있게 되었다.

나는 걸어가서 꽃다발을 내밀었다.

"할아버지는 이보다 더 좋은 것을 받을 자격이 있으세요."

할아버지에게 꽃다발을 건넨 뒤 꼭 안아 주었다.

할아버지가 내 귀에 속삭였다.

"네 할머니가 자기 앞치마를 두른 너를 보았다면 무척 흐뭇해했을 거야."

"할아버지가 아시는 줄 몰랐어요."

"알고 있었지. 네 할머니가 널 얼마나 자랑스러워했겠냐."

"할머니는 우리 두 *사람*을 모두 자랑스러워하셨을 거예요."

내가 포옹을 풀고 뒤로 물러나자 다시 할아버지만 무대 중앙에 남게 되었다. 할아버지는 정중하게 인사를 하고는 꽃다발을 공중으로 던졌다가 다시 받았다. 관객들은 완전히 열광했다. 할아버지는 확실히 사람들을 즐겁게 해 주는 재주가 있었다.

나는 꼭 하고 싶은 것이 있었다. 떨리고 겁이 났지만 어쨌든 꼭 해야만 했다.

돌아보니 토머스가 바이올린을, 그러니까 우리 할아버지 바이올린을 들고 있었다.

토머스에게 다가가서 말했다.

"그것 좀 빌릴게."

토머스는 고개를 끄덕이고서 바이올린과 활을 건넸다. 할아버지는 아직 관객을 바라보고 있었다. 나는 다가가서 할아버지의 어깨를 톡톡 두들겼다.

"할아버지."

나는 그 소중한 악기를 내밀었다.

할아버지가 고개를 돌렸다. 그리고 나를 본 다음에 바이올린으로 시선을 옮겼다. 할아버지 얼굴이 창백해져서 내가 지나친 짓을 한 건가라는 걱정을 했다.

할아버지가 물었다.

"나더러 연주하라고?"

나는 침을 겨우 삼키고서 고개를 끄덕였다.

"모두 할아버지의 연주를 바라고 있어요."

할아버지는 손을 뻗어서 바이올린과 활을 잡았다. 관객들은 침묵을 지켰다.

"뭘 연주하라는 거냐?"

"뭐든지 하시고 싶은 거요. 할아버지 마음이 끌리는 곡으로요."

할아버지는 고개를 천천히 흔들더니 무대 끝으로 걸어가서 관객에게 설명했다.

"아무래도 제가 연주를 해야 할 것 같습니다. 다들 괜찮으시겠습니까?"

관객들이 박수와 환호로 대답했다. 할아버지는 바이올린을 턱 밑에 대고 활을 들어 올렸다. 그러다가 잠깐 멈칫하더니 바이올린을 아래로 내렸다.

"한 가지 조건이 있습니다. 제가 어린 시절 연주할 때는 곁에 늘 가족이 있었지요. 지금도 같이해 줄 가족이 필요합니다."

할아버지가 몸을 돌렸다.

"셜리?"

그 말을 듣는 순간 머릿속이 하얘졌다. 이 순간의 주인공은 할아버지이지 내가 아니었다. 벤이 내 곁으로 다가왔다.

"네가 가는 게 좋겠어."

벤이 나를 데려다 놓고 돌아서자 그 자리에는 나와 할아버지만 남게 되었다.

할아버지는 다시 바이올린을 들어 연주를 시작했다. 바로 '선라이즈 선셋'이었다. 그윽하고 감미로운 선율이 길게 이어졌다.

객석에 서서 침묵을 지키던 관객들은 눈을 동그랗게 뜬 채 경이 롭고도 황홀한 표정을 감추지 못했다. 수많은 사람들 가운데 우리 아빠가 보였다. 할아버지의 연주를 처음으로 들으며 눈물을 줄줄 흘리고 있었다. 나 역시 울컥했다!

나는 할아버지 쪽으로 시선을 돌렸다. 할아버지는 눈을 꼭 감고 있었다. 무슨 생각을 하고 있는지 궁금했다. 아우슈비츠에서 연주하던 때처럼 세상을 외면하고 있는 걸까? 아니었다. 할아버지의 표정은 아주 고요하고 평화롭고 즐거웠다. 음악이 주는 기쁨에 푹 빠져 있었다. 그리고 가족들 즉 할아버지의 어머니와 아버지와 형들을 비롯해서 우리 할머니와 아빠 엄마와 오빠를 생각하고 있다는 것을 알 수 있었다. 또한 나를 생각하고 있었다.

할아버지가 눈을 뜨고서 나에게 살짝 고개를 끄덕였다. 시작하라는 신호였다. 나는 가만히 노래를 불렀다.

《끊어진 줄》에 등장하는 인물들은 허구이며 소설 속 몇 부분은 실제 사건을 바탕으로 했습니다.

제2차세계대전 때 나치는 거대한 감옥이나 다름없는 강제수용소를 연달아 지었는데 노동 수용소와 임시 수용소, 포로수용소는 물론이고 심지어 집단 처형장까지 마련해 놓았지요. 그중에서 가장 크고 악명 높은 곳이 아우슈비츠였어요.

사실 아우슈비츠는 일련의 포로수용소였습니다. 주요한 수용소인 제1 아우슈비츠는 1940년에 폴란드의 버려진 군대 막사 자리에 세워졌고, 1941년에 비르케나우로 불리는 제2 아우슈비츠가 제1 아우슈비츠에서 조금 떨어진 곳에 문을 열었어요. 비르케나우는 쉴 틈 없이 작동되는 가스실들이 자리 잡고 있었어요. 또한 기차를 타고 온 유대인들은 그곳의 기다란 자갈길 승강장에서 바로 나뉘어졌지요. 즉 어떤 유대인을 바로 죽음으로 보낼지, 어떤 유대인을 잠시 살려 둘지 그 자리에서 결정되었습니다.

살아난 사람들의 처지는 처참했어요. 수많은 사람들이 지독한 학대와 끔찍한 노동 현장, 빽빽이 들어찬 숙소, 굶주림 속에서 고통받다가 목숨을 잃었지요. 나치는 이처럼 비인간적인 아우슈비츠에 오케스트라를 결성했어요. 유럽 곳곳에서 잡혀온 유대인 남녀 음악가들로 구성된 오케스트라였어요.

오케스트라의 기본 임무는 날마다 작업하러 가는 유대인 수감자들에게 연주를 들려주는 것이었어요. 그 일은 거의 고문이나 다름없었어요. 명령에 따라 음악가들이 어찌나 빠르게 연주를 하는지 수감자들이 그 음악에 맞춰 행진하기란 거의 불가능했습니다. 수감자들은 병들고 굶주려 허약해진 상태라 그 자리에서 쓰러지기 일쑤였어요.

오케스트라는 유대인들이 기차를 타고 도착하면 승강장에서 음악을 연주하는 임무도 맡았습니다. 이처럼 음악으로 맞이하면 유대인들은 그 끔찍한 곳을 그럭저럭 괜찮은 곳이라고 착각했지요. 나치는 이런 방법을 통해 순진한 유대인들을 맘대로 다루었습니다. 유대인들은 나치의 지시대로 순순히 따랐으며 심지어 가스실을 향해서도 질서정연하게 나아갔어요. 오케스트라 단원들은 기차역에 도착한 사람들이 자신들의 음악을 들으며 죽으러 간다는 사실을 알고 있었기에 연주를 할 때 무척 괴로웠답니다.

홀로코스트의 생존자인 코코 슈만은 아우슈비츠에서 음악가로 지낸 경험을 이렇게 표현했어요.

"음악이 사람을 구하기도 했습니다. 평생은 아니지만 단 하루라도 더 살 수 있었지요. 날마다 두 눈으로 지켜보던 광경 때문에 고통스러웠으나 묵묵히 견뎌 내야 했습니다. 우리는 그저 살아남기 위해 그들에게 음악을 들려주었어요. 지옥에서 음악을 연주한 셈이지요."(이 주제와 관련된 유익한 자료는 웹사이트 〈음악과 홀로코스트〉 www.holocaustmusic.ort.org에서 찾을 수 있음.)

제2차세계대전 때 아우슈비츠에서 죽거나 살해당한 사람들은 약 110만 명 정도였어요. 그중에서 100만 명가량이 유대인이었지요.

가장 먼저 이 책에 대한 아이디어를 건네면서 함께 글을 쓰자고 했던 에릭에게 깊이 감사해요. 에릭이 너그러운 글쓰기 파트너가 되어 준 덕분에 이번 공동 작업은 처음부터 끝까지 즐거운 경험이었어요.

남편 이안 엡스타인 그리고 아이들 가비 엡스타인과 제이크 엡스타인에게 한결같은 사랑과 감사를 보냅니다. 바로 그대들이 내 인생에 사랑과 웃음을 선사해 주고 있어요!

– 캐시

처음에 번뜩 떠오른 아이디어는 사실 참나무가 되기 전의 도토리에 불과했지요. 그때 이것을 풀어 나갈 사람은 오직 캐시밖에 없다는 생각이 들었답니다. 캐시는 홀로코스트와 관련된 소설 작가로 세계적인 인정을 받고 있는 데다 두 자녀의 직업이 연기자이기 때문에 이 소설의 두 가지 주제를 잘 파악하고 있었거든요. 이번 소설의 공동 작업은 아주 매끄럽게 이뤄져서 때로는 내 말의 끝과 캐시의 시작이 어디인지 구분하기 어려울 정도였어요.

이 책을 손자들인 퀸과 이삭, 노아에게 보냅니다. 그 아이들이 이해심과 수용, 친절, 보살핌, 용서, 사랑이 가득한 세상에 살기를 바라면서 이 책이 그 세상으로 가는 창문이 되어 주기를 희망합니다.

– 에릭

도토리숲 알심 문학 03

끊어진 줄

초판 1쇄 펴낸 날 2021년 5월 31일

글쓴이 에릭 월터스와 캐시 케이서 | **옮긴이** 위문숙

펴낸이 권인수
펴낸 곳 도토리숲
출판등록 2012년 1월 25일(제313-2012-151호)

주소 | (우)03958 서울시 마포구 월드컵북로 207, 302호(성산동 157-3)
전화 | 070-8879-5026 **팩스** | 02-337-5026 **이메일** | dotoribook@naver.com
블로그 | http://blog.naver.com/dotoribook

기획편집 권병재 | **디자인** 새와나무 | **교정** 김미영

ISBN 979-85934-62-4 03840

작가소개

지은이 **에릭 월터스**

캐나다의 유명 작가로 어린이와 청소년 대상의 소설을 아주 많이 썼습니다. 그동안 120여 차례 넘게 수상했으며, 특히 칠드런스 초이스 상을 열세 번이나 받았습니다. 작가가 쓴 책은 13개국 언어로 번역되었습니다.

'희망 창조'라는 케냐 음부니 지역의 고아들을 보살피는 자선단체의 공동 창립자이며, 지금은 온타리오주 겔프에서 살고 있습니다. 가장 최근의 소설인 《코끼리 비밀(Elephant Secret)》은 작가의 백 번째 출간 작품입니다.

지은이 **캐시 케이서**

청소년 대상의 홀로코스트 소설과 논픽션으로 많은 상을 수상했습니다. 작가의 책은 20개국 언어로 번역되었습니다. 부모님이 홀로코스트 생존자이다 보니 그 영향을 받아 유대인 대학살에 관한 역사적 사실을 소재로 많은 책을 써 왔습니다. 토론토대학교에서 강의하고 있으며 학교와 도서관에서 어린이들에게 홀로코스트가 왜 중요한지 전하고 있습니다. 작가의 두 자녀는 연기자이자 뮤지컬 배우로 활동하고 있습니다.

2021년 아스트리드 린드그렌상 최종후보로 선정되었습니다.

옮긴이 **위문숙**

대학교에서 사학을 공부하고, 대학원에서 서양사를 공부했습니다. 지구촌의 좋은 책들을 즐겁게 우리말로 옮기고 있습니다. 아울러 어린이와 청소년들이 살아가는 세상에 대해 이런저런 글을 쓰고 있습니다.

옮긴 책으로 《루머의 루머의 루머》, 《망고 한 조각》, 《걸어다니는 초콜릿》, 《꼬마 책 굿》, 《모든 것은 상대적이야》, 《지구》, 《고대 이집트》, 《내 옆의 아빠》 들이 있습니다. 지은 책으로 《오로라 탐험대, 펭귄을 구해 줘!》, 《세상이 너를 원하고 있어!》, 《한눈에 쏙 세계사 3》, 《윤리적 소비와 합리적 소비, 우리의 선택은?》, 《4차 산업혁명, 어떻게 변화되어야 할까?》, 《아프리카 원조, 어떻게 해야 지속가능해질까?》 들이 있습니다.